Peter Orthofer

So schaut's aus in Österreich

Peter Orthofer

So schaut's aus in Österreich

Eine satirische Bestandsaufnahme
mit Illustrationen
von Erich Eibl

axel jentzsch

Bibliografische Information Der Deutschen Bibliothek

Die Deutsche Bibliothek verzeichnet diese Publikation in der Deutschen Nationalbibliografie; detaillierte bibliografische Daten sind im Internet über http://dnb.ddb.de abrufbar.

ISBN 3-7142-0020-7

Umschlagillustration: Erich Eibl, Wien
Umschlag: Rubik Creative Supervision, Wien

1210 Wien, Scheydgasse 24, Tel. 01/24 630
www.lindeverlag.at

Druck: Hans Jentzsch & Co. Ges.m.b.H.,
1210 Wien, Scheydgasse 31

Inhalt

Geständnis eines zerknirschten Autors

Dieses Buch erfüllt leider nicht meinen brennenden Wunsch nach Political Correctness! Als ich das bemerkte, war es aber schon fertig, und ich dachte mir notgedrungen: „Na und?"

Für eine Scheußlichkeit möchte ich mich aber doch gleich entschuldigen. In diesem Werk heißt es oftmals „die Österreicher", und nie „die Österreicher und Österreicherinnen", wie es angeblich korrekt wäre. Es hält aber beim Schreiben sehr auf und erscheint mir auch recht unsinnig. Jeder weiß, dass die Bevölkerung aus verschiedenen Geschlechtern besteht, aber im internationalen Sprachgebrauch sind wir trotzdem nur „the Austrians". Und nicht einmal wir würden sagen: „Guten Morgen, liebe Deutsche und Deutschinnen." Damit mich aber niemand einer gezielten Diskriminierung bezichtigen kann – denn ich liebe und verehre die Frauen mehr als alle anderen Lebewesen –, habe ich die letzte Seite des Buches einer vollständigen Wiedergutmachung gewidmet. Sie brauchen nur nachzublättern. Zufrieden?

Bei allen anderen Volksgruppen möchte ich mich justament nicht entschuldigen, auch wenn sie teilweise sehr lebensecht geschildert werden. Außerdem wimmelt es in diesem Buch nur so von Fehlurteilen, Vorurteilen und Pauschalurteilen, wodurch das Werk der Wirklichkeit doch ziemlich nahe kommt. Für das, was ich da geschrieben habe, gibt es also gar keine Entschuldigung. Ich weiß, das ist grässlich und gemein. Aber es macht richtig Spaß.

Peter Orthofer

Zur Lage der Nation

Österreich! Früher einmal war es ein Weltreich, in dem die Sonne nie unterging. Heute muss man schon froh sein, dass sie gelegentlich noch aufgeht, über diesem kleinen, seltsamen Land. Aber sie tut es, sooft sie kann, denn die Sonne lacht bekanntlich gerne.

Das heutige Österreich ist nur noch ein Schrumpf seiner selbst. Vom Lauf der Zeiten auf ein Minimum reduziert, sieht es heute so aus, wie es das verdient. Aber um sein angeknackstes Selbstbewusstsein aufzurichten, hat der große Österreicher Leopold Kohr ja die tröstliche Maxime ersonnen: Small is beautiful!

Small samma, also samma beautiful. Vielleicht mal mehr das eine als das andere, aber hauptsächlich beides. Der Länge nach reicht das Land gerade dazu, den Bodensee vom Neusiedlersee zu trennen. Das ist allein schon deshalb notwendig, damit die Seebühne von Bregenz nicht mit der Seebühne von Mörbisch kollidiert.

In früheren Zeiten trennte dieses Land noch mehr – beispielsweise Slowenien von Tschechien oder Deutschland von Ungarn –, aber heute liegen ja schon alle diese Staaten in Europa, und so hat Österreich seine eigentliche Funktion verloren. Kein Grund zum Jodeln also, aber man kann ja noch andere Funktionen finden. So bietet sich Österreich heute gerne allen möglichen ausländischen Kolonialisatoren als Sprungbrett zum Osten an. Nur: Ein Sprungbrett wird von den Benützern mit Füßen getreten, aber sie bleiben nicht darauf sitzen, sondern springen baldmöglichst ab. Was zumindest unseren Masochismus frohlocken lässt.

Vor allem fühlt sich Österreich aber als Herz Europas. Und ein schwaches Herz ist besser als gar keines. An gebrochenem Herzen wird Europa auch gewiss nicht sterben. Höchstens an verbrannten Fingern, galoppierender Rückgratlosigkeit oder *Dementia praecox.* Aber Österreich wird das alles überleben. Es ist ganz glücklich mit seinem Kleinformat. Man muss schließlich nicht groß sein, um groß zu tun. Das ist viel lustiger, denn Größe bringt auch Verpflichtungen mit sich, und schon der selige Grillparzer hat uns davor gewarnt. „Denn die Größe ist gefährlich!", hat er gesagt, und wenn er etwas mehr Zeit gehabt hätte, dann hätte er wohl noch hinzugefügt: „Also immer schön small und beautiful bleiben, liebe Österreicher!"

Mit den Kleinen ist man ja viel nachsichtiger, und Nachsicht braucht eine Nation, der es an Weitblick fehlt. Andererseits ärgern die Großen den Kleinen auch gerne mal ein bisschen, und wenn der Kleine dann aufstampft, schicken ihm die Großen vielleicht noch ein paar tausend LKWs mehr durchs Inntal. Aber sie meinen das ja nicht so ernst. Und die Österreicher sind doch dafür bekannt, dass sie auch einen derben Spaß verstehen. Typisch für das Volk ist jedoch, dass es sich in Stresssituationen gern in die Träume von seiner großen Vergangenheit flüchtet. Österreich hat ja nahezu unbegrenzte Vorräte an Vergangenheit, und es wäre schade, sie so brach liegen zu lassen, andererseits ist da ja auch viel Schrott dabei. Man benötigt nicht gleich die volle Dröhnung – Kaiser Maximilian in der Martinswand, Maria Theresia in anderen Umständen, Erzherzog Johann auf seiner Postmeisterstochter und Sissi mit Veilchen würden den Bedarf an Vergangenheit bei den meisten Österreichern spielend decken. Aber wenn man der Geschichte einmal den kleinen Finger reicht, will sie gleich die ganze Hand! Jeder weiß doch, wie das ist. Immer wenn man irgendwo in Wien eine Tiefgarage gräbt, stößt man unweigerlich auf die Zahnbürste von Kaiser Marc Aurel oder den Terminkalender einer römischen Kokotte – kurzum, der ganze Untergrund der City ist voll gestopft mit nutzlosem Trödel aus vergangenen Epochen. Anderen Städten geht es nicht besser, und hätten nicht inzwischen beherzte Stadtplaner die antiken Mülldeponien mit gepflegten Autobahnen und Hochhäusern überzogen, dann läge die ganze schimmlige Second-Hand-Ware offen herum, wie auf einem babylonischen Flohmarkt. Das wäre doch ein scheußlicher Anblick, absolutely not beautiful!

Zugegeben, manchmal hat uns die Geschichte auch etwas Vernünftiges hinterlassen. Zum Beispiel Kaffee und Kipferln. Dafür mussten wir aber mehrmals das christliche Abendland vor den Türken retten. Was diese nicht einmal sonderlich beeindruckt hat, denn sie wussten ja: Eines Tages würde es ihnen sowieso von Brüssel auf einem Silbertablett serviert.

Man sollte also die Vergangenheit nicht überschätzen. Und dasselbe gilt auch für die Zukunft. Die wirklich wichtige Frage kann also nur lauten: Hat Österreich eine Gegenwart?

Anhand vager Vermutungen, gründlicher Überlegungen, dreister Behauptungen und erlogener Tatsachen sollte das einmal geklärt werden. Wurde auch. Hier und Jetzt.

Tour d'Autriche: Burgenland

Das Burgenland ist das schönste Bundesland Österreichs. Dieser Eindruck drängt sich einem allerdings nicht spontan auf, wenn man es vorurteilsfrei betrachtet. Um das Burgenland zu schätzen, braucht man Muße, Hingabe und Selbstüberwindung – und wer würde das alles schon aufbringen, nur um das

Burgenland zu schätzen? Wer von den üppigen Landschaften Österreichs begeistert ist, findet das Burgenland eben ein bisschen zu eben. Selbst der höchste Berg, der Geschriebenstein, stellt mit seinen 883 Metern für einen Reinhold Messner nicht die lang gesuchte letzte Herausforderung dar. Auch als Skigebiet steht das Burgenland etwas im Schatten von Tirol oder Vorarlberg. Das hat den Vorteil, dass die Landschaft nicht von monströsen Liftanlagen verschandelt oder von Lawinen bedroht wird, aber den Nachteil, dass die burgenländische Hymne noch nie bei der Siegerehrung eines Abfahrts-Weltmeisters gespielt werden durfte.

Selbst wenn man die Höhe gnädig vergessen will – auch in der Breite macht das Land keine gute Figur. An seiner engsten Stelle ist es nämlich nur vier Kilometer breit – das entspricht etwa dem Taillenumfang von Ottfried Fischer, aber für ein ganzes Land ist es doch entschieden zu wenig.

Schuld daran ist freilich nicht das Burgenland selbst, nur ist es im Lauf der Geschichte durch viele Hände gegangen, und man muss froh sein, dass letztlich überhaupt noch etwas davon übrig geblieben ist.

Obwohl das Burgenland das jüngste österreichische Bundesland ist, hat es unter anderem Namen schon eine bewegte Vergangenheit hinter sich.

Ursprünglich lag an dieser Stelle ein Meer, aber das wurde dann weniger. Seit die Wissenschaft unlängst herausgefunden hat, dass die Seegurken die engsten Verwandten des Menschen sind, kann man sich vorstellen, dass solche Lebewesen aus dem Wasser gekommen und ohne große Umwege zu Burgenländern geworden sind. Heute entsprechen sie, trotz einiger unverkennbaren Züge, nicht mehr ganz dem Ebenbild der klassischen Seegurke, sondern eher einem pikanten Gurkensalat, hat sie die Evolution doch mit verschiedenen anderen Arten gekreuzt – von der Salzgurke bis zur süß-sauren, von der Senfgurke bis zur Normgurke der EU.

Natürlich vergurkten diese die geschichtliche Entwicklung unter klingenderen Namen: Kelten, Illyrer, Awaren, Hunnen, Römer, Ostgoten, Türken, Magyaren – alle schauten einmal im Burgenland vorbei. Auch Kroaten und Roma siedelten sich an, und aus dieser wunderbaren Mischung entstanden schließlich die Heanzen, also die echten Burgenländer, die wegen ihres messerscharfen Witzes auch gerne als die Ostfriesen der Puszta bezeichnet werden.

Globetrotter, die das Burgenland bereisen, tun das häufig in der Hoffnung, dass es seinem Namen gerecht wird. Nun gibt es dort zwar etliche Burgen, aber auch nicht mehr als anderswo, denn der Name hat einen ganz anderen Ursprung. Als das entzückende Fleckchen Erde 1919 Österreich zugeschlagen wurde, musste man erst eine geeignete Bezeichnung dafür finden und bemächtigte sich einfach der Endsilbe von vier ungarischen Verwaltungsbezirken: Eisenburg, Ödenburg, Pressburg und Wieselburg. Die Bezirke wanderten zwar ins benachbarte Ausland ab, ließen aber ihre Burg zur allfälligen Benutzung zurück. Und weil es sozusagen vier Taufpaten gab, wollte man die Gegend anfangs sogar Vier-Burgen-Land nennen, aber auf wundersame Weise hat sich dann die Vernunft durchgesetzt und bis heute ist es bei einem Burgenland geblieben.

Reich waren die Menschen hier nie. Das heißt, nur ganz wenige, aber die waren dafür gleich superreich. Etwa die Fürstenfamilie Esterhazy mit ihren unendlichen Ländereien. Unter dem letzten, 1989 verstorbenen Fürsten, waren es noch 128.000 Hektar in Ungarn und 66.000 Hektar in Österreich. Allerdings nicht lange, die Zeit und die Politik hat viel Land gefressen, letztlich blieben gerade mal 40.000 Hektar Burgenland übrig – etwas mehr immerhin, als dem durchschnittlichen österreichen Schrebergärtner zur Verfügung steht. Gerechterweise muss man jedoch anmerken, dass der Fürst viel für sein Land getan hat. Für die Bauern ebenso wie für die Metropole Eisenstadt, aber auch die Burgspiele Forchtenstein, das Bildhauersymposion St. Margarethen und der Nationalpark Neusiedlersee verdanken ihre Existenz seiner offenen Hand.

Die Mehrzahl der Heanzen freilich war nicht annähernd so vermögend, und viele zogen dem patriotischen Hungertod in der Heimat die Auswanderung nach Übersee vor. Wo sich die meisten auch recht gut behaupten konnten, und einem Ondit zufolge liegen noch heute die Städte mit der größten Einwohnerzahl an Burgenländern nicht in Österreich, sondern in den USA. So weit treibt es jetzt die meisten nicht mehr, aber eine Menge Burgenländer benützen ihr Bundesland eigentlich nur als Schlafgelegenheit, weil sie tagsüber als „Pendler“ in Wien und Umgebung ihrer Arbeit nachgehen. Den langsamen Übergang zwischen diesen beiden Welten ermöglicht ihnen die ÖBB mit ihren Pendlerzügen, die durch Komfort, Charme und Pünktlichkeit irgendwie an die gute alte Nachkriegszeit erinnern.

Wirtschaftlich hat das Burgenland allerdings in den letzten Jahren stark aufgeholt, nicht zuletzt durch beträchtliche Fördergelder der EU, die teilweise in zukunftsträchtige Hochtechnologieprojekte investiert wurden. Damit aber die Burgenländer angesichts einer goldenen Zukunft nicht auch noch die Gegenwart allzu rosig sehen, gibt es im Burgenland auch noch eine Bank, die den Wohlstand nicht überhand nehmen lässt. Sie hat in den letzten Jahren durch – naja, manche Leute würden es vielleicht Blödheit nennen, einen Schuldenberg von 500 Millionen erwirtschaftet, für den das Land haftet. Jeder einzelne Burgenländer mit 1800 Euro dabei – dafür muss Papa schon ein paar

Tage zusätzlich pendeln! Nur nicht am 11. November natürlich, denn an diesem Tag muss gefeiert werden, und zwar der heilige Martin, Schutzpatron des Landes. Ganz in der Nähe, in Steinamanger, 316 geboren, wurde der Sohn eines römischen Tribuns erst einmal Soldat, ehe er mit 20 Jahren zum Exorzisten geweiht wurde, allerdings ohne Erfolg, denn in seine Heimat zurückgekehrt konnte er lediglich die eigene Mutter für das Christentum begeistern, die übrigen Landsleute ließen sich den heidnischen Teufel partout nicht austreiben, und er zog sich enttäuscht als Einsiedler auf die Insel Gallinaria zurück.

Den Grundstein für seinen Erfolg hatte Martin allerdings schon gelegt, als er noch beim Barras war: Eines frostigen Abends teilte er seinen Mantel mit einem frierenden Bettler. Dieser schönen Geste wird alljährlich intensiv gedacht, allerdings zerteilen die Burgenländer dabei nicht ihre Trenchcoats und Steppmäntel, sondern unzählige knusprig gebratene Gänse. Auch wenn in Fremdenverkehrsfilmchen immer wieder die Störche von Rust hervorgehoben werden – die Martinigans ist eindeutig der populärste Vogel des Burgenlandes.

Wer es nicht ganz so rustikal will, und vor allem nicht nur zu Martini, probiert am besten die „Blaue Gans". Die hat zwei Hauben und nistet in Weiden am See. Und wer den kulinarisch-ornithologischen Bezug noch weiter ausbauen will, kommt natürlich am berühmten „Taubenkobel" in Schützen nicht vorbei, wo Eveline und Walter Eselböck seit Jahren mit einsamem Niveau vor sich hin köcheln.

Zum Essen gehört natürlich ein anständiger Wein, und selbst der Laie wird bemerken, dass die Burgenländer ihrem Wein in den letzten Jahren wirklich den nötigen Anstand beigebracht haben. Rot und Weiß scheuen keinen internationalen Vergleich, und die Süßweine von Kracher sind seit langem Weltspitze.

Dass im Burgenland bisweilen „Tage der offenen Kellertür" veranstaltet werden, soll nicht nur eine Einladung an moldawische Diebsbanden sein, sondern möglichst vielen Menschen Gelegenheit geben, durch Verkosten verschiedener Weine festzustellen, welcher Rausch am besten zu ihnen passt. Und wem die üblichen Kellertüren schon sauer aufstoßen – das Winzerpaar Hillinger hat Europas modernste Kellerei errichtet, und es gibt wohl keinen schöneren Fleck, um einem süffigen Burgenländer zu begegnen als ihre Wein-Lounge in Jois.

Was die Fremden sonst noch ins Burgenland lockt, ist vor allem der Neusiedlersee. Wegen der zahlreichen Surfer, Segler und Schlammbader aus der Bundeshauptstadt nennt man ihn auch gern das „Meer der Wiener". Allerdings mal mehr, mal weniger. Der See hat nämlich ein geheimnisvolles Eigenleben. Eigentlich dürfte es ihn gar nicht mehr geben, aber er ist noch da. Von 1855 bis 1868 freilich war er weg. Dann kam er wieder und keiner weiß, warum. Es ist ein sehr wankelmütiger See. Man sollte also lieber nicht zu weit hinausschwimmen, sonst sitzt man vielleicht plötzlich auf dem Trockenen, weil er sich gerade wieder einmal eine Auszeit nimmt.

Wer die Natur aus gutem Grund verabscheut, kann sich stattdessen mit der Kultur einlassen. Die Landesmetropole Eisenstadt ist zwar nicht direkt betroffen vom Flair der großen Welt, aber man kann dort gemütlich auf den Spuren von Joseph Haydn wandeln. Das Genie hat im Dienste der Esterhazys unzählige bedeutende Werke geschaffen: Opern, Symphonien, Messen und vielerlei mehr. Richtig populär wurde er allerdings erst durch seine Kaiserhymne, einen Ohrwurm, der Millionen Menschen so richtig ins Blut ging. Vor allem, nachdem ein findiger Texter die Worte: „Gott erhalte Franz den Kaiser" durch „Deutschland, Deutschland, über alles" ersetzte.

Franz Liszt ist ein weiterer berühmter Vertreter burgenländischer Musikgeschichte, und bis heute hat das Burgenland den Notenschlüssel nicht aus der Hand gegeben. Der Zaubergeiger Toni Stricker und seine zauberhaften „Pannonischen Tänze" sind das beste Beispiel dafür, aber auch die musikalischen Wurzeln des Dr. Ostbahn stecken tief im Burgenland. Und der hochgeschätzte Komponist und Dirigent Christian Kolonovits hat unlängst sogar ein „Pannonical" auf die Bühne gebracht und wurde damit vielleicht zum Wegbereiter einer neuen Kunstform, die uns gerade noch gefehlt hat.

Ältere Kunstformen freilich geben im Burgenland besonders kräftige Lebenszeichen. Die Opernfestspiele im Steinbruch von St. Margarethen sind mit hunderttausenden Besuchern eine echte Konkurrenz für Verona geworden. Und wie der ewig junge Intendant Harald Serafin die altersschwache Operette wiederbelebt hat, muss man neidlos bewundern. Alljährlich stürmen unzählige Besucher mit dem Schlachtruf „Schilf ahoi" zur Seebühne von Mörbisch, und das tut der Region sehr gut. Fremdenverkehr auf den Flügeln des Gesanges – das ist eine Trademark, die dem kleinen Burgenland gewiss große Chancen auf eine erfolgreiche Zukunft einräumt.

Wie ist der Österreicher?

Der echte Österreicher ist, zoologisch gesehen, eine Promenadenmischung. In grauer Vorzeit steckte hierzulande die Fremdenfeindlichkeit wohl noch in den Kinderschuhen, denn er Ur-Ur-Österreicher hat sich mit allen Völkern, die zufällig des Weges kamen, ohne viel Federlesens ins Bett gelegt. Die Kelten, die Römer, die Awaren, die Slawen und viele, viele andere, haben hier ihre Gene hinterlassen. Einige Völker bereuen es inzwischen vielleicht, dass sie ihr kostbares Erbgut an uns verschleudert haben, andere wiederum hatten das Glück rechtzeitig auszusterben und müssen sich über das Ergebnis keine Gedanken mehr machen.

Aber wie kann man das Ergebnis nun charakterisieren? Die Eigendefinition der Österreicher ist klar und einfach: „Wia ma san, so samma!"

Leider verstehen Ausländer, vor allem aus dem deutschsprachigen Raum, diese Aussage nicht, doch die korrekte Übersetzung „Wir sind, wie wir sind" hat längst nicht den Charme des Originals und fordert überdies fast gebieterisch die Frage heraus: „Muss das sein?"

Aber das ist eine von jenen rein rhetorischen Fragen, auf die es nicht einmal eine rein rhetorische Antwort gibt. Ein Problem bei der Beurteilung des *homo austriacus* liegt in der schmerzlichen Erkenntnis, dass es den „echten Österreicher" eigentlich nicht gibt. Der Vorarlberger ist eher so etwas wie ein veredelter Schweizer, der Burgenländer eher so etwas wie ein entgleister Ungar, und dass der letzte Name im Wiener Telefonbuch Zywezak lautet, deutet schon an, dass hier alles möglich ist. In besonders uninformierten Kreisen geht deshalb sogar noch immer das Gerücht um, dass die österreichische Nation eigentlich gar nicht existiert. Warum die Zweifler dann allerdings ihre Gesinnungsgenossen in den österreichischen Nationalrat entsenden oder im Fußballstadion die seltenen Triumphe der Nationalmannschaft bejubeln, lässt sich höchstens mit einer Art Bewusstseinsspaltung erklären.

Zum Glück spielt die Nation als solche heute keine so große Rolle mehr, weil in der EU alle Kräfte gebündelt werden müssen, um einen gesamteuropäischen Chauvinismus salonfähig zu machen.

Was die Österreicher nach einer langen, wechselvollen Geschichte eigentlich zu einer richtigen Nation mit einer eigenen Identität zusammenschweißte, geschah am 26. Oktober 1955, als im Nationalrat die „immerwährende Neutralität" verabschiedet wurde. Wobei Verabschiedung in diesem Fall natürlich nicht bedeutet, dass man der Neutralität Lebewohl gesagt hätte, sondern genau das Gegenteil. Seither fühlen sich die Österreicher wohl und verbunden durch eine nationale Eigenschaft, die sie von allen anderen unterscheidet: Sie sind immerwährend neutral! Gut, neutral sein kann bald jemand. Aber immerwährend halt nur Österreich!

Natürlich darf man dieses Wort nicht als konkrete Zeitangabe werten. Immer und ewig – das spielt schon ein bisschen ins Metaphysische hinein und wird von der irdischen Realität oft recht bald in ein nostalgisches Es-war-Einmal verwandelt. Egal ob es sich um Liebesschwüre oder politische Statements handelt. Rückblickend hat sich die immerwährende Neutralität für unser Land jedenfalls gelohnt: Immer, während andere Nationen ihre Konflikte ausfochten, konnte sich Österreich hinter seiner Neutralität verschanzen, und wenn alles vorbei war, gehörten wir automatisch zu den Siegern. Der einzige Nachteil dabei war: Wenn man die Neutralität selbst einmal ein wenig verletzen wollte – und das war schier unvermeidlich, da sich Österreich doch eindeutig der westlichen Zivilisation zugehörig fühlte –, dann musste man es heimlich tun. Und manchmal musste man sogar hinterher protestieren, wenn irgendeine ausländische Macht gar nicht vorher anfragte, ob sie bei den Überflügen eventuell mit unserer Neutralität kollidieren könnte. Aber das hat niemanden besonders belastet. Die gesetzlich vorgeschriebene

Verteidigung der Neutralität auf militärischer Basis hätte Österreich mit ein paar altersschwachen Abfangjägern ohnehin zu keinem Zeitpunkt bewerkstelligen können, aber da in den letzten Jahrzehnten zufällig niemand Appetit auf die Alpenrepublik hatte, betrachten wir die Neutralität immer noch als Talisman unserer nationalen Identität.

Auch wenn es sich längst nur noch um *virtual neutrality* handelt. Die Weltlage ändert sich ständig, und so werden sich auch lieb gewordene Schlagworte einmal ändern müssen. Irgendwann wird die Europäische Union auch offiziell zugeben, dass ihr Überleben ohne die geballte Feuerkraft der österreichischen Vorderlader schier unmöglich ist, und dann werden unsere tapferen Wehrmänner eben die Muskete schultern müssen. Zumal es ja Tradition ist, dass in einem Bündnis alle Bündnispartner gemeinsam gegen den bösen Feind kämpfen und nicht der eine oder andere wegen Phantomschmerzen im neutralen Nervensystem dem Appell fern bleibt.

Aber das ist Zukunftsmusik, denn es gibt ja weit und breit keinen Feind. Und gäbe es einen, würden sich die Mitgliedsstaaten der EU sowieso nicht darauf einigen können, ob er einer ist oder nicht. Folglich dürfen die Österreicher ihren immerwährenden Realitätsverlust auch künftig als Neutralität zelebrieren, und so war es auch eher verwunderlich, dass man über diesen Zustand just bei den Präsidentschaftswahlen 2004 eine durchaus vermeidbare Diskussion vom Zaun brach. Wobei der sozialdemokratische Kandidat eine konservative Haltung einnahm – alles soll so bleiben, wie es war –, während die konservative Kandidatin ein progressives Denkmodell in den Raum stellte: solidarisch innerhalb der EU, neutral nach außen. Eine Art Teilzeitneutralität, könnte man sagen.

Wenn man das alles ein wenig durchdenkt, fühlt man spontan eine große Dankbarkeit in sich aufsteigen. Schließlich tut es verdammt gut zu wissen, dass man hierzulande alles sagen kann, was man will, ohne befürchten zu müssen, dass sich dadurch die Weltlage drastisch verändert.

Trotz gelegentlicher politischer Divergenzen muss man jedenfalls sagen: Dem Österreicher ist die Neutralität in Fleisch und Blut übergegangen und er praktiziert sie im Alltag auch demgemäß. Wenn ein braver Ehemann seine Frau verprügelt, ein liebevoller Vater seine Kinder misshandelt oder ein junges Mädchen am hellen Tag vergewaltigt wird – da mischen sich die Außenstehenden nicht ein. Aber weniger aus Desinteresse als aus einer traditionellen Unsicherheit: Vielen Menschen hierzulande ist noch nie ganz klar geworden, ob die Täter oder die Opfer Recht haben.

Das heißt freilich nicht, dass die Österreicher einfach immer wegschauen. Im Gegenteil, sie lassen sich keinen interessanten Vorfall entgehen. Beispielsweise bei Verkehrsunfällen und ähnlichen kleinen Katastrophen sind sie rasch zur Stelle. Freilich, ohne ihr neutrales Verhalten aufzugeben und dem einen oder anderen Hilfe zu leisten. Wenn überhaupt eine Einmischung in das Geschehen stattfindet, dann meist nur in der Form, dass die mitfühlenden Zuschauermassen den raschen Einsatz der Rettungskräfte ein Weilchen blockieren.

Solch sozial relevante Anwendungsarten des Neutralitätsprinzips sind freilich nicht nur auf Österreich beschränkt, und in mancher Hinsicht haben uns andere Staaten längst überflügelt. Die Schweiz vertritt eine vorbildliche Neutralität gegenüber Schwarzgeldkonten, und die belgischen Justizbehörden mischen sich bekanntlich nicht gerne ein, wenn es um Kinderporno-Ringe geht. Und selbst ein US-Präsident mischt sich selten in die amerikanische Politik ein, solange sie von den Konzernen gemacht wird, die seinen Wahlkampf finanziert haben.

So ist eben jeder irgendwie neutral. Und das ist ja auch eine schöne Eigenschaft, solange sich dahinter nicht chronische Gleichgültigkeit und militante Wurstigkeit verbirgt. Aber das soll ja praktisch nie vorkommen.

Natürlich haben die Österreicher auch noch andere spezifische Eigenschaften, um gleich einmal mit einer außergewöhnlich guten zu beginnen: Sie sind hilfsbereit. Das wird sogar von internationalen Testern anerkannt! Wenn etwa ein Japaner fragt, wie er zum Beethoven-Denkmal kommt, dann wird ihm nicht nur ein Einheimischer den kürzesten Weg zu dieser Sehenswürdigkeit erklären, nein, ein ganzes Rudel von Passanten, die einen noch kürzeren wissen, schart sich nach und nach um ihn, um gutherzig und sachkundig Aufklärungsarbeit zu leisten. Irgendwann ist der Urlaub des Japaners natürlich zu Ende, er sagt den hilfsbereiten Menschen ein letztes „Sayonara" und landet wieder in Yokohama, ohne das Denkmal des großen Meisters gesehen zu haben. Aber er weiß jetzt wenigstens, warum sich Beethoven in dieser Stadt taub gestellt hat.

Neben diesen kleinen privaten Hilfeleistungen gibt es natürlich auch noch größere, offizielle. Dass es Flüchtlinge und Asylanten heute nicht leicht haben, ist ein europäisches Problem, das durch Schlepperbanden und Menschenhändler, aber auch dadurch, dass die fetten Sozialtöpfe im goldenen Westen bis auf den Boden geleert sind, künftig noch größer wird.

Man sollte aber über einzelnen Härtefällen nicht vergessen, wie großartig sich Österreich verhalten hat, wenn seine Nachbarn ins Unglück gerieten: beim Ungarn-Aufstand, beim Ende des Prager Frühlings oder in der Balkan-Krise. Über die Jahre hinweg hat Österreich sicher mehr Flüchtlingen geholfen als die meisten größeren und reicheren Staaten der Erde. Das soll nicht von der aktuellen Problematik ablenken, muss aber auch einmal gesagt werden.

Außerdem sind die Österreicher Spenden-Weltmeister! Bei einzigartigen Aktionen wie „Nachbar in Not“ oder „Licht ins Dunkel“ wurden Jahr für Jahr Millionenbeträge gesammelt, und auch wenn es darum ging, den Opfern diverser Naturkatastrophen zu helfen, zeigten die Österreicher immer große Solidarität und Einsatzbereitschaft. Der einzige Pferdefuß dabei ist, dass die Regierung bisweilen von der Großherzigkeit ihrer Untertanen mitgerissen wird und den Erlös einer Spendenaktion großzügig verdoppelt. Aus Steuergeldern natürlich, und das heißt, dass die braven Staatsbürger, die schon freiwillig gespendet haben, unfreiwillig das Doppelte zahlen.

Ansonsten ist es in Österreich so wie überall: Gespendet wird weniger von den Reichen als von jenen Menschen, die nur über sehr bescheidene Mittel verfügen. Aber zum Glück gibt es in Österreich so viele Menschen, die nur über sehr bescheidene Mittel verfügen, dass ganz schön was zusammenkommt.

Ein Projekt muss man hier noch besonders erwähnen, schon weil es in die konservativ alpenländische Bewusstseinssphäre eine echte Bresche geschlagen hat. Der Life Ball ist den Österreichern einfach so passiert. Einen Moment lang haben sie nicht aufgepasst, und den benutzte Gery Keszler, um eine großartige Idee in die Tat umzusetzen. Heute ist der Life Ball das größte und glamouröseste Aids-Benefiz-Event Europas und erzielt einen jährlich steigenden Reinerlös, mit dem vielen Opfern der Immunschwäche geholfen werden kann. Anfangs noch als „Schwulenball“ etwas verächtlich abgetan, ist der Life Ball inzwischen neben dem Opernball zum zweiten Großereignis im Wiener Veranstaltungskalender geworden und die Prominenz vom Showbusiness bis zur Politik reißt sich darum dabei zu sein, wenn die schrillen Vögel tanzen. Allerdings: Dies ist ein ganz spezieller Einzelfall und bestätigt daher nicht unbedingt die optimistische Vermutung, dass man in Österreich auch mit einer guten Idee Erfolg haben könne.

Natürlich hat der Nationalcharakter noch weitere interessante Facetten. Dass beispielsweise der soziale Frieden über Jahrzehnte bewahrt werden konnte, liegt an einer speziellen Eigenschaft: Die Österreicher streiken nicht gerne. Sie gehen lieber gleich in Frühpension! Diese Entwicklung wurde in letzter Zeit besonders von Branchen mit hoher Staatsbeteiligung gefördert, etwa Post und Telekom. Ihnen verdankt Österreich eine Unzahl von kraftstrotzenden jungen Pensionsempfängern, denen man am Tennisplatz und beim Mountainbiken manchmal gar nicht ansieht, dass sie zu schweren Arbeiten, wie dem Ablecken von Briefmarken, gesundheitlich einfach nicht mehr in der Lage waren.

Ein anderer Wesenszug ist die Angst vor Veränderungen. Die Österreicher halten zwar nichts von ihren Parteien und Politikern, aber sie wählen sie. Weil sie ja keine anderen haben und weil der bekannte Schrecken immer noch besser ist als die drohende Ungewissheit.

Natürlich wechseln manchmal die Mehrheiten, aber nicht weil da rechts oder links plötzlich eine Lichtgestalt aufgetaucht wäre, sondern hier um des Ausgleichs willen. Schließlich schlummert seit jenen längst vergangenen Epochen von Ackerbau und Viehzucht noch immer die Erkenntnis in uns: Man muss jedes Schwein einmal zum Futtertrog lassen, damit es im Saustall keine Randale gibt! Natürlich hinkt dieser Vergleich ein wenig. Politiker haben mit dem Nutzvieh absolut nichts gemein. Nicht einmal den Nutzen. Jeder, der einmal einen knusprigen Schweinebraten gegessen und eine unverdauliche Wahlrede gehört hat, weiß: Dazwischen liegen Welten! Nur, der Drang zum Futtertrog ist halt allen Lebewesen gemeinsam. Und so wird jeder Politiker irgendwann einmal von irgendeinem Bürger gewählt, der da hofft, vielleicht selbst noch einen Restplatz am Tröglein zu ergattern. Aber heutzutage ist eine Wahl ja für niemanden mehr ein großes Erfolgserlebnis. Denn wenn eine Partei regieren will, kann sie das nur mit Hilfe einer anderen Partei, und so bekommt der Wähler auf jeden Fall eine Partei dazu, die er gar nicht wollte. Und manchmal bekommt er sogar zwei, die er gar nicht wollte, aber das macht ihn auch nicht wirklich unglücklich, denn der Unterschied zwischen Demokratie und Masochismus war hierzulande niemals unüberbrückbar. Und der Masochismus ist nun mal eine staatserhaltende Eigenschaft. Ohne ihn gäbe es das, was man gemeinhin Innenpolitik nennt, überhaupt nicht. Auch keine Politiker. Und schon gar keine beliebten Politiker. Dass schon seit langer Zeit immer wieder der jeweilige Finanzminister die höchsten Sympathiewerte aller zur Verfügung stehenden Politiker erringen konnte, unterstreicht hingegen, dass die politische Meinungsbildung hierzulande von einem soliden Hang zur Perversion getragen wird.

Irgendwo, tief in seinem Inneren, genießt es der Österreicher zu leiden. Aber um diesen Genuss nicht mit anderen teilen zu müssen, verstellt er sich. Gibt sich mürrisch, unfreundlich und wehleidig. Damit hebt er sich freilich von den anderen Völkern nicht besonders ab. Die größten Jammerlappen der Neuzeit sind ja inzwischen die Deutschen geworden. Sie weinen und wehklagen zwölf Stunden am Tag, schleppen sich am Golfplatz schluchzend von einem Loch zum anderen, weil sie dabei immer ans Budget denken müssen. Und wenn sie kurz mal zu ihrem Landhaus in der Toskana fahren, heulen sie den ganzen Mercedes voll, weil die Lage in Deutschland so furchtbar ist, dass der Staat selbst eingefleischten Sozialhilfeempfängern ihre Bordellbesuche nicht mehr bezahlen kann.

Mit dem tiefen Schmerz, der Deutschland befallen hat, kann Österreich natürlich nicht konkurrieren. Erstens ist es uns ja nie ganz so gut gegangen wie den Deutschen, und zweitens hatten wir auch keinen Kanzler Schröder, der die Via Dolorosa unseres Nachbarn auf Autobahnbreite erweitert hat. Deshalb jammern wir Österreicher auch nicht richtig. Wir raunzen. Immer und überall. Das Raunzen ist die ganz typisch österreichische Form der Kommunikation. Erklärbar ist dieses Wort nur mit sich selbst. In Wörterbüchern wird zwar eine Übersetzung versucht, aber weder nörgeln, noch meckern oder murren trifft genau ins Schwarze. Schon deshalb, weil es auch einen ganz bestimmten Tonfall verlangt, der von Angehörigen anderer Volksgruppen nicht nachgeahmt werden kann. Treffen einander hingegen zwei Österreicher, so beginnen sie sofort zu raunzen. Bevorzugt werden dabei Zeiterscheinungen, an denen sie absolut nichts ändern können, etwa das Wetter, die Steuer oder die Bandscheiben, aber auch die Jugend von heute, die Nase von Michael Jackson oder das Frühstücksbuffet im Ferienclub können notfalls herangezogen werden. Und außerdem alles, was einem sonst noch so einfällt.

Wesentlich ist, dass dabei keine tief greifenden, existenziellen Sorgen zum Ausdruck kommen. Das Raunzen ist ein Spiel, ein Bestandteil der Psychohygiene. Der Raunzer erwartet von seinem Gesprächspartner gar nicht, dass dieser besonders auf ihn eingeht oder gar eine Lösung für das angesprochene Problem anbietet. Manchmal raunzen zwei Raunzer gleichzeitig über ganz verschiedene Dinge, ja, die wahren Meister schaffen das sogar in größeren Gruppen. Und eigentlich könnte ein Raunzer auch ganz für sich alleine raunzen – wahrscheinlich tun das auch einige –, denn hier geht es ja nicht um Antworten, Entscheidungen, Problemlösungen, sondern nur um den kleinen Triumph über das Dasein! Mag die Welt auch ihre stärksten Waffen zum Einsatz bringen: Sonnenstrahlen und Frühlingsblumen, junge Liebe und alten Rotwein – wenn man sich ein bisschen zusammenreißt, kann man an allem etwas auszusetzen finden!

Früher gab es ja noch einige Nichtraunzerzonen, vor allem in den ländlichen Gebieten. Da war man eher wortkarg. Da waren Männer noch Männer, hart und verschlossen, und drückten ihre Empfindungen nicht in Worten aus. Schon weil sie von beiden nicht allzu viel hatten. Und die Frauen hatten sowieso den Mund zu halten.

In der allgemeinen Sprachlosigkeit zwischen Hüh und Hott, zwischen Ja und Amen, war wenig Platz für feine Zwischentöne, wie sie das Raunzen erfordert. Aber weil immer mehr Bauern in die Stadt abwanderten und immer mehr Städter ins Grüne zogen, wird heute praktisch bundesweit geraunzt. Auch deshalb, weil der Lebensstandard in den letzten Jahrzehnten ständig gestiegen ist: Das Raunzen ist ein markantes Zeichen der Wohlstandsverwahrlosung.

Heute jedenfalls ist es überall in Gebrauch, wobei Wien noch immer einen kleinen Vorsprung hat, schon weil hier ja seit Jahrhunderten eine gewissen Larmoyanz kultiviert wurde und sich der österreichische Nationalcharakter in seiner reinsten Form manifestiert: diese gewisse Neigung zu schwermütiger Leichtlebigkeit und melancholischem Frohsinn. Kürzer ausgedrückt: Man sitzt in überschäumender Laune beim Heurigen und singt Lieder vom Tod! Oder noch kürzer: Einmal Pestgruabn und retour!

Es gibt noch eine ganze Reihe von Nebeneigenschaften, die uns besonders von Ausländern gerne attestiert werden, solange sie uns noch nicht kennen gelernt haben. Demnach sind die Österreicher: kunstsinnig, schlampig, amüsant, schlitzohrig, höflich, musikalisch, charmant und falsch. Und natürlich auch das Gegenteil. Oder ganz anders. Man kann ein Volk eben nicht verallgemeinern.

Vielleicht kommt man dem *homo austriacus* näher, wenn man einen Vorurteilsvergleich mit anderen Nationen anstellt. Demnach sind die Österreicher: nicht so chauvinistisch wie die Franzosen, aber auch nicht so gastfreundlich wie die Türken. Nicht so intelligent wie die Finnen, aber auch nicht so blond wie die Schweden. Nicht so humorlos wie die Deutschen, aber nicht so bekifft wie die Holländer. Nicht so fröhlich wie die Italiener, aber auch nicht so verregnet wie die Briten.

Man könnte das jetzt noch stundenlang fortsetzen, aber ein absolut klares Bild ergibt sich daraus nicht.

In ihrer Vorliebe für deftiges Essen und sangesfrohe Geselligkeit unter Alkoholeinfluss wären die Österreicher vielleicht am ehesten mit den Dänen vergleichbar. Aber das muss ein Zufall sein, da die Dänen prinzipiell am Meer liegen, während die Österreicher gewohnheitsmäßig auf Bergen hausen, sodass sich die beiden eigentlich nie begegnen konnten.

Aus all diesen verwirrenden Tatsachen lässt sich letztlich jedoch eine ganz konkrete Schlussfolgerung ziehen: Die Österreicher sind unvergleichlich!

Und das kann man so oder so sehen.

Eine Runde Staatsbürgerkunde

Der Staat und sein Oberhaupt

Staatsform: Die Republik Österreich ist eine parlamentarische Demokratie.

Eigentlich ist Österreich aber auch eine Räterepublik. Als oberste Instanzen gibt es den Nationalrat und den Bundesrat, und daneben noch jede Menge rätlicher Entscheidungsträger – Gemeinderat, Stadtrat, Ministerialrat, Hofrat, Bezirksrat, Ökonomierat, Kommerzialrat und dergleichen. Bei soviel Rat ist es eigentlich paradox, dass die österreichische Politik von einer permanenten Ratlosigkeit geprägt wird. Aber das Paradoxe ist hierzulande ganz normal. So ist in Österreich etwa das Tragen von Adelstiteln verboten, aber einen Kaiser würde das Volk ganz gerne wieder haben. Und vielleicht noch lieber eine Kaiserin, die Sissi heißt und aussieht wie Romy Schneider. Leider steht jedoch für die notwendigen Repräsentationszwecke nur ein Bundespräsident plus jeweiliger Gemahlin zur Verfügung. Der Bundespräsident ist nominell das Staatsoberhaupt, hat aber prinzipiell kaum etwas zu sagen. Schon dass einer einmal bei der Angelobung einer neuen Regierung eine saure Miene aufsetzte, wurde von weiten Kreisen als Kompetenzüberschreitung betrachtet.

Nominell ist der Bundespräsident auch Oberbefehlshaber des Heeres, aber was könnte man dem österreichischen Bundesheer schon befehlen, außer sich schleunigst aufzulösen? Natürlich wäre es ein schönes Bild, wenn der Bundespräsident an der Spitze seiner Truppen auf einem Lipizzaner gegen den Feind anreitet, neben ihm vielleicht der Verteidigungsminister, der ja auch keine

Ahnung von Kriegsführung hat, und dahinter eine Unzahl von Generälen und anderen hohen Offizieren, die man beim Heer beschäftigen muss, weil sie für den Zivildienst untauglich sind. Aber das ist natürlich nur ein Traumbild, in Wirklichkeit kann sich der Oberbefehlshaber höchstens bei der Gardemusik einen hübschen Marsch aussuchen und hoffen, dass sie ihm zum Geburtstag einen bläst.

In einem anderen Bereich jedoch darf der Bundespräsident ungehemmt wirken: als Gastgeber. Er kann jederzeit auf die Menüfolge und die Weinauswahl Einfluss nehmen, wenn er mit ausländischen Staatsgästen in der Hofburg tafelt. Dabei handelt es sich zwar meist um nicht ganz so wichtige Politiker, denn die großen Staatsmänner der Welt zieht es erstaunlicherweise nicht vorrangig nach Wien, aber Hauptsache ist doch, man hat wieder einmal Gelegenheit, das feine Silberbesteck aus der Kommode zu holen. Natürlich darf der Bundespräsident auch gelegentlich in ein fremdes Land reisen, um dort zu tafeln, findet aber oft die besten Leckerbissen gar nicht mehr vor, weil der Bundeskanzler, der Außenminister und der Kärntner Landeshauptmann schon vor ihm da waren. Eine Zeit lang gab es einen regelrechten Wettlauf, der zwar allen Beteiligten und auch dem Staat nichts brachte, aber letztlich hatte dann doch der Bundespräsident die Nase vorn, weil er wenigstens von seinen Gastgebern hin und wieder ein Dromedar geschenkt bekam.

Finanziell steht ein Bundespräsident nicht schlecht da. Sein Gehalt ist unangemessen hoch, aber mit demselben Problem haben ja viele andere Politiker auch zu kämpfen. Zwar ist das Preis-Leistungsverhältnis bei Bundespräsidenten besonders unausgewogen, aber erfahrungsgemäß richten sie, verglichen mit anderen Politikern, kaum einen nennenswerten Schaden an, und das ist schon einen Bonus wert.

Daneben hat der Bundespräsident auch Anspruch auf eine Dienstvilla. Will er keine Villa, bekommt er den Verzicht mit fünftausend Euro monatlich abgegolten, ob er will oder nicht, denn das hat der Gesetzgeber so vorgeschrieben. Wahrscheinlich um sicherzustellen, dass der Bundespräsident sich wenigstens eine hübsche Fußmatte leisten kann, wenn er hohen Staatsbesuch in seiner Gemeindewohnung empfängt.

Was das Privatleben des Bundespräsidenten anbelangt, so sieht ihn das Volk eher als geschlechtsloses Wesen. Schon mit einer Frau behaftet, aber ohne davon besonders Gebrauch zu machen, außer wenn er mit ihr die Feststiege zum Opernball erklimmt. Bis zu Thomas Klestil galt diese Branche jedenfalls als unbefleckt, erst unter seiner Regentschaft wurde dann ein Zipfelchen Intimleben an die Öffentlichkeit gebracht – nicht weil es jemanden interessiert hätte, sondern wohl eher, weil ihm gute Freunde ein bisschen schaden wollten. Eigentlich hätten die Österreicher ja gerne einen heißblütigen Herrscher, der seine Huld unter den Wiener Wäschermädeln versprüht, aber dazu hat es natürlich nicht gereicht, und auch von seinen Nachfolgern ist diesbezüglich wenig zu erwarten. Die Skandalreporter von „Bild" und „Bunte" müssen sich also keine neuen Namen merken, sondern können sich getrost ihren alten Bekannten aus dem englischen Königshaus widmen. Der einzige österreichische Bundespräsident, der jemals ein Rauschen im internationalen Blätterwald verursacht hat, war Kurt Waldheim, und der auch nur, weil sein Pferd bei der SS gewesen ist. Und das hat dem Ansehen der Pferde dann doch sehr geschadet.

Dass ein Bundespräsident nicht immer den totalen Respekt der Bevölkerung erntet, liegt aber oft gar nicht an seiner Person oder an seinem Pferd, sondern daran, dass er für das höchste Amt im Staat erst einmal kandidieren muss. Nun sucht man in Österreich gar nicht erst lange nach dem besten Kopf, sondern nach dem geeignetsten Parteimitglied. Bei der einzigen Persönlichkeitswahl die es hierzulande gibt, geht es also nur ganz am Rande noch um die Persönlichkeit, hauptsächlich aber um das ewige, peinliche Machtduell zwischen Rot und Schwarz. So ein Wahlkampf kann monatelang dauern, und selbst die vortrefflichsten Kandidaten verlieren dabei viel von ihrem Glanz. Wenn sie dann noch – wie jüngst geschehen – statt mit klugen Argumenten mit Mannerschnitten und Ferrero-Küsschen um sich werfen, gerät die ganze Veranstaltung endgültig zur Farce. Nur bleibt einem das Lachen dann doch im Halse stecken, wenn man bedenkt, wie viele Millionen der Steuerzahler für solche Darbietungen locker machen muss. Natürlich leidet unter solchen Umständen auch die Wahlbeteiligung, aber möglicherweise ist das ja eine gezielte Taktik der Parteien. Vielleicht wollen sie erreichen, dass wenigstens die denkenden Mitbürger auf ihr Wahlrecht verzichten und nur noch die braven Allesfresser aus den eigenen Reihen pflichtschuldigst ihre Stimme abliefern. Das könnte doch zumindest die ausufernde Demokratie wieder ein bisschen eindämmen.

Manchmal wünscht man sich, das Staatsoberhaupt würde, wie etwa bei den Deutschen, im Parlament gewählt. Das dauert nur eine halbe Stunde und kostet gar nichts. Allerdings: Wenn sich der Österreicher einmal hinterrücks Gedanken darüber macht, wer eigentlich aller in unserem Parlament sitzt, dann wählt er – zähneknirschend – doch lieber selbst!

Natürlich könnte man das Amt des Bundespräsidenten auch ersatzlos streichen, aber die Befürchtung, dass ohne Staatsoberhaupt die Politik hierzulande noch kopfloser agieren würde, lässt eine Enthauptung der Republik nicht opportun erscheinen. Und außerdem: Wenigstens einen kleinen, bürgerlichen Kaiser möchten sich die Österreicher schon halten. Einen Winke-Winke-

Monarchen, der gelegentlich den roten Teppich auslegen darf, hübsche Orden verleiht oder der Nationalelf in den bitteren Stunden der Torlosigkeit beiwohnt. So richtig volkstümlich soll er halt sein, aber das ergibt sich ja schon aus seiner Stellung, denn gerade weil er eigentlich nichts zu sagen hat, kann sich die schweigende Mehrheit des Volkes bestens mit ihm identifizieren.

Die Verfassung

Österreich mit seinem schon erwähnten Hang zum Paradoxen ist der lebende Beweis dafür, dass sich ein Land in relativ schlechter Verfassung befinden kann, obwohl es eine relativ gute Verfassung hat. Die derzeit gültige entstand 1920, wurde 1934 aufgehoben und 1945 wieder belebt. Seither wurde viel daran herumgedoktert, aber der große Schritt zu einer Verfassung, die auch morgen noch zeitgerecht wäre, ist bisher unterblieben. Schon deshalb, weil sich die Zeiten schneller ändern als die vorgefassten Meinungen der Fachleute. Außerdem brauchen Verfassungsänderungen eine Zweidrittelmehrheit im Nationalrat, und das Einzige, worauf sich die Mehrheit der Abgeordneten über alle Parteigrenzen hinweg sofort einigen könnte, ist eine Erhöhung ihrer Bezüge. Aber vielleicht sollten sich die Verfassungsverfasser auch gar nicht so beeilen, denn es ist nicht gänzlich ausgeschlossen, dass es in einigen Jahren eine gesamteuropäische Verfassung geben wird, und wie weit die mit unserer eigenen kompatibel ist, steht in den Sternen.

Inzwischen genügt jedenfalls auch die herkömmliche Verfassung, um ein paar Juristen mit gut dotierten Posten zu versorgen. Die Hauptaufgabe des Verfassungsgerichts besteht darin, die von der Regierung in aller Eile beschlossenen Gesetze nach langem Nachdenken wieder aufzuheben. Natürlich nicht alle. Und manchmal nur mit Vorbehalt, weil die obersten Richter, bei aller

Abgeklärtheit, doch noch in tiefste Gewissenszweifel gestürzt werden, wenn sie die lebenswichtige Frage entscheiden müssen, ob das dritte Komma im siebzehnten Abschnitt tatsächlich verfassungskonform ist. Dennoch, sie treffen Entscheidungen, manchmal früher, meistens später, und da die Opposition praktisch alles, was die Regierung beschließt, zur Überprüfung an die Verfassungsrichter weiterleitet, sind die hohen Herren ganz schön ausgelastet.

Insofern hat die Verfassung also auch ein bisschen Einfluss auf die Politik, und deshalb sind die Österreicher froh, dass sie eine haben, auch wenn niemand weiß, was da drin steht. Aber mit den Verfassungen ist es ja so wie mit den diversen Heiligen Schriften: Es kommt immer auf die Auslegung an, also auf die persönliche Meinung des jeweiligen Schriftgelehrten. Und im Falle von Gesetzen, Bestimmungen und Verordnungen sind das eben weltliche Geistliche, konkret die Juristen. Diesen Beruf kann man also allen jungen Menschen nur wärmstens empfehlen. Denn wenn die Politik plötzlich verspricht, dass alle Regelwerke „bürgernäher“ und „leichter verständlich“ werden sollen, heißt das ja korrekt übersetzt: Alles wird noch komplizierter und für den Normalbürger gänzlich undurchschaubar. In Österreich und im Rest von Europa. Sogar die Politiker werden bald nicht mehr in der Lage sein, sich selbst zu erklären, was sie eigentlich tun. Und wenn die Staatenlenker eine Regierungserklärung abgeben, wird sie nur noch aus einem Satz bestehen: „Ich sage kein Wort ohne meinen Anwalt!“

Der Föderalismus

Neben der Bundesverfassung gibt es in Österreich noch zahlreiche Landesverfassungen, denn die Republik zerfällt bekanntlich in neun verschiedene Bundesländer – was für einen so winzigen Staat entschieden zu viel ist. Dennoch wird hierzulande der Föderalismus groß geschrieben, denn dadurch kann man öffentliche Ämter

– vom Landeshauptmann bis zum Portier des Landesschulinspektors – gleich neunmal besetzen. Das System reicht zwar nicht ganz aus, um jedes brave Parteimitglied in eine einträgliche Position zu hieven, bringt aber doch eine Menge Leute von der Straße weg, und man kann ihnen in irgendwelchen überflüssigen Verwaltungsapparaten zwar keine sinnvolle Tätigkeit anbieten, aber immerhin eine Art Langzeitarbeitslosigkeit mit fixem Gehalt.

Die Bundesländer stellen auch das zweithöchste Entscheidungsgremium des Staates, den Bundesrat. Das ist eine Art Geheimbund, von dem die meisten Österreicher nicht wissen, dass er existiert, geschweige denn, wozu. Also sei das hier einmal verraten: Die Mitglieder des Bundesrates dürfen sich Bundesräte nennen, und das wird ihnen mit etwa 53.000 Euro im Jahr abgegolten. Ihr Anführer wird Präsident genannt und erhält dafür das Doppelte. Namentlich bekannt ist den Österreichern praktisch kein Einziger, aber man liest manchmal in Todesanzeigen unter anderen Titeln auch den Beinamen „Bundesrat“ und kann daraus schließen, dass es so etwas gibt.

Die wirklich wichtigen Personen in den Bundesländern sind freilich die Landeshauptleute. Früher mal waren sie echte Kaiser der Provinz, aber die lebendigen Legenden wie Wallnöfer von Tirol, Gleißner von Oberösterreich und Krainer von der Steiermark sind heute halt nur noch Legenden. Dass die heutigen Landesfürsten oft nicht mehr das gleiche Ansehen und die gleiche Machtfülle besitzen, liegt nicht an ihrem Amt, sondern an ihrer Persönlichkeit. Aber die wirklich großen Persönlichkeiten gehören ja – auf jedem Gebiet und nicht nur in Österreich – zu einer aussterbenden Gattung. Da muss man wohl in Kauf nehmen, dass auch auf der Landesebene der eine oder andere nicht sonderlich aus der Ebene herausragt. Natürlich thronen in den Bundesländern auch ein paar Regenten, deren Macht und Einfluss über ihr eigenes Herrschaftsgebiet hinausgeht. Haider in Klagenfurt, Häupl in Wien, Klasnic in Graz und der absolute Herrscher über St. Pölten und die umliegenden Gebiete, Erwin Pröll. Dass er in seiner Funktion als Landeshauptmann mehr verdient als der amerikanische und der russische Präsident, mag Verwunderung auslösen, aber allein dadurch, dass er nie versucht hat, die niederösterreichische Landespolitik in den Irak oder nach Tschetschenien zu exportieren, hebt er sich eben von seinen Politikerkollegen Bush und Putin wohltuend ab, und so etwas darf nicht unbelohnt bleiben.

Ansonsten macht der Föderalismus ein wenig den Eindruck, als hätte er sich langsam überlebt. Denn dass ein so kleines Land wie Österreich neben der Zentrale in Brüssel und der Zentrale in Wien noch neun andere Zentralen braucht – mit allen Ämtern, Instanzen und Befugnissen –, die sich letztendlich doch dem übergeordneten Recht beugen müssen, macht nicht viel Sinn. Föderalismus ist heute eigentlich eine Verschwendung von Zeit und Geld, aber das darf man natürlich nicht laut sagen. Das würde die Bundesländer, die ohnehin nur schwer zu bändigen sind, tief beleidigen und Österreich vor eine Zerreißprobe stellen. Schon in der Vergangenheit hat Salzburg ja einmal gedroht, sich dem Freistaat Bayern anzuschließen, und Vorarlberg wollte in die Schweiz übersiedeln. Ähnliche Trotzreaktionen könnte es auch heute wieder geben, und wenn Oberösterreich nach Tschechien auswandert und die Steiermark sich im Sudan niederlässt, stünde Österreich ganz schön dumm da. Und selbst bei einer verhältnismäßig geringfügigen Föderalismusherabwürdigung ließe Tirol seine Standschützen aufmarschieren und Kärnten den Grenzlandchor Arnoldstein, um solchen Frevel im Keim zu ersticken.

Am Föderalismus gibt es also nichts zu rütteln. Und selbst wenn eine neue Epoche uns einmal die Frage stellt: „Wollt ihr

Obergurgler oder Europäer sein?", werden wir den österreichischen Weg gehen, und beides – wenn auch nicht gerade freudigen Herzens – bejahen.

Der Nationalrat

Als parlamentarische Demokratie verfügt Österreich natürlich auch über ein Parlament. Besser gesagt: Das Parlament verfügt über Österreich. Dort sitzen so 180 Stück Abgeordnete und entscheiden über Wohl und Wehe des Landes. Wobei ein deutlicher Trend in Richtung Wehe erkennbar ist.

Wozu Österreich eine solche Unzahl von Abgeordneten durchfüttert, bleibt freilich ein Rätsel. Im Parlament herrscht ohnehin Clubzwang, das heißt, dass die Nationalräte nicht nach Lust und Laune oder gar nach ihrem Gewissen entscheiden können, sondern sich strikt an die vorgegebene Linie ihrer Parteien halten müssen. Ein halbes Dutzend Abgeordneter könnte also theoretisch genauso viel Politik machen wie 180 Stück. Und praktisch ist es ja auch irgendwie so, denn nicht allzu wenige Abgeordnete sitzen nur als stumme Zeitzeugen im Saal herum. Eine Reduzierung der Volksvertreter auf ein erträgliches Minimum stößt allerdings bei allen Parteien auf wenig Gegenliebe. Wo sonst sollten sie denn ihre braven Schäfchen ins Trockene bringen, wenn nicht im Hohen Haus? Und grundsätzlich ist ja auch nicht leicht jemand zu blöd, um politisch tätig zu sein. So finden sich auch immer genügend Sitzflächen, die bereit sind, selbst den harten Hinterbänken der Demokratie ihren Stempel aufzudrücken.

Die parlamentarische Arbeit an sich ist relativ simpel, weil sie nach einem bewährten Schema abläuft: Wenn die Mehrheit dafür ist, ist die Minderheit dagegen. Und umgekehrt. Dabei geht es gar nicht so sehr um Land und Leute, um Inhalte und Lösungen, sondern um das Spiel der Kräfte. Die Regierung schlägt etwas kategorisch vor, und die Opposition lehnt es kategorisch ab. Beide Seiten schicken ihre eloquentesten Redner ans Pult, die dann erklären, warum sie – und ausschließlich sie – Recht haben. Nach dem Austausch der üblichen Grobheiten und Schmähungen wird dann die Regierungsvorlage verabschiedet, was in ihren Reihen Applaus und bei der Opposition Zähneknirschen hervorruft, beim normalen Staatsbürger jedoch meist blankes Unverständnis. Der Österreicher, von Haus aus mit einer unverwüstlichen Untertanenmentalität gesegnet, hat an sich gegen die gesetzgebende Funktion des Parlaments überhaupt nichts einzuwenden. Bloß gegen die Gesetze. Müssen es so schnell so viele sein? So unausgegoren, dass sie noch vor dem Inkrafttreten schon wieder „abgefedert" werden müssen? Und weshalb müssen die tausenden Textseiten, die da jährlich ausgeworfen werden, so unverständlich sein?

Böse Zungen behaupten ja, der Gesetzgeber mache alles bewusst kompliziert, um das gemeine Volk im Unklaren zu lassen, und nur dem engsten Kreis der Eingeweihten – den Politikern also – die geheime Botschaft der Gesetzestexte zugänglich zu machen.

Aber das ist natürlich ein kompletter Unsinn. In Österreich gilt: Gleiches Recht für alle! Auch der Gesetzgeber versteht oft nicht, was er gerade gegeben hat. Als vor einiger Zeit einmal ein besonders kompliziertes Gesetz auf den Markt geworfen wurde, versprach der heutige Bundespräsident Dr. Fischer, in den Parlamentsferien zu versuchen, den Text ins Allgemeinverständliche zu übersetzen – und bekannte danach freimütig, dass es ihm nicht gelungen sei.

Die Volksvertreter genießen also keineswegs das Privileg, mehr zu verstehen als das Volk. Aber sie dürfen dem Unverständlichen Vorschub leisten.

Natürlich gibt es auch in der Politik brillante Köpfe und hart arbeitende, verantwortungsbewusste Menschen, und man kann nicht sagen, dass Politiker generell zu hoch bezahlt werden, obwohl 79 % der Österreicher diese Meinung vertreten. (Die restlichen 21 % sind wahrscheinlich politisch tätig und schon deshalb gegenteiliger Ansicht.)

Im Prinzip ist es wohl so, dass die guten Politiker unterbezahlt sind und die schlechten überbezahlt. Aber in der Demokratie gibt es eben keinen Qualitätsmaßstab, sondern nur die rituellen Hahnenkämpfe der Parteien. Diese werden zur Belustigung des Wahlvolkes immer noch vehement ausgefochten, denn Parteifunktionäre haben nun mal eine längere Leitung als der Normalsterbliche. Natürlich wissen auch die Politiker insgeheim, dass man heutzutage mit der klassischen „rechten" oder „linken" Politik keinen Staat mehr machen kann, sondern nur der größtmögliche Konsens in stürmischen Zeiten eine gewisse Stabilität verheißt. Aber das verraten sie uns natürlich nicht, denn welches Argument könnten sie dann noch ihren Wählern bieten? Dass sie einfach an die Macht wollen?

Nein, da ist es schon besser, sie holen längst verwelkte Begriffe aus der Mottenkiste. Auch Politik ist heute zum Großteil Show-Business. Man kann darüber lächeln, man kann darüber schimpfen, jedenfalls kommt die Unterhaltung dabei nicht zu kurz. Mit den Parteien ist es ja inzwischen so wie mit den Fernsehsendern: Man kann eigentlich nicht sagen, wer das bessere Programm hat, also zappt man mal hierhin, mal dorthin.

Dass die Quoten von Wahl zu Wahl sinken, spricht allerdings gegen die Programmverantwortlichen. Die Politiker suchen dann immer verzweifelt nach der Ursache, kommen aber einfach nicht dahinter, dass sie bei ihnen liegt. Wenn sich die verschiedenfärbigen Herrschaften Tag für Tag gegenseitig schlecht machen, drängt sich dem Bürger letztendlich die Erkenntnis auf, „die da oben“ sind alle schlecht. Und er verweigert sich ihren Avancen total. Politikverdrossenheit nennt man das. Was jetzt nicht heißt, dass man die Parteien abschaffen sollte. Konkurrenz belebt die Demokratie. Nur sollte man im Umgang miteinander zu einer verhältnismäßig vernünftigen Sprache zurückfinden. Und in der Wahlwerbung wenigstens das Niveau der Waschmittelwerbung nicht wesentlich unterschreiten. Sonst: Zapp!

Wie gut oder wie schlecht unser System auch sein mag, es ermöglicht jedenfalls kaum, dass Politiker gerecht entlohnt werden können, nämlich nach Qualität und Leistung. Zwar ist auch der Sozialstaat ein Großunternehmen, aber er kann erfolgreiche Manager nicht an Umsatz und Gewinn beteiligen oder sie mit Prämien und Aktien-Optionen zu neuen Höchstleistungen anstacheln. Und da diese Manager nicht einmal von professionellen Headhuntern, sondern von provinziellen Parteigremien ausgesucht werden, wäre das Unternehmen Österreich ohnehin eher gezwungen, einen Malus für Inkompetenz einzuführen als einen Bonus für die Stars der Polit-Branche. So gesehen wäre es vielleicht das Beste, den Staat zu privatisieren. Aber die Sache hat natürlich auch einen Haken: Für Privatisierungen hat man bisher kein großes Geschick bewiesen. Meist wurden dadurch nur die Gewinne und die Arbeitsplätze ins Ausland verlagert. Und wer weiß, ob China das österreichische Parlament überhaupt haben will?

So bleibt eben alles, wie es ist, und die Politiker werden weiter nach dem traditionellen Besoldungsschema entlohnt, ohne Rücksicht auf Qualitätsunterschiede, aber in Summe kann man doch anmerken, dass der österreichische Steuerzahler seine Mandatare nicht direkt darben lässt.

Die Regierung

Die Österreicher entscheiden in freier und geheimer Wahl, von wem sie regiert werden wollen. Das klingt gut. Haut aber in der Praxis nicht ganz hin.

Da es heutzutage nahezu unmöglich ist, dass eine Partei allein regieren kann, muss sie sich mindestens eine zweite Partei als Koalitionspartner anlachen. Und so sitzen plötzlich eine Menge Leute in der Regierung, die man mit Vorbedacht nicht gewählt hat.

Perfekt ist das System also nicht, aber zum Glück hat es ein Ablaufdatum, und der Staatsbürger hat alle vier Jahre wieder einen Wurf frei.

Um eine Koalition zu bilden, kann man die Farben Schwarz, Rot, Grün und Blau nach Lust und Laune kombinieren, bis eine regierungsfähige Mehrheit herausschaut.

An sich sind die Österreicher ja im Herzen noch immer Großkoalitionäre, aber nachdem das Duo Rot/Schwarz jahrzehntelang in dumpfer Sattheit dahinregierte, ohne sichtbare Spuren von staatsmännischem Handeln zu hinterlassen, kam das Wahlvolk allmählich in die Wechseljahre. Die kleineren Parteien erhielten eine größere Anzahl von Stimmen, obwohl sie weiten Kreisen der Bevölkerung noch immer ein bisschen suspekt sind. Die Grünen, weil man nicht ganz zu Unrecht annimmt, dass sie mit Bruder Baum und Schwester Karotte vertrauter sind als mit der Außenpolitik und der Standortsicherung. Die Blauen, weil man nicht ganz zu Unrecht annimmt, dass sie sich mehr mit ihren nationalen Befindlichkeiten beschäftigen als mit Realpolitik. Immerhin erhielten beide Gruppierungen in den letzten Jahren genügend Stimmen, um als Mehrheitsbeschaffer für die großen Parteien interessant zu werden, und so könnte die Zukunft noch manch spannende Farbkombination im Köcher haben.

Wer regieren darf, wer den Bundeskanzler stellen darf, hängt freilich nicht allein vom Wahlergebnis ab, sondern vom Verhandlungsgeschick danach. Wolfgang Schüssel zum Beispiel hat es geschafft, aus der dritten Position startend, alle Konkurrenten auszubremsen, und hat inzwischen bereits zwei Regierungen installiert, die eigentlich niemand wollte. Nicht einmal die Mehrheit in den koalierenden Parteien.

Und selbst wenn dieses Experiment Schüssel jede Menge harscher Kritik eingebracht hat – dass er ein durch und durch politischer Kopf ist und der geschickteste Taktiker der Republik, wird niemand bestreiten können.

Die Regierung besteht, grob gesagt, aus dem Bundeskanzler und mehreren Ministern, wobei manche Minister besondere Grobheit verdient hätten. Allerdings darf man ihnen nicht alle Fehler, die sie machen, persönlich anlasten. In letzter Zeit wurden ja von den Ministerien gerne die Dienste privater Beratungsfirmen in Anspruch genommen, wodurch nicht nur die Geldverschwendung, sondern auch die Fehlerquote erheblich gesteigert werden konnte. Neben den Ministern gibt es noch ein paar Staatssekretäre, einfach damit jede Partei noch ein paar hübsche Posten bekommt. Das sind manchmal recht seltsame Leute, die der eigenen Partei nicht für ein Ministeramt geeignet erscheinen, aber doch irgendwie versorgt werden sollen, und „Staatssekretär" klingt einfach besser als „mitregierender Frühpensionist".

Ein bisschen seltsam mutet freilich auch die Gewichtung der Ressorts in unserer Regierung an. Österreich, das seinen schmalen Bekanntheitsgrad im Rest der Welt ausschließlich als „Kulturnation" errungen hat, besitzt keinen eigenen Kultusminister, sondern nur einen mäßig einflussreichen Kunst-Staatssekretär. Auf dem Gebiet hingegen, wo Österreich schon lange nur noch die Lachnummer Europas abgibt, steht ein großes

GRÜN
SPÖ
ÖVP
FPÖ

Ensemble zur Verfügung: ein Verkehrsminister plus zwei Staatssekretäre.

Einzelne Namen und Persönlichkeiten sollen hier gar nicht genannt werden, wohl aber eine Eigenschaft lobend erwähnt, die ihnen allen innewohnt: Sie sind auswechselbar. Da Minister ja nicht nach ihrer Fachkompetenz, sondern nach der Parteizugehörigkeit ausgewählt werden, kann eigentlich jeder jedes Ressort übernehmen. Manchmal hat man den Eindruck, dass die Kandidaten nur eine Münze werfen oder ein Streichholz ziehen müssen, und schon wissen sie, in welches Ministerium sie müssen. Nur wenn man einen absoluten Druckposten ergattern will, muss man auch noch ein treuer Freund des Kanzlers sein, und Bereiche, in denen man von vornherein zum Scheitern verurteilt ist, wie Verkehr oder Soziales, werden eher strafweise zugeteilt.

Findet man nicht gleich auf Anhieb die beste Regierungsmannschaft, ist das noch keine Katastrophe, denn im Prinzip kann man die Spieler beliebig oft austauschen. In der Praxis ist das aber nicht so einfach. Alle Parteien verfügen zwar über eine einigermaßen vorzeigbare Führungsschicht, aber diese Schicht ist hauchdünn, und darunter verbirgt sich eine gähnende Leere im Personalbereich. In einem Land, in dem schon die erste Garnitur oft nur zweite Wahl ist, steht dann höchstens eine drittklassige Reserve zur Verfügung. Deshalb hüten sich die Parteien auch zumeist davor, ihre Obmänner oder Regierungsmitglieder spaßeshalber auszuwechseln. Nur die FPÖ huldigt einem demokratischen Rotationsprinzip: Jeder darf mal für eine Viertelstunde Parteichef oder Minister werden! Die FPÖ hat ja auch keine Personalprobleme, denn Jörg Haider braucht nur einmal um den Klagenfurter Lindwurm zu joggen, und schon hat er wieder jemanden entdeckt, der für die höchsten politischen Ämter prädestiniert ist.

Die österreichische Bundesregierung amtiert jeweils für vier Jahre. In den ersten beiden Jahren versuchen sich die Regierungsmitglieder mühsam mit ihrem Ressort vertraut zu machen, in den nächsten beiden Jahren betreiben sie Wahlkampf für die kommende Legislaturperiode. Dazwischen arbeiten sie unermüdlich für das Land.

Objektiv – und fern aller Parteipräferenzen – gesehen, muss Österreich jedoch froh sein, dass es überhaupt eine Regierung hat. Heutzutage will doch kein vernünftiger Mensch mehr Politiker werden, und dafür gibt es gute Gründe. Selbst wenn jemand gar keine Talente hat, kann er noch immer durch eine Casting-Show reich und berühmt werden. Und Menschen mit Geist und Kreativität brauchen die Politik erst recht nicht. In der Privatwirtschaft verdienen sie wesentlich mehr, können ihre eigenen Ideen umsetzen und manchmal sogar Visionen verwirklichen. Außerdem haben sie kürzere Arbeitszeiten und ein angenehmeres Privatleben, können sich von Geschäftspartnern nach Gstaad einladen lassen, ein Konto auf den Caymans anlegen, einen knallroten Ferrari fahren und mit Naomi Campbell knutschen, ohne in der Achtung ihrer Zeitgenossen zu sinken. Politiker hingegen – das geht aus allen Umfragen hervor – sind die meistverachteten Lebewesen im Universum. Was das Vertrauen in ihre Ehrlichkeit, Unbestechlichkeit und Nächstenliebe betrifft, rangieren sie noch hinter Advokaten, Gebrauchtwagenhändlern, Heiratsschwindlern und anderen Kleinkriminellen. In den Medien werden sie tagtäglich mit so viel Hohn überschüttet, wie David Beckham nach einem verschossenen Elfmeter, und vom feinsten Tee-Kränzchen bis zur derben Stammtischrunde, nirgends sind sie davor sicher, dass die Stimme des Volkes ihr heißes Bemühen mit nicht unbedingt druckreifen Worten beurteilt.

Einem kultivierten sensiblen Menschen kann man derartiges

wirklich nicht zumuten, aber reagiert muss letztendlich überall werden, und so kann man nur froh sein über jeden, der nicht den bequemen Weg wählt und zur Müllabfuhr geht, sondern den dornigen Weg in die Politik beschreitet. Dazu gehört viel Idealismus und vielleicht noch einige andere Eigenschaften, die sich ein Politiker nicht gerne anmerken lässt.

Weshalb es immer wieder Leute gibt, die unbedingt an die Macht wollen, bleibt ein ungelöstes Rätsel. Eine neue Regierung erbt ja immer die Fehler und die Schulden der vorherigen und hat deshalb noch weniger Spielraum als diese. Glücklicherweise produziert auch ein kleines Land wie Österreich, selbst in Zeiten wie diesen, noch genügend Politiker, um im Bedarfsfall eine Regierung zu bilden. Welche Partei dabei zum Zug kommt, macht meist keinen allzu großen Unterschied. Im Schnitt bleibt alles gleich, nur die Farbe einer neuen Kollektion bietet bisweilen Überraschungen. Die Hauptaufgabe einer Regierung, möglichst schnell alle wichtigen und wohldotierten Posten im Lande mit ihren Günstlingen zu besetzen, liegt allerdings bei allen Parteien in den besten Händen. Demzufolge kann der Österreicher getrost wählen, wen er will, ohne befürchten zu müssen, dass er die bewährten Strukturen der Innenpolitik mit seiner Stimme pulverisiert.

Es überrascht also keineswegs, dass mehr als zwei Drittel der Bevölkerung mit der heimischen Demokratie durchaus zufrieden sind. Nur das beliebte Zitat „Jedes Volk hat die Regierung, die es verdient" empfinden die meisten Österreicher als persönliche Beleidigung.

Tour d'Autriche: Kärnten

Kärnten ist das schönste Bundesland Österreichs. Schon weil dort das angenehmste Klima herrscht. Nicht politisch, aber sonst uneingeschränkt.

Wie überall in Österreich findet man auch in Kärnten viele Zeugnisse einer großen Vergangenheit. Aber eigentlich auch wieder keiner allzu großen, und dasselbe werden später einmal die Historiker auch von der Gegenwart sagen dürfen.

Eine in der Rechtsgeschichte einzigartige Zeremonie gab es jedoch im alten Kärnten bei der Inthronisation neuer Herzöge. Am Fürstenstein wurde der Herrscher von einem Freisassen, dem so genannten Herzogbauern, in slawischer Sprache befragt, wer er sei, ob er ein gerechter Richter sein wolle und ob er ein Bekenner und Verteidiger des christlichen Glaubens sei. Die erste Frage konnte fast jeder beantworten, und bei den beiden anderen ließ sich der Wahrheitsgehalt kaum überprüfen, weshalb praktisch jeder Herzog den Jackpot knackte.

Heute, in der Millionenshow eines modernen Kärntner Herzogbauern, sind die Fragen leider etwas schwieriger, aber wenigstens fragt der Armin Assinger nicht in Slawisch, sondern doch in einer Art Deutsch.

Neben dem berühmten Herzogstuhl – das Design wartet noch auf seine Wiedergeburt im Hause Ikea – zählt zu den Besonderheiten aus der Vergangenheit auch die Kirche von Gurk, der bedeutendste romanische Kirchenbau Österreichs. Und wer sich eher für die modernen Nachfahren der hl. Hemma interessiert, findet in Gurk auch einen „Zwergengarten" mit mehr als tausend

Gartenzwergen. Ja, jede Zeit hat ihre Besonderheiten, und hier werden sie eben besonders deutlich sichtbar.

Weithin sichtbar ist auch ein anderes Wahrzeichen Kärntens, die Burg Hochosterwitz. Auf einem mitten aus dem flachen Land herausragenden, 160 Meter hohen Dolomitfelsen bietet sie einen wahrhaft unvergesslichen Anblick. Auch wehrhaft unvergesslich muss man hinzufügen, denn in ihrer ganzen langen Geschichte konnte die Burg nie eingenommen werden. Als sie im 14. Jahrhundert von den Türken belagert wurde, saß gerade die kluge Margarete Maultasch auf der Zinne, und in höchster Bedrängnis warf sie das letzte noch vorrätige Rindvieh hinunter, um den Feind glauben zu machen, dass in Küche und Keller noch alles paletti sei. Da zogen die Türken frustriert von dannen, und ihre einzige Kriegsbeute war ein alter Ochse.

Es gäbe noch eine Menge authentischer Tatsachen aus der Sagenwelt Kärntens zu berichten, aber im Grunde muss man sich damit nicht abplagen, denn seine eigentliche Identität hat sich das Land erst in der jüngeren Vergangenheit erworben. Im Kärntner Abwehrkampf 1918/19 und endgültig in der Volksabstimmung vom 10.10.1920. Damals entschied sich die Mehrheit der Bevölkerung für den Verbleib des gemischtsprachigen Gebiets bei Kärnten. Zwar gab's auch später noch gelegentlich Reibereien mit dem früheren Jugoslawien, aber heute ist das Verhältnis zur slowenischen Minderheit im Lande beinahe normal. Also ziemlich beinahe. Nur mit den zweisprachigen Ortstafeln gibt es immer wieder Brösel. Zwar sind sie für bestimmte Ortschaften gesetzlich vorgeschrieben, aber so genau nimmt man es mit dem Gesetz eben nicht, denn rein Deutsch ist so eine Ortstafel doch viel ästhetischer. An sich wirken die Kärntner ja gar nicht so germanisch, aber der Inhalt mancher Köpfe dreht sich noch beständig im deutschen Kulturkreis. Das höchste Ideal der Kärntner ist die Heimattreue, und bei ihren wunderschön traurigen Volksliedern tritt diese in geballter Ladung auf. Wie bei den heimattreuen Kärntnern ein Oberösterreicher, der nicht einmal richtig singen kann, zum Landeshauptmann wurde, ist ein bislang ungelöstes Rätsel. Aber das, was man in Kärnten Politik nennt, bleibt sowieso für jeden Außenstehenden rätselhaft. Es gibt dort zwar unterentwickelte Ableger aller österreichischen Parteien, aber eigentlich ist keine davon im herkömmlichen Sinne wählbar. Aber die Blauen gewinnen zumindest. Sie haben zwar auch nur einen begabten Politiker, die anderen aber nur keinen. Und Jörg Haider scheint für Kärnten geradezu prädestiniert. Hier gibt es ja, aus längst vergangenen Epochen stammend, mehr Dreigesichts-Darstellungen als irgendwie anders. Man findet sie in Feistritz, am Magdalensberg, in Gurk und andernorts – und heute eben auch im Klagenfurter Landhaus, denn Jörg Haider hat ja mindestens drei. Wahrscheinlich mehr, aber die bekannten drei genügen fürs Erste: das nationale, wenn er wieder mal gegen Ausländer zu Felde zieht, das internationale, wenn er sympathische Staatenlenker wie Saddam Hussein und Gaddafi besucht, und das regionale, wenn er im Bärental meditiert. Aber was immer man über ihn denken mag, er versteht es, die natürlichen Ressourcen Kärntens – das bedeutendste Politikervorkommen Österreichs – zu nutzen. Ständig wirft er den Wienern ein paar neue Kärntner zwischen die Beine – den Finanzminister, den Sozialminister, die Justizministerin ... Dass die Kaasnudel-Fraktion nicht in den Himmel wächst, liegt nur daran, dass er ihnen ziemlich bald wieder den Ast absägt, den er sich dabei lacht.

Eines geht jedenfalls aus der jüngsten Statistik klar hervor: In Kärnten gibt es die meisten FPÖ-Wähler. Und die meisten Kiffer. Ob das eine auf das andere zurückzuführen ist oder das andere auf das eine, konnte bisher noch nicht erforscht werden.

Möglicherweise hat das auch nichts miteinander zu tun, aber jeder, der die Kärntner Politik nicht versteht – also jeder, der kein Kärntner ist –, versucht die Sache eben irgendwie unter die Gesetze der Logik zu zwinken. Wozu der Kärntner aber nur sagen würde: „Lei loossen!"

Um der demokratischen Vielfalt gerecht zu werden, bietet Kärnten freilich noch mehr Blaues als die Freiheitlichen, nämlich den Himmel und die Seen. Das Wasser erstreckt sich über einen Gutteil Carinthiens, der Himmel aber praktisch über das ganze Land. Und man kann ihm auch sehr nahe kommen, denn es gibt immens hohe Gipfel in den Karawanken und den Dolomiten – und wenn man da hinunterfällt, ist man sogar blitzschnell oben. Wie überall werden auch in Kärnten die natürlichen Erhebungen für den Wintersport missbraucht. Was aber manchmal ganz schöne Früchte trägt, etwa den Franz Klammer, den erfolgreichsten Abfahrtsläufer aller Zeiten. Neben ihm hat Kärnten aber noch eine ganze Menge anderer berühmter Töchter und Söhne hervorgebracht, die sich in ganz anderen Disziplinen ihren Platz am Stockerl sicherten. Auf dem Gebiet der bildenden Kunst etwa Herbert Boeckl, Maria Lassnig oder Hans Staudacher. Noch stärker vertreten sind die Literaten: der große Robert Musil, die wunderbare Ingeborg Bachmann, aber auch Handke und Turrini. Die sind zwar alle rechtzeitig aus Kärnten geflohen, um berühmt zu werden, aber es gibt sogar welche, die bleiben und schreiben: Christine Lavant sollte man da nennen, und Egyd Gstättner.

In der Sparte Musik lässt natürlich ein Name aufhorchen: Udo Jürgens! Sänger, Komponist und Weltmeister im Jungbleiben. Noch in relativ hohem Alter genießt er die Verehrung seiner Fans und wahrscheinlich auch den griechischen Wein – aber bitte mit Sahne!

Auch wenn er inzwischen ein Schweizer ist, Udo Jürgens ist irgendwie ein Symbol für das heutige Kärnten, denn das hat sich ja zu einem richtigen Fun-Paradies entwickelt. Der Sonnenstrand, die Côte d'Azur, die Riviera Österreichs – wer das sucht, findet es an den Kärntner Seen. Eine Zeit lang dümpelten sie ja eher trübsinnig dahin, aber jetzt ist wieder Highlife angesagt. Das fröhlich-rustikale Idyll mit der Rose am Wörthersee ist einem für österreichische Verhältnisse durchaus mondänen Strandleben gewichen. Die Villen der Großkopferten verzieren oder verschandeln die schönsten Seegrundstücke. Solche gibt es eigentlich gar nicht mehr, und wenn, dann müsste man für ein handtuchgroßes Stück Velden schon bis zu 2000 Euro hinlegen. Aber an der Sonnenküste der Republik ist man wenigstens in guter Gesellschaft, auch wenn die einfachen Millionäre angesichts solcher Nachbarn wie Flick und Horten dort nur zur Unterschicht gehören. Aber man muss ja nicht gleich wohnen, man kann auch schlicht urlauben – wenn auch nicht ganz so schlicht wie einst, denn Gastronomie und Hotellerie haben enorm aufgerüstet. Das Schloss Seefels bei Pörtschach, das neue Werzer und das exklusive Designer-Hotel Aenea in Sekirn bieten Luxus pur. In-Lokale wie der Eschenhof in Maria Wörth bieten mehr als Kärntner Hausmannskost, und im Lakeside in Reifnitz kann man mit dem Motorboot direkt an die Bar schippern.

Sogar die Landeshauptstadt Klagenfurt hat inzwischen ein wenig weltstädtisches Flair bekommen. Die Tristesse, die man notgedrungen von einer Stadt erwarten darf, die an der „Furt der Klagen“ erbaut wurde und sich einen 60 Tonnen schweren Lindwurm als Haustier hält, verflüchtigt sich zusehends. Sie lebt zwar alljährlich wieder auf, wenn gequälte junge Menschen ihre Hausaufgaben zitternd der gestrengen Bachmann-Preis-Jury präsentieren müssen, aber im nicht ganz so hochgeistigen Bereich gibt es dann wieder Lichtblicke. Das vom cleveren Hannes Jagerhofer installierte Beach-Volleyball-Turnier lockt an die 100.000 Besucher an und sorgt für drei Tage Partystimmung an und im See. Für etwas weniger Stimmung sorgte bisher die teure Seebühne mit allerlei Fehlinszenierungen – vielleicht sollte man da auch einmal den Jagerhofer als Ideenlieferant heranziehen.

Ein weitgehend saisonunabhängiger Dauerevent sind in Kärnten natürlich die Frauen. Im Sommer ganz besonders, weil man da mehr von ihnen sieht. Aber auch angezogen machen sie durchaus einen guten Eindruck. Nun gibt es ja laut Studie eines Männermagazins in Österreich überhaupt die schönsten Frauen. Mit Lippen, voll und sinnlich, als wären sie ausschließlich zum Küssen bestimmt. Und mit einem durchschnittlichen Brustumfang von 96,8 Zentimetern haben sie einen gewaltigen Vorsprung vor der Konkurrenz aus unseren Nachbarländern. Bei den Kärntnerinnen kommt allerdings noch etwas dazu: dieser pikante, kleine Sprachfehler – sie können bekanntlich nicht „nein" sagen!

Kärnten ist also in jeder Hinsicht der Fun-State Österreichs. Und das schlägt sich auch im Fernsehen nieder. Die beiden Höhepunkte im Unterhaltungsprogramm des ORF sind schon seit Jahren Jörg Haider und der Villacher Fasching. Lei-Lei!

Einige Speisen, die bei Fremden Befremden auslösen:

PALATSCHINKEN GRENADIERMARSCH FRITTATEN
BEIRIED SCHMARRN SCHLAG KACKSUPPE STERZ
KALBSVÖGERL RUSSEN ZWETSCHKENRÖSTER

(Im Zweifel essen Sie ein Wiener Schnitzel!)

Das braune Image

Man kann über Österreich sagen, was man will – es stimmt fast alles.

Einer Ansicht, die im Ausland weit verbreitet ist, sollte man hier allerdings fairerweise widersprechen. Die Behauptung, alle Österreicher seien Nazis und Antisemiten, das läge den Menschen hier quasi schon in den Genen, konnte bisher wissenschaftlich nicht einwandfrei bewiesen werden. Trotz der rasanten Entwicklung in der Genforschung! Auch internationale Organisationen, die sich mit abartigen Umtrieben befassen, müssen zugeben, dass die Zahl der rechtsradikalen Tätlichkeiten in Österreich relativ niedrig ist.

Es ist ja inzwischen eine sonderbare Verschiebung eingetreten: Neonazis grassieren heute vor allem dort, wo das Dritte Reich nicht stattgefunden hat. Es scheint fast, als wollten alle Idioten dieser Welt noch nachträglich am Grauen vergangener Tage ein bisschen mitnaschen. In Frankreich, Italien, Skandinavien, aber auch in den USA und in Russland ist die rechte Szene wesentlich bedrohlicher als in Österreich – die Kritiker sollten sich also künftig gut überlegen, wem sie das Etikett „Naziland" verpassen.

Gewiss, Österreich darf und sollte immer wieder an seine Vergangenheit erinnert werden. Aber so objektiv wie möglich und ohne Vorurteile gegen die jetzige Generation. Die alten Nazis haben sich ja zum Glück inzwischen nach Walhalla verabschiedet, wo ihnen Wotan hoffentlich auf drastische Art zu verstehen gibt, dass er sich unter seinen edlen Germanen keine fiesen Henkersknechte vorgestellt hat. Bleiben also nur noch die jungen Nazis.

Nun, ein Grüppchen von gewaltbereiten Jugendlichen wird es immer geben, und warum sich ein paar davon ausgerechnet den Führer zum Vorbild nehmen, weiß man nicht. Aber man weiß auch nicht, warum Gymnasiasten plötzlich zu Rambos mutieren und ihre Klassenkameraden erschießen. Oder warum Radfahrer prinzipiell alle Verkehrsregeln missachten. Da fallen einem nur die weisen Worte der EAV ein: Das Böse ist immer und überall!

Und die ideale Welt, in der die Skinheads nur die Rambos verprügeln und die Radfahrer nur die Neonazis überrollen, die gibt es leider noch nicht.

Natürlich existiert in Österreich auch noch eine kleine Gruppe von extrem Deutschnationalen. Diese kommen meist aus jenen akademischen Verbindungen, wo man sich zwecks Charakterbildung gegenseitig mit irgendwelchen Metallteilen in die Fresse haut. Aber das stellt keine große Gefahr für die Öffentlichkeit dar, und mehr als ein paar markige Sprüche haben die Bewahrer des Deutschtums nicht mehr im Köcher. Ganz einfach, weil das Deutschnationale längst vom Rad der Zeit zermalmt wurde. Nicht einmal der Dümmste würde sich heute noch einen Anschluss an die Bundesrepublik Deutschland wünschen. Und wenn die Richtung ausfällt, wo soll man hin mit seiner treudeutschen Gesinnung? All diese Goten, Vandalen, Teutonen und wie sie sich sonst noch nennen mögen stecken eigentlich in einem Dilemma. Und so ist stark zu vermuten, dass sich auch diese trotzigen Recken solchen Verbindungen hauptsächlich deshalb anschließen, um später einmal gute Verbindungen zu haben. Genau wie die Katholiken vom CV und die Sozialisten vom BSA. Im Endeffekt läuft alles auf Freunderlwirtschaft hinaus. Und wenn man davon erst einmal befallen ist, hilft Deutsch-sein-Wollen gar nichts mehr, dann ist man ein typischer Österreicher.

Was nun den Antisemitismus anbelangt, sollte man nicht zu sehr auf Österreich herumhacken. Die Watschen für die Vergangenheit haben wir verdient, aber die Gegenwart sieht doch ein bisschen anders aus. Gewiss, es gibt ein paar Antisemiten. Die gibt es überall. Der Antisemitismus ist so schwer heilbar, weil er eine Geisteskrankheit ist, die keine Ursachen hat, sondern nur Symptome. Manchmal ist es auch ein Phantomschmerz. In Tirol beispielsweise konnte nie jemand von Juden ein Unrecht erfahren haben, weil es dort gar keine gab. Aber es gab dort jede Menge Antisemiten. Wie überall, wo es besonders fromme Katholiken gab, denn die Kirche hatte durch Jahrhunderte ihre Schäflein mit antijüdischen Parolen gefüttert, weil sie doch „die Mörder unseres christlichen Heilands" gewesen seien. Was historisch gesehen natürlich ein völliger Blödsinn ist. Falls sich die biblische Geschichte so abgespielt haben sollte, wie sie sich abgespielt haben könnte, dann waren es nicht die Juden, die sich an einem Christen vergingen, sondern die Römer, die sich eines jüdischen Sozialrevolutionärs entledigen wollten. Mit Religion hatte die ganze Angelegenheit herzlich wenig zu tun. Und was die Kirche offensichtlich vergessen hatte: Jesus war gar kein Christ, sondern, wie alle seine frühen Anhänger auch, ein waschechter Jude. Man hatte ihm sogar den ironischen Titel „König der Juden" gegeben, und die Kirche musste sich später schon eine Menge einfallen lassen, um aus ihm einen richtigen Katholiken zu machen. Und damit erst gar nicht laut wurde, dass das Christentum eine jüdische Erfindung ist, gab man sich so antisemitisch wie möglich. Zum Glück hat die Kirche inzwischen ihre Politik geändert, und damit sind auch in der Bevölkerung eine Menge dummer Vorurteile verschwunden. Nicht ganz. Schon deshalb, weil Vorurteile auch ein alkoholisches Problem sind. In einer zechenden Stammtischrunde wird sich immer wieder einer finden, der auf die Juden schimpft. Das sollte man zwar nicht widerstandslos hinnehmen, aber auch nicht überbewerten. Besoffene schimpfen auch über die Jugend, die Beamten, die Neger und die Weiber. In manchen Fällen kann man ihnen ja schwer widersprechen, aber gerade wenn man sie fragt, warum sie etwas gegen Juden haben, ist ihre Eloquenz schnell zu Ende. Die einzige Antwort ist dann meist: Ja, die sitzen doch überall drin und haben alles in der Hand, die Politik, die Wirtschaft, die Medien, einfach alles! Dann muss man nur noch fragen: Wen meinen Sie eigentlich konkret damit? Den Bundeskanzler, den Bürgermeister, den Fürsten Schwarzenberg, den Chef der „Kronen Zeitung", den Generalintendanten des ORF, den Kärntner Landeshauptmann? Selbst ein Besoffener merkt, dass er auf dem Holzweg ist. Dumm bleibt er vielleicht trotzdem, aber unter Umständen bremst ihn beim nächsten Mal dann gleich einer seiner Zechkumpanen ein, wenn er wieder seine Vorurteile lüften will. Es ist auf jeden Fall besser in eine Diskussion einzusteigen, als sich gleich mit Grausen abzuwenden. Durchs Reden kommen die Leute zusammen. Vielleicht nur ein ganz kleines bisschen, vielleicht erst nach längerer Zeit, vielleicht auch gar nicht.

Aber das sind eben die prinzipiellen Bürgerpflichten in einer Demokratie: Wählen, auch wenn man angesichts der verfügbaren Parteien die Zähne zusammenbeißen muss. Und miteinander reden, auch mit denen, die man gar nicht zur Kenntnis nehmen möchte. Man ist nie vor der Überraschung gefeit, dass sich auch einmal ein positives Ergebnis einstellen könnte.

Dass es hier noch einige Restexemplare von Antisemiten gibt, lässt sich nicht leugnen. Allerdings ist in den letzten Jahren – zu spät, aber doch – viel geschehen, um die NS-Zeit nicht mehr als „Betriebsunfall" hinzunehmen, sondern sich damit verantwortungsbewusst auseinander zu setzen. Geraubte Kunstschätze wurden zurückgegeben, neue Synagogen gebaut, das lange schwelende Problem über die Entschädigung der Opfer geregelt. Zahlreiche wichtige Dokumentationen wurden erstellt – natürlich sind das nur Bücher, und sie werden keine Bestseller sein, aber sie bieten erstklassige Fakten, mit denen man jenen Landsleuten, die in ihrer Lektüre bei „Mein Kampf" stecken geblieben sind, gut gewappnet entgegentreten kann.

Vorbildliche Aktionen hat es auch in manchen Schulen gegeben, beispielsweise wenn eine Klasse den Lebens- und Leidensweg jüdischer Schüler erforscht hat, die in der NS-Zeit vom Unterricht in eben dieser Schule ausgeschlossen wurden. Gerade die Aufklärungsarbeit bei Jugendlichen trägt schöne Früchte. Und ist auch besonders wichtig, denn im Elternhaus wird heute kaum noch über die Vergangenheit geredet. Der Opa, der immer davon schwärmte, wie er erst Paris und dann die dort ansässigen Mademoiselles erobert hat, ist längst dahin, und mit ihm die zeitgeschichtliche Belehrung aus erster Hand. Und Eltern sprechen nur noch über die Zukunft, also ob man sich mit der kärglichen Beamtenpension eine Finca auf Mallorca überhaupt noch leisten kann. Aber Vergangenheitsbewältigung durch Desinteresse ist nicht unbedingt ein rein österreichisches Phänomen. Jeder dritte 11–18-jährige Brite hat keine Ahnung, in welchem Jahrhundert der Erste Weltkrieg stattgefunden hat! Und während 90 % der Österreicher so ungefähr wissen, um wen es sich bei Adolf Hitler gehandelt hat, hält ihn, einer Umfrage zufolge, jeder zehnte Engländer für frei erfunden! Dafür ist allerdings jeder zweite der Meinung, König Artus und die Ritter der Tafelrunde hätten tatsächlich existiert.

Mit den Geschichtskenntnissen hapert es also überall, und auch in Österreich ist noch so mancher Irrglaube im Umlauf. Denn obwohl fast hundert Prozent der Bevölkerung sich eindeutig zur Demokratie bekennen, gibt es nach einer neuen Studie noch so etwa 30 % mit der Meinung, die NS-Zeit hätte neben allem Schlechten auch Gutes bewirkt. Man muss dann allerdings nur fragen „Was?“ Und falls man nicht gerade jemanden fragt, der im Wohnzimmer noch etwas Hübsches von Klimt und Klee hängen hat, weil er aus einer Heldensippe stammt, die sich besondere Verdienste um die Arisierung entarteter Kunst erworben hat, dann wird man auf große Schweigsamkeit stoßen.

Dass es besonders ungebildete Menschen sind, die der Nazi-Zeit auch noch gute Seiten abgewinnen können, dazu hätte es keiner Studie bedurft, denn schließlich ist wohl jeder von uns in seinem persönlichen Umfeld schon einmal auf Lebensformen gestoßen, bei denen das Gehirn keine zentrale Rolle spielt. Erfreulich hingegen ist, dass die Zahl jener, die alles Tausendjährige negativ bewerten, sich in den letzten Jahren praktisch verdoppelt hat. Da drängt sich doch regelrecht der Eindruck auf, dass sich die Ausbreitung der Intelligenz auch in Österreich nicht gänzlich verhindern lässt.

Dass Österreich trotz tätiger Reue in der Weltpresse immer wieder einmal als Alpenfestung der braunen Gesinnung apostrophiert wird, verdankt es im Wesentlichen seinen Politikern. Von den Rechten ist man ja schon gewöhnt, dass sie sich manchmal einer etwas antiquierten Sprache bedienen. Da kommt dann schon mal eine „Umvolkung“ auf uns zu, oder sie charakterisieren sich selbst mit dem Satz: „Unsere Ehre ist Treue!“ Das ist natürlich alles nur so gedankenlos dahergeplappert, aber die Herrschaften haben eben so wenige Ideen für die Gegenwart, dass sie froh sind, wenn ihnen ein paar aus brauner Vergangenheit einfallen. Macht natürlich keinen guten Eindruck in der Welt.

Und wenn die Rechte zufällig einmal mit so gut wie keinem Bein im Fettnäpfchen steht, dann legt die Linke ein Schäuferl zu, um die Vergangenheit heraufzubeschwören. Dann unterschiebt im Parlament etwa ein SPÖ-Mandatar den Regierungsparteien, dem Nationalsozialismus nachzutrauern. Und der oberste Sozialdemokrat spricht dann sogar noch von einer absoluten Pogromstimmung im Parlament!

Gut, auch ein Parteichef muss seinen IQ nicht immer griffbereit haben. Auch sind die Österreicher gegen bizarre Bemerkungen ihrer Politiker abgehärtet. Unsere ausländischen Kritiker freilich, die gleich alles für bare Münze nehmen, sehen sich durch Derartiges in ihrem Vorurteil bestätigt, Österreich sei die führende nationalsozialistische Bananenrepublik der Welt. Und in den seltenen Fällen, wenn wir in der US-Presse einmal Schlagzeilen bekommen, sind das keine guten.

Aber daran sind wir selber schuld. Und der Schaden ist ja auch nicht irreparabel. Wenn unsere Politiker möglichst oft die Chance nützen, ihren Mund zu halten, könnte Österreich ziemlich bald jenes Image bekommen, das es sich inzwischen verdient hat: als ganz normaler Staat, der sich um seine Zukunft bemüht, weil er von der Vergangenheit wirklich genug hat.

Du holde Kunst

Die Österreicher sind ein künstlerisch begabtes, kunstsinniges, kunstbegeistertes Volk. Die Liebe zur Kunst ist hierzulande allen gemeinsam. Lediglich in der Frage, was Kunst eigentlich ist, hat jeder eine andere Meinung. Da hört sich die Gemütlichkeit auf! Wohl in keinem anderen Land wird so viel über Kunst diskutiert wie in Österreich. Das hat eigentlich gar nicht so sehr mit der Kunst zu tun – die Österreicher lieben einfach sinnlose Diskussionen. Noch dazu, wenn sie ungefährlich sind. Schließlich ist es doch so: Wenn man nachts am Würstelstand über die Qualität einer Burenwurst, eines Rapid-Fußballers oder einer ebenso unbeweglichen Gunstgewerblerin in Streit gerät, dann wird als letztes Argument schon mal ein Taschenmesser ins Spiel gebracht. Aber ein Bauchstich ist ungustiös, schmerzhaft und strafbar, deshalb ist Österreich das einzige Land der Welt, wo auch nachts am Würstelstand gerne über Kunst diskutiert wird. Natürlich auch anderswo – das geht quer durch alle Institutionen, vom Würstelstand bis hinunter ins Kunst-Staatssekretariat. Und man regt sich auch überall auf, aber das tut gut, es regt den Kreislauf an und setzt Endorphine frei – solange man sich nur künstlich aufregt, hat die Kunst eindeutig einen therapeutischen Effekt.

Es gibt natürlich auch Menschen, die sich bei diesem Thema mit vollem Ernst einbringen. Besonders wenn sie dafür bezahlt werden, wie die so genannten Kunstkritiker. Aber da sie die Einzigen sind, die ihre Meinung ernst nehmen, können sie keinen größeren Schaden anrichten.

Die Restbevölkerung redet gerne über Kunst, weil es einfach eine Hetz ist, auch mal über Probleme zu sprechen, die gar keine sind. Letztlich spielt es nämlich überhaupt keine Rolle, wann Hermann Nitsch wieder einmal ein Schwein schlachten wird, ob Claus Peymann dem Burgtheater mehr genützt oder geschadet hat, ob Josef Beuys ein Scharlatan war oder ein Genie oder ob beim jüngsten „Rosenkavalier" der Ochs von Lerchenau eher Ersteres als Letzteres zum Ausdruck brachte.

Deswegen weicht die Erde keinen Millimeter von ihrer Umlaufbahn ab, deswegen schmelzen die Gletscher nicht langsamer. Aber es ist ein Gesprächsstoff. Amüsant und unverbindlich. Und damit füllt die Kunst offensichtlich eine Marktlücke.

Was könnte man sonst noch über sie sagen? Kunst ist ein wunderbarer Bestandteil unseres Lebens. Aber das Leben sollte man nicht zu ernst nehmen. Und Kunst ist auch so ähnlich wie Religion: Es ist egal, welchen Gott man verehrt, Hauptsache er macht uns hin und wieder eine kleine Freude. Es gibt keinen richtigen Gott und keinen falschen, und es gibt auch keine richtige Kunst und keine falsche. Es gibt höchstens schlechtes Handwerk oder mangelndes Talent. Und dumme Vorurteile: Kunst muss aggressiv sein, schockierend, provozierend, muss zumindest zum Nachdenken anregen! Das kann sie natürlich, aber müssen muss die Kunst grundsätzlich gar nichts, und das nützt sie auch weidlich aus. Ist die Mona Lisa schockierend, ist der Dürer-Hase provozierend, regt Andy Warhols Tomatensuppe zum Nachdenken an? Kunst ist nicht mehr und nicht weniger als Kraftnahrung für Aug und Ohr, für das Gehirn und die Seele. Und da jeder Mensch über derartige Bestandteile verfügt, ist auch jeder imstande, Kunst zu genießen. In der ein oder anderen Form. Aber man sollte ihn nicht gleich zum Banausen stempeln, wenn er sie nicht überschätzt. Nur für einen klitzekleinen Bruchteil der Menschheit ist Kunst wichtiger als ein belegtes Brot oder eine warme Unterhose.

Kunst ist ja großteils Chimäre. Wäre dem van Gogh seinerzeit nicht zufällig eine Sonnenblume über den Weg gelaufen, dann hätte er sie nicht gemalt. Und das wäre überhaupt nicht aufgefallen! Schließlich war es ja nicht so, dass die ganze Welt verzweifelt darauf gewartet hätte, dass der liebe Vincent endlich mal eine Sonnenblume malt.

Und was wäre passiert, wenn Monet ein paar Seerosen weniger gemalt hätte? Absolut nichts, denn das Rad der Geschichte lässt sich auch durch eine Fülle von Seerosen nicht aufhalten. Und wenn derartige Kunstwerke heute so viel Geld kosten, dass man dafür einer Million Menschen belegte Brote und warme Unterhosen kaufen könnte, ist das schlichter Irrwitz. Das hat mit Kunst nichts mehr zu tun, sondern nur mit Anlage und Angeberei. Andererseits: Spitzenfußballer kosten ja heute auch schon fast so viel, und da muss man dem Ästheten doch Recht geben, wenn er sich lieber einen van Gogh ins Vorzimmer hängt als einen Beckham.

Kunst verleitet natürlich zur Schwärmerei, aber um wieder zu einer realistischen Betrachtungsweise zu gelangen, sollte man sich doch ihrem Ursprung annähern. Und wenn man ehrlich ist, kann man es dann nicht mehr schönreden: Kunst wurde immer von den niedrigsten Trieben verursacht! Kunst entspringt, wie alles andere im Leben, dem Drang nach sexueller Befriedigung, ist aber immerhin der schönste Umweg zu diesem Ziel.

Beispiele dafür gibt es unzählige. Nehmen wir etwa die Höhlenmalerei. In jener Zeit, als noch unerschrockene Flintstones und Geröllheimers den Urwald durchstreiften, um die nötigen Bestandteile für die Auerochsenschwanzsuppe zu erjagen, gab es natürlich auch ein paar erschrockene Zeitgenossen, die zu schwach oder zu bescheuert waren und zu Hause bleiben mussten. Von den Frauen wurden sie deswegen natürlich verachtet und es gelang ihnen einfach nicht, so ein Urweibchen aufs Bärenfell zu kriegen. Bis einer die zündende Idee hatte, wie man die Hausfrau beeindrucken konnte. „Hey, Mädel, soll ich dir mal die Küche ausmalen?“ Dann pinselte er ein paar hübsche Urviecher an die Wand, und wenn ihn die Höhlenmenschin erst so richtig bewunderte, bat er sie schließlich, ihm Modell zu stehen. „Komm, zieh doch mal den Pelz aus, Mädel! Du brauchst keine Angst zu haben, ich sehe dich nur mit den Augen des Künstlers! Diese Steinzeitmethode hat sich übrigens bis ins 21. Jahrhundert gehalten, wie jedes Fotomodell gerne bestätigen wird. Kunst entstand jedenfalls immer aus dem Verlangen, eine Frau ins Bett zu kriegen. Deshalb gab es auch in der Vergangenheit so wenig weibliche Künstlerinnen, weil die Frauen – vielleicht mit Ausnahme der Dichterin Sappho – einfach nicht so scharf auf Frauen waren. Aber die Männer, mein lieber Schwan! Und wer das mit dem Malen nicht so richtig hinkriegte, erfand eben eine andere Kunstform. Im Mittelalter, als die echten Radaubrüder – sozusagen die Hooligans des Vatikans – ihre Kreuzzüge veranstalteten, gab es natürlich auch empfindsamere Männer, die zu Hause blieben, um ihr Gefühlsleben zu pflegen. Eine ziemlich frustrierende Angelegenheit, denn die Burgfräuleins waren damals ziemlich verschlossen. Erst die Kunst öffnete den Toren die Türen. Spontan wurde die Kunstschlosserei erfunden und schuf kleine Kunstwerke, die man nicht nur als Talisman an der Halskette tragen konnte – sie vermochten auch die Sicherheitsschlösser der handelsüblichen Keuschheitsgürtel zu öffnen, sodass es für die holden Maiden hinfort keine Sperrstunde mehr gab. Dann begann Phase zwei: Die geilen Jünglinge zogen als Minnesänger von Burgfräulein zu Burgfräulein, brachten selbst gebastelte Verslein mit Lautenbegleitung zu Gehör und warteten darauf, dass irgendeine Rapunzel ihr Haar herunterließ. Und so ähnlich ging es überall zu, wo man sich darauf ausreden konnte, von der Muse geküsst worden zu sein. Ein liebeskranker Maurer baute schnell mal einen Dom, um seine Angebetete zu beeindrucken. Fingerfertige Romantiker komponierten irgendwelche Mondscheinsonaten, oder wenn es ganz rasch gehen musste, einen Minutenwalzer, um die Gefühle der Damen in Wallung zu bringen. Das Ballett wurde erfunden, damit greisen Gönnern immer eine reiche Auswahl an gelenkigen jungen Mädchen zur Verfügung stand. Oder an Knaben, aber zum selben Zweck. Und selbst wenn ein großer Bildhauer mal einen „Denker“ schuf, dann sieht man dem doch an, dass er nur daran denkt, wie er die kokette Brünette vom Place de la Villette flachlegen kann.

Natürlich garantiert nicht jede Kunstgattung gleich ein Optimum an sexueller Erfüllung. Auch wenn einer noch so treffliche Reime aneinander fügte oder besondere Leistungen auf der Querflöte vollbrachte, flogen ihm deswegen noch lange nicht dutzenderweise nackte Frauen um die Ohren. Die Maler waren da eindeutig im Vorteil und sie konnten den Sex sogar noch mit ihrer zweiten großen Leidenschaft, dem Geldverdienen, verquicken. Da es damals noch keine Pornovideos gab, bestellten sich reiche Lüstlinge riesige Ölschinken, auf denen weitgehend entblößte Damen – meist unter dem Vorwand der Mythologie – mit ihren schwellenden Formen um die Gunst der Kunstfreunde wetteiferten. Die Arbeit für diverse Fürstenhöfe war deshalb ein wahres Vergnügen, wesentlich lustvoller als für den zweiten großen Auftraggeber vergangener Zeiten: die Kirche. Geld spielte dort keine Rolle, aber in punkto Nuditäten waren die geistlichen Mäzene oft recht pingelig. Im Gegensatz zu heute, wo Pädophilie auch in Kirchenkreisen langsam einen schalen Beigeschmack bekommt, toleriert man damals zwar kleine, pralle Engelchen mit nackten Popos, aber erwachsene Frauen durften sich in sakralen Abbildungen – wenn überhaupt – nur vollständig bekleidet unters Volk mischen. Ein kirchlicher Großauftrag stürzte den Maler denn auch meist in einen tiefen Zwiespalt. Einerseits konnte man das Geschäft nicht auslassen, andererseits kam man damit dem eigentlichen Ziel, möglichst viele Aktmodelle auf dem Leintuch zu verewigen, nicht näher.

Gut, einige Künstler genossen es auch, wenn kleine, pralle Engelchen mit nackten Popos in ihrem Atelier herumhüpften – man sah das damals nicht so eng wie heute –, aber die meisten waren doch Maler geworden, um mit ihrem Pinsel eher erwachsenen Damen Respekt zu zollen. Und wäre es wirklich christlich gewesen, wegen eines klerikalen Großauftrages alle Aktmodelle ihres Arbeitsplatzes zu berauben und sie der Sozialhilfe in die Arme zu treiben? Nun, die Maler haben eine Lösung für dieses Problem gefunden, und heute darf man wohl mit ruhigem Gewissen enthüllen, wie sie aussah. Um die nötige Inspiration zu erlangen, ließen sie ihre Musen auch für die frommsten Szenen nackt posieren. Erst kurz bevor sie das fertige Bild dann dem Erzbischof aushändigten, pinselten sie aus dem Gedächtnis noch ein paar Kleidungsstücke über die Körper. Wenn man die Abbildung einschlägiger Heiliger und Sünderinnen betrachtet, fällt es einem sogar noch heute auf: Einige sehen aus, als hätten sie sich erst nach dem Frühstück angezogen. Und so war es wohl auch.

Man könnte zu diesem Thema noch tausend andere Beispiele anführen, aber selbst unsere kurze Retrospektive genügt wohl, um einen lang gehegten Verdacht zu bestätigen: Die Geschichte der Kunst ist eine einzige Schweinerei!

Und wenn sich sogar eine Ikone der Hochkultur, Wolfgang Amadeus Mozart, selbst als „Sauschwanz" bezeichnet hat, wenn noch heute in den heiligen Hallen des Burgtheaters kein Stück gespielt werden darf, in dem nicht wenigstens ein bisschen onaniert wird, dann darf man wohl hoffen, dass diese Tradition auch in Österreich ungebrochen bleibt.

Mag die Ursache der Kunst auch in der menschlichen Triebhaftigkeit liegen, so ist sie doch im Laufe der Zeit langsam zum Selbstzweck geworden. Dr. Freud nannte es noch Trieb-Sublimierung, wenn irgendein leicht entflammbarer Jüngling, statt seinem Dirndl unters Dirndl zu greifen, eine h-Moll-Messe komponierte. Inzwischen wird jedoch oft nicht einmal mehr ansatzweise sublimiert, sondern völlig grundlos eine riesige Menge von Kunst geschaffen, um den ständig wachsenden Bedarf zu decken.

Nach jahrtausendelangen Fehlentwicklungen ist Kunst ja nun endlich zu einem auch für anständige Menschen akzeptablem Bestandteil der Unterhaltungsindustrie geworden. In einer Gesellschaft, die den Sinn des Lebens darin sieht, Spaß zu haben, leistet die Kunst – wie übrigens auch alles andere außer dem Zwiebelschneiden – einen wichtigen Beitrag zur Sinngebung.

Die alten Vorurteile, Kunst könnte zu einer Veredelung des Menschen, zur Ausbreitung der Humanität, zum Aufblühen der Fantasie und zur Vermehrung des Denkvermögens führen, sind heute endgültig vom Tisch. Man kann der Kunst ja viel in die Schuhe schieben, aber derart überholte Eigenschaften sollte man gar nicht mehr zur Sprache bringen, außer vielleicht, wenn einem sonst überhaupt nichts einfällt, was man in ein Subventionsansuchen hineinschreiben könnte.

Zum Glück hat Kunst eine solche Breitenwirkung erreicht, dass selbst jene, die ihr ablehnend gegenüberstehen, ihre Bedeutung anerkennen müssen: Kunst ist Unterhaltung, Kunst ist Event, Kunst ist Business.

Man darf sich da auch von den Heuchlern nicht irre machen lassen, die in der Kunst noch immer mehr sehen, als eigentlich drin ist.

Um das mit einem kleinen Beispiel zu illustrieren: Wenn die Albertina ihren nackten Hintern zeigt – also den von Michelangelo gezeichneten –, dann drängen Hunderttausende in die Ausstellung. Teils, weil sie überhaupt gerne nackte Hintern sehen, teils weil sie den Namen Michelangelo schon irgendwo mal gehört haben und weil so ein Name im Unterbewusstsein unweigerlich dieses herrliche Gefühl von Gelatiamorebibione wachruft. Oder weil man sich einfach den Spaß gönnen will, kurzfristig einen Kulturmenschen vorzutäuschen. Aber wenn man die Besucher am Ausgang betrachtet, wird schnell klar: Kein Einziger ist dadurch ein besserer Mensch geworden, innerlich gereift, keiner hat spontan seine Denkfaulheit aufgegeben, sein Herz aufgeschlossen für die Nöte allein erziehender Supermarktkassiererinnen, oder auch nur gelernt, wie man Nudelsuppe mit Stäbchen isst.

Der erzieherische Wert der Kunst ist denkbar gering! Und wenn selbst der große Michelangelo nicht viel ausrichten kann, wie sollen es dann die vielen kleinen, oft nicht zu Unrecht unbekannten Künstler tun? Andererseits: Wenn eine zeitgenössische Künstlerin – sagen wir Elke Krystufek – sich gelegentlich auszieht, um die ganze Bandbreite ihres Schaffens sichtbar zu machen, kann uns das schon einen leichten Denkanstoß vermitteln. Der eine oder andere wird vielleicht sogar intensiv darüber nachdenken, warum er statt zur Vernissage nicht gleich in ein Nachtlokal gegangen ist, wo man bei den dargebotenen Damen als Ästhet doch eher auf seine Rechnung kommt. So gesehen erfüllt die Kunst bisweilen doch einen pädagogischen Zweck, aber er hält sich in Grenzen. Selbst künstlerische Großereignisse haben nur wenig Einfluss auf die menschliche Grundsubstanz. Nehmen wir etwa die Salzburger Festspiele. Die Besucher des Festspielhauses haben ihre Zeit in innigem Kontakt mit Mozart und Muti abgesessen und strömen wieder hinaus – von der Kunst geläutert, vergeistigt, veredelt bis in die letzte Pore. Und was tun sie nun? Eilen sie ins nächste Obdachlosenasyl, um dort ihre Pretiosen zu spenden? Melden sie sich spontan als Erntehelfer für den Sudan? Sammeln sie fürs Rote Kreuz? Nein, sie eilen spornstreichs in den „Goldenen Hirschen", zum „Krimplstätter" oder in den „Friesacher Stadel". Schon die Namen solcher Wirtshäuser verraten, dass man dort schnell wieder die nötige Bodenhaftung finden kann, und schon vor der Hauptspeise ist die ganze Gesellschaft wieder so, wie sie immer war: oberflächlich, gemein, geldgierig und verfressen. Das Mozart-Requiem war nur ein Alibi für die Hirschkeule.

Nun gibt es aber Milliarden Erdbewohner, die den Verzehr einer Hirschkeule auch ohne appetitanregendes Requiem auf sich nehmen würden und Mozart nicht einmal vom Hörensagen kennen. Diese Menschen sind freilich bei den Festspielen nicht so gefragt wie jene, die sich ein Menü und eine Konzertkarte leisten können. So gesehen liefert die Kunst auch keinen großen Beitrag zur Demokratisierung der Gesellschaft.

Wenn dereinst die gestohlene Saliera wieder reumütig heimkehrt und ihren verwaisten Platz im Kunsthistorischen Museum einnimmt, werden viele Kunstfreunde zwar überrascht sein, dass es sich bei der Saliera gar nicht um die Gattin von Mozarts Intimfeind Salieri handelt, sondern um ein Salzfass, aber sie werden zur Besichtigung pilgern. Hunderttausende werden sich vor die Vitrine drängen! Nicht, weil sie Benvenuto Cellini verehren, nicht einmal um festzustellen, ob seine Saliera besser zu ihren Frühstückseiern passen würde als die Designer-Salzstreuer von Eduscho. Nein, sie kommen nur, weil das kostbare Teil geklaut wurde! Bei der Mona Lisa war es genauso. Und bei unzähligen anderen Kunstwerken. Auch das ist ein besonderer Wesenszug der Kunst: Sie erfreut sich einer ungeheuren Beliebtheit, wenn sie weg ist.

Damit auch vorhandene Kunst Interesse erregt, muss man, wie auch in den anderen Sparten der Unterhaltungsindustrie – Sport, Politik, Mode, Gastronomie, Religion, Telefonsex, etc. –, auf Stars setzen.

Ein geräumiger Tenor allein genügt schon längst nicht mehr, nein, es müssen gleich zwei, drei Tenöre sein, weltberühmte natürlich, wenn man die Freunde der Sangeskunst in Massen anlocken will. Selbst Richard Wagner braucht einen Hauch von

Schlingensief, um allgemeines Interesse zu erregen, und wo bliebe wohl der „Jedermann", ohne ein gerüttelt Maß an Film- und Fernsehprominenz.

Die Museumsdirektoren befinden sich im Höhenrausch: Unter Dürer und Dali, Rembrandt und Rubens tun sie es schon lange nicht mehr. Starkult allüberall! Um die Pop-Arena zum Kochen zu bringen werden die greisen Rolling Stones immer wieder aus dem wohlverdienten Ruhestand aufgescheucht und müssen ihre eigene Pubertät imitieren, und wenn eine Fluglinie ihre Uniformen nicht wenigstens von Gianfranco Ferré entwerfen lässt, kann sie gleich am Boden bleiben.

Selbst in der Literatur, wo es so etwas wie einen echten Star eigentlich nicht gibt, versucht man sich diesem Trend anzunähern. Das Ergebnis ist ein Vollkoffer, bis an den Rand zugestopft mit österreichischer Literatur ab 1945. 18 Bände, 5000 Seiten, die 130 „wichtigsten" Autoren stecken in dem so genannten „Austrokoffer". Ein Mammut-Projekt, von dem man noch nicht weiß, ob es für alle Zeit so gewichtig bleibt, wie es jetzt daherkommt. Aber zumindest könnte die Bezeichnung „Austrokoffer" als Synonym für den Österreicher schlechthin zu einem echten Dauerbrenner werden.

Egal jedenfalls, wo man hinschaut oder hinhört: Nie wurde mehr geboten als heute. Superlative, Megalative, Gigalative!

Bei dem beinharten Konkurrenzkampf in der Kunstszene, bei dem Tempo, mit dem Kunst heute angeboten und konsumiert wird, ist der Vorrat an herkömmlichen Stars natürlich irgendwann aufgebraucht. Aber das macht nichts, denn solange die Vermarktung so ein gutes Geschäft ist, werden die Geschäftsinhaber einfach immer wieder neue Stars kreieren. Die Zukunft der Kunst scheint somit gesichert, und das ist durchaus begrüßenswert, denn was immer sie dem Einzelnen auch bedeuten mag, für alle bietet sie auf jeden Fall einen wundervollen Gesprächsstoff. Ganz besonders in Österreich, wo jeder auf diesem Gebiet ein Experte ist. So gibt es beispielsweise neben den Herren, die aus unerfindlichen Gründen fix angestellt wurden, um die Salzburger Festspiele oder die Wiener Staatsoper zu leiten, noch mindestens eine Million Österreicher, die das sogar nebenberuflich vom Stammtisch aus könnten. Eine weitere Million bekennt offen, dass sie auch solche Bilder malen könnte wie Nitsch und Rainer, und der Rest der Bevölkerung weiß zumindest, wie eine Inszenierung am Burgtheater oder ein Ziergarten in Schönbrunn wirklich aussehen müsste.

Aber seien wir ehrlich: In einer Zeit, die nur noch von Erdöl, Terror und ein paar anderen Geschäftsbereichen der organisierten Kriminalität beherrscht wird, ist es da nicht schön, dass es auf dem Globus noch ein winziges Fleckchen gibt, wo man die Musen nicht missen möchte?

Die Freiheit der Kunst

Die Freiheit der Kunst muss gewährleistet sein, darüber sind sich alle einig. Nicht ganz einig ist man sich lediglich in der Frage: Was ist Kunst? Und was heißt Freiheit?

In der Praxis sieht das dann etwa so aus: Vor einiger Zeit hat eine Künstlergruppe an öffentlichem Ort in Salzburg ihr jüngstes Werk aufgestellt. Die überdimensionale Figur eines nackten Mannes aus Pappmaschee mit einem zu allem bereiten Geschlechtsorgan. Nun wird jedoch eine monströse Erektion in Salzburg nicht gerne gesehen. Die Festspielbesucher sind meist ältere Leutchen, die sich an die Härte des Geschlechtslebens kaum noch erinnern, und auch bei den gestandenen Einheimischen weist schon das Wort „gestanden“ eher auf die Vergangenheit hin.

So musste denn die inkriminierte Figur stehenden Fußes (und anderer Organe) mit Brettern verhüllt werden, ehe die Erregung noch so recht auf die Gemüter (und andere Organe) breiter Bevölkerungsschichten übergreifen könnte.

Von den bedingungslosen Liebhabern der Moderne wurde daraufhin wieder einmal vehement auf die Freiheit der Kunst verwiesen. Woraufhin diverse intelligente Menschen wieder einmal mit dem Hinweis konterten, dass nicht alles, was jemand spaßeshalber zusammenbastelt, automatisch Kunst sein muss. Und selbst wenn es so wäre, warum finden dann Flaschenschiffchen, Laubsägearbeiten oder Ikea-Regale weniger Anerkennung als handgemachte Erektionen?

Natürlich kann man über diesen Problemkreis nicht ernsthaft diskutieren, denn sobald man irgendein Produkt des zeitgenössischen Kunstbusiness auch nur schief anschaut, wird man spornstreichs als klerikal-faschistischer Dorfdepp abgestempelt. Oder zumindest geistig irgendwie in die Nähe der FPÖ gerückt, was für manchen Kenner Grund genug ist, vorbeugend den Mund zu halten.

Dabei ist die Situation gar nicht so verfahren, wie sie scheint. Die Freiheit der Kunst – das heißt doch konkret nur, dass es jedermann frei steht, sich künstlerisch zu betätigen. Egal, ob er Talent hat oder nicht. Er darf nicht daran gehindert oder gar dafür bestraft werden, selbst wenn er die ärgsten Scheußlichkeiten produziert.

Das heißt aber noch lange nicht, dass er mit seinen Werken Hausfrauen vor dem Supermarkt oder Kinder auf dem Schulweg erschrecken darf.

Der Bedarf an Scheußlichkeiten im öffentlichen Raum wird sowieso von Stadtplanern und Architekten voll abgedeckt, da kann man oft leichten Herzens auf ein zusätzliches Kunstwerk verzichten.

Allerdings stünde auch dem bürgerlichen Betrachter mehr Toleranz gegenüber zeitgenössischen Skulpturen gut zu Gesicht. Selbst wenn ihm mal ein Riesenpimmel in eben dieses springt. Man darf sich da nicht immer auf die gute, alte Zeit berufen. Die pummelige Venus von Willendorf war auch nicht wesentlich schöner als der pimmelige Adonis von Salzburg. Nur wissen wir heute nicht mehr, ob sie seinerzeit als Kunstwerk galt oder vielleicht nur ein Briefbeschwerer war. Oder einfach einer jener undefinierbaren harten Gegenstände, die man den Kindern nachwarf, wenn sie wieder mal beim Mittagsschläfchen störten. Die Venus wird deshalb als Kunstwerk betrachtet, weil sie alt ist. Genau dieses Kriterium kann die zeitgenössische Kunst nicht erfüllen, aber es besteht immerhin eine begründete Hoffnung, dass sie ziemlich bald veraltet sein wird. Die Zukunft kommt ja von Mal zu Mal schneller. Für die letzten Augenblicke der Gegenwart aber gilt auf jeden Fall die Maxime: Der Zeit ihre Kunst, der Kunst ihre Freiheit! Man kann sich dabei durchaus auf die Erfahrungen in anderen Produktionsbereichen berufen und, damit die Sache EU-weit einheitlich geregelt werden kann, gewisse Maßstäbe aus der Nahrungsmittelherstellung auch auf geistige Nahrung ausdehnen. Und zeitgemäß etwa so formulieren: In Käfighaltung kann keine Qualität produziert werden. Nur frei laufende Künstler legen glückliche Eier.

Kultur in Kürze

Literatur

Die Österreicher lieben die Literatur. Fast jeder würde gern mal ein Buch lesen, aber es muss ja nicht gleich sein. Große Literatur ist unvergänglich, da kann man sich Zeit lassen. Wenn die Kinder erst einmal aus dem Haus sind und der Mann auf dem Zentralfriedhof, tritt die Leselust oft in geballter Form auf. Besonders bei Frauen. Frauen lesen sogar manchmal schon in jüngeren Jahren und auf jeden Fall mehr als Männer. Das hat so ganz nebenbei auch zu einer lustigen Trendumkehr auf dem Buchmarkt geführt. War dereinst die Pornographie ausschließlich für Männer bestimmt, wird sie heute durchwegs von Frauen für Frauen geschrieben. Und man nennt das auch nicht mehr Pornographie, sondern erotische Romane, weil die Frauen ja feinere Wesen sind. Sollte sich irrtümlich ein Herr an dieser Lektüre vergreifen, ist das auch nicht schlimm. Es geht darin ja praktisch nur ums Vögeln und dürfte somit die intellektuelle Kapazität der Männer nicht allzu sehr überfordern. Um aber von viel gelesenen Büchern weg und zur österreichischen Literatur hin zu kommen: Ja, es gibt sie! Schon lange! Zur Weltliteratur hat es in der Vergangenheit kaum gereicht, aber es ist aus jener dunklen Zeit noch genug Erhabenes übrig geblieben, um wenigstens die Schulkinder mit ein bisschen Grillparzer und Stifter zu quälen. Auch die österreichische Gegenwartsliteratur läuft nicht eindeutig Gefahr, zum Weltkulturerbe erklärt zu werden. Obwohl ganz nette Sachen dabei sind, machen doch viele hochgelobte Literaten den Eindruck, als hätten sie schon zu Lebzeiten ihr Ablaufdatum überschritten. Wer oder was unsterblich wird, bestimmen ohnehin erst künftige Generationen, doch schon ein flüchtiger Blick auf das Papier unserer Tage lässt erahnen, dass die Sterblichkeitsrate ziemlich hoch sein dürfte.

Die österreichischen Autoren lassen sich's aber nicht verdrießen. Und wenn sie einmal entmutigt für fünf Minuten Schaffenspause machen, springt sofort ein Gelegenheitsdichter für sie ein. Der aktuelle Trend verlangt, dass jeder Österreicher zumindest einmal im Leben ein Buch geschrieben haben muss. Oder einen Baum gezeugt oder einen Sohn gepflanzt. Aber das ist anstrengender, also wählen die meisten das Buch. Und der Erfolg scheint ihnen Recht zu geben. Wenn man bedenkt: van Gogh hat nur eines seiner Werke verkaufen können – österreichische Autoren bringen es oft auf bis zu vier!

Wie gesagt, im Zentrum der Weltliteratur hat Österreich keinen Dauerparkplatz. Aber das Blatt könnte sich wenden. Die heimischen Dichter sind fleißig an der Arbeit und die österreichische Literatur hat wahrlich keinen Grund, den Kopf hängen zu lassen. Man braucht bloß die großen Namen in den aktuellen Verlagsprojekten zu betrachten: Chris Lohner, Brigitte Neumeister, Christina Lugner, die Frauen sind eindeutig im Vormarsch. Natürlich sollten sie es nicht gleich auf die Spitze treiben und sich den Nobelpreis holen, wie das Elfriede Jelinek 2004 getan hat. Was man ihr natürlich von Herzen gönnt. Gerade sensible Naturen brauchen auch mal ein paar Streicheleinheiten, ein bisschen Anerkennung, und es ist schön für sie, wenn die Welt befindet, dass sie nicht irgendeinen Pofel zusammenschreiben. Allerdings folgt gerade das Nobelpreis-Komitee immer sehr sonderbaren Kriterien, meist politischen. Auch der in der Begründung enthaltene Satz: „Jelinek hat mit leidenschaftlicher Wut Österreich gegeißelt“ ist ja nicht direkt ein literarisches Werturteil.

Aber Frau Jelinek kann nichts dafür, dass die Schweden ein sonderbares Verhältnis zur Dichtkunst haben und den Literatur-Nobelpreis sogar schon einmal an Winston Churchill vergaben. Oder an den Ostfriesen Rudolf Christoph Eucken, der irgendwie hart an der Weltliteratur vorbeigeschrammt sein muss und den Buchhandel nicht so richtig boomen lässt. Aber das muss die Dichterin nicht irritieren, denn sie hat die Auszeichnung ja tatsächlich für ihr nachweisbar literarisches Schaffen bekommen. Jetzt hat sie viel Ehr, viel Geld und unheimlich viele falsche Freunde. Denn jetzt will's natürlich jeder schon immer gewusst haben, und überhaupt solche Genies wachsen halt nur in Österreich! Sogar der Erwerb eines Jelinek-Buches scheint für manchen Patrioten in greifbare Nähe zu rücken. Aber vielleicht sollte man die Euphorie doch nicht zu sehr übertreiben. Literatur-Nobelpreisträger sind bekanntlich Einjahresfliegen. Dann kommt schon der oder die Nächste und alles ist vergessen. 2003 wurde der Preis an J. M. Coetzee vergeben – wer oder was mag das gewesen sein?

Musik

Österreich gilt allüberall in der Welt als Land der großen Töne. Die genialsten Komponisten, die feinsten Musikanten haben hier gewirkt und geschaffen. Früher mal. Aber das ist ja die bedeutendste Epoche in der österreichischen Geschichte, „Früher mal".

Den großen Beethoven versucht uns ja Deutschland schon seit geraumer Zeit abzuluchsen, mit der läppischen Begründung, dass er schließlich in Bonn das Licht der Welt erblickt hätte. Aber das kann schließlich jedem passieren, Beethoven hat diesen Schock auch ziemlich bald überwunden und verbrachte den Rest seines Lebens in Wien, wo er hingehört. Beethoven war arm, mürrisch, taub gegen alle guten Ratschläge und hat sich letztlich zu Tode gesoffen – wenn das kein typischer Österreicher war, wer dann? Auch auf Wolfgang Amadeus Mozart haben die Deutschen inzwischen ein begehrliches Auge geworfen – man konstruiert sich da etwas zusammen, von wegen bayrischer Abstammung und so – aber Mozart war ein Spieler, Spaßvogel, Schuldenmacher und Schürzenjäger, erfüllt also spielend die Grundbedingungen für eine österreichische Staatsbürgerschaft. Der Wolferl ist ja der absolute Darling aller Musikfreunde, aber das muss nicht so bleiben. Im Mozart-Jahr 2006 droht nämlich der musikalische Supergau: Tagaus, tagein, landab, landauf wird seine Musik aufgeführt. Wahrscheinlich auch von Kindergarten-Ensembles, Alphornbläsern und Straßenmusikanten. In Wien hat man schon angedroht, dass Mozart auch zu jenen kommen soll, die bisher nicht zu Mozart gekommen sind – möglicherweise ist man dann auch an der Wursttheke von BILLA nicht mehr vor ihm sicher, und wenn es morgens an der Wohnungstür klingelt, steht dort, statt der lang erwarteten Zeugen Jehovas, ein fideles Streichquartett. Ausstellungen, Busreisen – „Mozart auf der Reise nach Prag" – Quizveranstaltungen und eine Weltmeisterschaft im Mozartkugelstoßen bilden das nötige Rahmenprogramm. Nach diesem musikalischen Overkill werden selbst Fans wohl lange Zeit keinen Mozart mehr hören wollen, und vielleicht geben wir ihn dann doch an Bayern ab.

Aber es bleiben noch genug. Haydn, Schubert, Strauß – man kann unmöglich alle Namen nennen. Später gab es auch noch die großen Zwölftöner, und für die leichtere Muse zuständig die Meister der Operette und einfallsreiche Wienerliedkomponisten. Das alles gab es. Früher mal. Heute müssen wir schon froh sein, dass uns wenigstens der Udo Jürgens geblieben ist.

Natürlich, es gibt hier noch immer das beste Orchester der Welt, einige achtbare Dirigenten und eine hervorragend geführte

Staatsoper. Das sind Symbole der österreichischen Identität und müssen auch erhalten bleiben, schon mit Rücksicht auf die Japaner. Das österreichische Publikum macht ja keinen übermäßigen Gebrauch von klassischer Musik – das Neujahrskonzert deckt meist den gesamten Bedarf ab. Aber selbst im schlechtesten Fall liegt der Pro-Kopf-Verbrauch noch immer turmhoch über dem in Island oder Idaho, und allein der Umstand, dass er könnte, wenn er wollte, gibt dem Österreicher schon das Gefühl, eigentlich ein recht kultivierter Mensch zu sein.

Neben der E-Musik goutieren die Österreicher auch noch die U-Musik, die vornehmlich in anglo-amerikanischer Version über Ö3 verbreitet wird. Ebenfalls nicht wirklich deutschsprachig ist die vielleicht beliebteste Sorte gehörschädigender Geräusche, die so genannte Volksmusik. Sie ist in den letzten Jahren zu einem enormen Kassenerfolg geworden, denn kaum jemand kann sich der Faszination der stimmungsvollen alten Volksweisen entziehen. „Hey baby" oder der „Burger-Dance" – wenn DJ Ötzi diese seltsamen Geräusche von sich gibt, dann schlagen die Bierzelte die Hände über dem Kopf zusammen und die Alpen beginnen zu glühen. Wahrscheinlich vor Scham. Aber egal in welcher Form: Musik ist in Österreich allgegenwärtig. Hier hat der Mensch ständig ein Summen, ein Singen, ein Klingen im Ohr – aber wenn man Glück hat, ist es nur der Tinnitus!

Malerei

Rückblickend kann man sagen: Die Malerei war nie die besondere Stärke der Österreicher. Vorausblickend gesagt, wird sie es auch nicht werden.

Kein Leonardo, kein Rembrandt, nicht einmal ein Picasso wollte hier auf die Welt kommen, schließlich konnten sie sich ausmalen, was dann aus ihnen geworden wäre. Ein Walde vielleicht, ein Gauermann oder ein Schmalix, auf jeden Fall kein alter Meister.

Ein paar alte Österreicher sind in den letzten Jahren jedenfalls auch wieder modern geworden und enorm im Preis gestiegen: Kokoschka, Klimt und Schiele. Vielleicht zu Recht, sicher nicht zufällig, denn der internationale Kunsthandel ist genauso gut organisiert wie der Waffenhandel oder der Mädchenhandel und genauso ertragreich. Und nachdem das einzige Kriterium zur Beurteilung von Kunst heute nur noch der Preis ist, wird er schon stimmen. Nach den oben Erwähnten kam lange nichts und dann war plötzlich ein ganzes Rudel da: der exzentrische Maitre Leherb mit seiner Lotte, der nackte Hundertwasser, der haarige Fuchs und viele mehr. Da kam wieder Leben in die Pinselbranche! Und wenn sie nicht gestorben sind, dann malen sie heute noch. Vielleicht nicht gerade für die Ewigkeit, aber doch für gutes Geld. Ernst Fuchs etwa, der schon mit 15 Jahren ein genialer Zeichner war, dient auch mit 73 noch der Kunst. Eigens für die Bild-Zeitung, die dem „Maler-Genie mit göttlichem Pinselstrich" dafür eine ganze Seite überließ, schuf er das Gemälde „Botschaft an die sieben Gemeinden". Was die Zeitung frohlocken ließ: „Jeder BILD-Leser besitzt dann einen echten ‚Fuchs'." Normalerweise kostet ein solcher ja mehr als 50 Cent, aber BILD macht's möglich! Ein Meisterwerk, bestaunt von 12 Millionen Lesern. Und manche entdeckten darin eine gewisse Ähnlichkeit mit den Meisterwerken, die früher über'm Ehebett unserer Urgroßeltern hingen und von den Erben schnellstens auf dem Trödelmarkt gegen einen Fahrradschlauch oder zwei Micky-Maus-Hefte eingetauscht wurden. Aber bevor Sie die Nase rümpfen: Malen Sie einmal was für BILD-Leser!

Genau genommen müssen österreichische Maler jedoch nicht dauernd malen, denn sie haben meist noch andere Talente. Der eine kann segeln, der andre kann singen, und wenn ihnen ganz fad ist, dann bauen sie schnell mal ein Zinshaus. Die Größten der Großen, von Hundertwasser bis Brauer, haben das bereits getan. Nur Arnulf Rainer hat sich bisher dem sozialen Wohnbau verweigert, aber man darf die Hoffnung nicht aufgeben, dass er irgendwann wenigstens noch das Hundertwasser-Haus übermalt.

Theater

Über das Theater muss man nicht viel sagen, denn das findet in Österreich pausenlos statt. Vor allem außerhalb der Saison. Im Sommer verfolgen einen die Theatermacher unbarmherzig bis ins kleinste Nest, von der höchstens Zinne bis hinab in den tiefsten Keller wird der arglose Tourist von kulturellen Werten umzingelt. Da wälzen sich plötzlich die Rheintöchter durchs Gebirge und Hamlet erkennt auf dem Heuboden, dass etwas faul ist im Staate. Doch Ruhm ist in der kleinsten Hütte, denken sich die Schauspieler, und Sommertheater ist auch so etwas wie bezahlter Urlaub für die gestressten Musen.

In der Theatersaison konzentriert sich das Geschehen hauptsächlich auf die größeren Städte, insbesondere Wien. Erfreulicherweise lieben die Österreicher das Theater, aber nur wenn die Stücke nicht zu lang sind, sodass man noch bequem die letzte Straßenbahn erreicht. Der gewohnheitsmäßige Theaterbesucher wird auch meist schon im zweiten Akt unruhig, weil er ständig nachrechnet, wann er aufspringen muss, um als Erster bei der Garderobe zu sein. Aber das Theater zieht jeden an, schon deshalb, weil man ja mit Husten und Schnupfen nicht gern alleine zu Hause im Bett bleibt. Manchmal meiden jedoch sogar die begeistertsten Huster das Theater. Tragödien sieht man nicht so gerne, die erlebt man sowieso täglich. Deshalb kommt es dem österreichischen Publikum sehr entgegen, dass am Theater die Posse dominiert.

Vor allem bei der Bestellung von Direktoren und Intendanten. Da sitzen meist die Verantwortlichen gegeneinander herum und vergnügen sich mit dem alten Spiel Stadt, Land, Bund, und ziehen schlussendlich ein Kaninchen aus dem Hut, von dem keiner weiß, wie es da eigentlich hineingekommen ist. Oftmals wird der alte Chef dann der neue Chef und darf aufs Neue beweisen, dass er noch ganz der Alte ist. Das ist oft lustiger als die ganze Spielzeit, aber die hat meist auch ihre lachhaften Seiten. Waren die verdunkelten Räume mit den unbequemen Sesseln früher oft als Brutstätte der Fantasie verschrien, so findet heute im Theater hauptsächlich Kino statt. Also noch nicht ganz auf der Höhe der Hollywood Blockbuster, aber Fernsehqualität hat man schon erreicht – für MTV wird das Theater bald eine echte Konkurrenz. Jeder Regisseur, der mehr künstlerische Visionen hat als ein nasses Handtuch, spickt heute seine Inszenierungen mit einer Unzahl von Videoclips. Das ist ungeheuer innovativ, wenn auch noch nicht perfekt, denn zeitweise stören die auf der Bühne herumlungernden Schauspieler den Gesamteindruck empfindlich. Wer also perfekte Fernsehunterhaltung schätzt, wie etwa „Gute Zeiten, schlechte Zeiten", sollte sein Gerät nicht vorschnell abmelden. Wem schlechte Zeiten genügen, der findet auch im Theater, was er sucht.

Musical

Die Österreicher sehen gerne Musicals. Deshalb wird hier alles gespielt, was gut oder zumindest teuer ist. Die Qualität der Darbietungen schwankt, aber eines ist so ziemlich allen gemeinsam: Man nimmt daraus keinen Ohrwurm mit nach Hause. Vor allem aus den Eigenproduktionen der Vereinigten Bühnen. Aber egal, welche Stücke gespielt werden, alle bekommen hier eine typisch österreichische Note: Während man überall in der Welt Erfolgsmusicals zum Zweck des Geldverdienens auf die Bühne bringt, müssen sie in Wien mit gewaltigen Summen subventioniert werden. Abend für Abend, auch bei ausverkauftem Haus. Möglicherweise ist das ein Naturgesetz, aber es könnte sich vielleicht auch bloß um einen kleinen Systemfehler in der Kulturpolitik handeln.

Um einen etwaigen Bedarf rechtzeitig abzudecken – mehr als hundert Millionen Chinesen haben noch nie ein Musical in Wien gesehen und können es wahrscheinlich gar nicht mehr erwarten –, wird jetzt das Ronacher zu diesem Zweck vergrößert und behübscht. Für schlappe 47 Millionen Euro! Dann können die Chinesen kommen. Wenn sie wollen. Aber beeindrucken lassen sich die Musicaltheater von solchen Äußerlichkeiten sowieso nicht. Selbst wenn ihnen die Besucher davonlaufen – die Subventionen laufen weiter!

Film

Der große österreichische Film ist schon lange tot. Aber es gibt ein Leben nach dem Tode. Oder zumindest so etwas Ähnliches, und das kroch lange Zeit, von Franz Antel, Peter Weck oder Carl Spiehs in lustspielähnliche Form gebracht, über die Leinwände. In der Jetztzeit wurde dieses Genre von wesentlich jüngeren Leuten am Leben erhalten. Hauptsächlich von Harald Sicherits unter Zuhilfename diverser Kabarettisten, die ähnlich fulminante schauspielerische Leistungen erbrachten wie seinerzeit jene bezaubernden Geschöpfe, die ihren Eignungstest für die Rolle in einem Wolfgangsee-Wörthersee-Pulverschnee-Film beim Casting auf der Couch absolvierten. Den Rest des Genres bedeckt Reinhard Schwabenitzky mit seiner nackten Gemahlin.

Da aber schon die seinerzeitigen Klamotten tiefe Löcher in die Bilanzen der Lichtspielhäuser gefressen haben, dreht man heute zumeist künstlerisch wertvolle Filme, die keine Kinos brauchen, weil sie dort gar nicht erst hinkämen, selbst wenn es noch welche gäbe.

Künstlerische Filme unterscheiden sich von Kommerzfilmen dadurch, dass sie abgrundtief traurig, grauslich und deprimierend sind. Für Menschen, die dem Selbstmord nahe sind, aber noch einen letzten Anstoß brauchen, empfiehlt sich der Besuch solcher Filme durchaus. Wer schon mit seinem eigenen Elend das Auslangen findet, kann sich das Geld für die Eintrittskarte sparen. Das tun viele Leute instinktiv, und deshalb werden solche Filme eigentlich nicht fürs Kino, sondern nur für Festivals produziert. Dort müssen es sich nur die prominenten Juroren ansehen, und denen vergönnt man es auch – nicht wenige von ihnen haben ja ähnliche Streifen auf dem Gewissen.

Als wichtigste Vertreter des hochkünstlerischen österreichischen Films gelten natürlich Michael Haneke und Ulrich Seidl. Sie haben für ihre Filme auch schon viele internationale Preise eingeheimst, und das wird sie leicht darüber hinwegtrösten, dass manche Leute mit ihrem Werk nichts anzufangen wissen. Und ist es nicht überhaupt das Schöne an solchen Filmen, dass man sie gar nicht verstehen muss, um sie nicht zu mögen?

Fernsehen

Der ORF hat ein kleines Weltwunder im Köcher, besser gesagt im Radio: Der Sender Ö1 kann sich auch im internationalen Vergleich durchaus hören lassen.

Über die Qualität des österreichischen Fernsehens muss man nicht viele Worte verlieren: Darüber weiß ohnehin jeder aus eigener leidvoller Erfahrung Bescheid. Aber das bedrückt niemanden mehr so richtig, denn über Kabel oder Satellit kann man heute ja mindestens dreißig Programme sehen, die genauso schlecht sind.

Wirklich interessant ist der ORF nur für eine ganz kleine Zielgruppe: die Politiker. Die natürlich überhaupt keinen Einfluss auf ihn nehmen. Aber das geht nun schon seit Jahrzehnten so und ist noch niemandem aufgefallen!

Tour d'Autriche: Niederösterreich

Niederösterreich ist das schönste Bundesland Österreichs. Empfindliche Seelen freilich versetzt schon sein Name in Angst und Schrecken, klingt es doch wie jener Schlachtruf, mit dem dereinst unzählige Völker und Nationen über das Land hereinbrachen: „Nieder, Österreich!"

Aber man kann sich ja je nach Lust und Laune auch einer anderen Bezeichnung bedienen, denn Namen hatte das Land schon zur Genüge: ob Pannonien oder Noricum, Ostmark, Ostarrichi, Land unter der Enns oder Niederdonau – da ist doch für jeden Geschmack etwas dabei. Wahrscheinlich gibt es sogar noch ältere Namen für die Gegend, aber die sind wohlweislich in Vergessenheit geraten, damit die Schüler im Geschichtsunterricht nicht überfordert werden. Sie müssen sich ohnehin sehr viel merken, denn die Vergangenheit ist hier schier unerschöpflich. Das beweisen unter anderem siebentausend Jahre alte Kultstätten – dagegen ist selbst Stonehenge noch ein Kind! –, von denen es nirgendwo auf der Welt so viele gibt wie hier. Seltsamerweise fand man bei Grabungen auch besonders viele Frauenstatuetten – das könnte ein Hinweis darauf sein, dass in Niederösterreich der Feminismus erfunden wurde. Die Funde geben den Wissenschaftlern jedenfalls ein Rätsel auf. Der Umstand, dass die meisten Frauenstatuetten zerbrochen sind, könnte andererseits den

Verdacht erhärten, dass in Niederösterreich auch die Machos erfunden wurden.

Was hier auf jeden Fall erfunden wurde, war der Staat Österreich. Mit einem bescheidenen Stückchen von Niederösterreich, das 996 erstmals urkundlich erwähnt wurde mit den Worten „in regione vulgari vocabuto Ostarrichi dictu …" – also so wie es im Volksmund genannt wurde. Kaiser Otto III. hat als Sechzehnjähriger dieses Dokument erstellen lassen und normalerweise könnte man von einem Dummejungenstreich sprechen, aber nicht beim Otto, weil der ja schon mit drei Jahren Regent geworden war! (Wetten, dass sich der derzeitige britische Thronfolger vor Wut in den Hintern beißt, wenn er das hört?)

Mit der eher unbedeutenden Mark wurde 976 eine eher unbedeutende Familie belehnt: die Babenberger. Niemand hatte ihnen zugetraut, dass sie aus der winzigen Grafschaft ein großes, starkes Herzogtum machen würden. Aber sie taten es und herrschten unablässig bis 1246. Mal besser, mal schlechter, aber eines war allen gemeinsam: Sie hatten wahrhaft schöne Namen. Leopold der Heilige etwa, Leopold der Schöne, Leopold der Tugendhafte, Leopold der Glorreiche, oder auch mal Heinrich Jasomirgott und Friedrich der Streitbare. Einer hieß sogar Poppo, was ja auch ganz hübsch ist, der wurde dann Erzbischof Leopold III. Der beliebteste aller Babenberger hingegen ist noch heute der offizielle Schutzpatron, und am Leopolditag, dem 15. November, kann man seiner besonderen Verehrung Ausdruck geben, indem man im Klosterneuburger Stiftskeller über ein Weinfass hinunterrutscht. Ob Leopold Klosterneuburg just zu diesem Zweck gegründet hat, weiß man heute nicht mit letzter Gewissheit. Es geht ja auch die Sage, er habe dort gebaut, weil sich exakt an dieser Stelle ein Schal wiederfand, den seine Gattin acht Jahre zuvor beim Schwammerlsuchen verlor. Wahrscheinlich ein Stück von Hermes oder Gucci, denn für einen Schal von Schöps wäre ein Klosterneuburgbau vielleicht doch übertrieben großzügig gewesen.

Jedenfalls ist es schön, dass man in Niederösterreich überall auf Geschichte und Geschichterln stößt. In Carnuntum beispielsweise umweht einen der Hauch eines versunkenen Weltreiches. Kaiser Marc Aurel hat hier drei Jahre lang gelebt und an seinen weisen Gedanken gefeilt. Aber von all dem Glanz blieb nichts übrig als die Italiener und Kaiser Berlusconi I., und dem fällt im Gegensatz zu Marc Aurel sicher nicht schon zum Frühstück ein: „Stündlich denke daran, als Römer und Mann dein Tagwerk mit gewissenhaftem und ungekünsteltem Ernst, mit Menschenliebe, Freimut und Gerechtigkeit zu verrichten."

Beim Anblick der Ruine Dürnstein hinwiederum muss man unwillkürlich an den 3. Kreuzzug denken, von dem ein Babenberger die österreichischen Landesfarben mitbrachte. Beim Kampf um Akkon färbte sich nämlich seine Kleidung blutrot, nur als er abends den Gürtel abnahm, zeigte sich noch ein Streifen Weiß. Das war's dann, und ist es bis heute geblieben: Rot-Weiß-Rot! Dass ausgerechnet Leopold der Tugendhafte so blutrünstig gewesen sein soll, scheint allerdings höchst unwahrscheinlich, und unorthodoxe Forscher vermuten deshalb, dass die ganze Schweinerei eher bei einer Rotwein-Verkostung passiert ist. Aber ein bisserl rachsüchtig war der Tugendhafte schon. Weil ihn der hochnäsige König Richard Löwenherz vor Akkon tief beleidigt hatte, ließ Leopold gleich in allen österreichischen Postämtern seinen Steckbrief aushängen. Und wie es der Teufel will: Dem Engländer zerbrach auf der Heimreise aus dem gelobten Land das Schiff, er musste zu Fuß nach London gehen, und weil bekanntlich genau zwischen Jerusalem und London der 3. Wiener Gemeindebezirk liegt, konnte er dort gefangen werden. Den Kuenringern übergeben, musste er 13 Monate auf der Festung Dürnstein schmoren, ehe er gegen ein wahrhaft fürstliches Lösegeld freikam. Ob das wirklich der Sänger Blondel bei seinen Open-Air-Darbietungen gesammelt hat, scheint allerdings fraglich, denn 150.000 Mark in feinstem Silber verdient selbst ein Straßenmusiker nicht auf die Schnelle. Leider mischte sich dann auch noch der Kaiser in den brisanten Kidnapping-Fall ein und beanspruchte den größten Teil des Lösegeldes, den Rest investierte der Babenberger weitsichtig und klug – beispielsweise in den Aufbau von Wiener Neustadt.

Sieht man Krems, dann fällt einem ein, dass hier einmal das große höfische Leben stattgefunden hat. Wien war ja damals noch ein rechtes Dort und erst Jasomirgott, der sich gerne dort aufhielt, machte es in seinem Herzogtum schließlich zur zweitbedeutendsten Stadt – nach Krems. Bei der Erwähnung von Pöchlarn denkt man natürlich sofort an die Nibelungen. Als die schöne Kriemhild, begleitet vom grimmen Hagen, zu ihrer Vermählung mit dem Hunnenkönig Etzel reiste, machte der Hochzeitszug in Pöchlarn Station bei Rüdiger von Bechelaren. Aus gutem Grund, heißt es doch im Nibelungenlied: „Ich zeig euch einen Wirt, der euch in seinem Hause sowohl bewirten wird als auch in keinem Lande noch jemals ist gesehn." Leider ist die Geschichte sehr traurig ausgegangen – nur nicht für Niederösterreich, denn seither ist belegt, dass die einheimischen Wirte ihre Gäste auf einzigartige Weise verwöhnen.

Traurig ausgegangen ist auch die Geschichte, an die man in Mayerling erinnert wird. Hier hat sich Kronprinz Rudolf samt seiner Geliebten Mary Vetsera umgebracht. Trotz der Berge von Büchern über dieses Thema ist der Vorfall noch immer irgendwie mysteriös. Aber vielleicht sind die Hintergründe gar nicht so dunkel. Angeblich konnte der Kronprinz ja nur, wenn er vorher champagnisiert hatte. Nun war dem Rudi vielleicht gerade der

Champagner ausgegangen, Mary hat in ihrer Enttäuschung vielleicht Ausdrücke wie „Weichei" oder „Schlappschwanz" ins Gespräch geworfen, und – peng! Sowas kommt in den besten Familien vor, und dazu haben sich die Habsburger ja gerne gezählt. Auch vor anderen guten Familien ist man in Niederösterreich nirgends gefeit. In Mödling beispielsweise lebte bis zum Jahr 1904 die kleinbürgerliche Familie Kohn. Ein gar nicht so seltener jüdischer Name, aber kein besonders Erfolg versprechender. So konvertierten die Söhne zum christlichen Glauben und suchten mit dem Finger auf der Landkarte nach einem neuen Namen. Den lieferte die irische Grafschaft Kerry, und wie man heute weiß, war das eine gute Wahl.

Als ein gewisser John F. Kerry seinen Kampf um die Präsidentschaft antrat, hielt er sich noch für einen waschechten Iren. Inzwischen hat man ihn jedoch über seinen Mödlinger Großvater aufgeklärt, und alle hoffen, dass sich das auf die diplomatische Beziehungen zwischen Amerika und Niederösterreich positiv auswirken wird. Wenn das nicht klappt, hat man noch ein anderes Eisen im Feuer: eine gewisse Frau Gebirg ist seit 800 Jahren in Kleinwien begraben. Und selbige ist eine Urahnin von George W. Bush! Vorausgesetzt es stimmt, dass Bush aus dem Geschlecht der Przemysliden stammt. Dann wäre er sogar mit dem berühmten König Ottokar verwandt, der aber von den Habsburgern befehdet wurde, was wieder einen Keil zwischen uns und die USA treiben könnte. Aber Bush wird sich eh nicht so sehr auf die Ahnenforschung einlassen, schon weil er den Namen Przemysl nicht aussprechen könnte, geschweige denn Grillparzers „König Ottokars Glück und Ende" lesen.

Doch genug, Niederösterreich hat ja auch noch andere Schmankerln zu bieten. Gut, mit herausragenden Künstlern kann es nicht gerade prunken. Es sind zwar alle dagewesen, aber eher auf der Durchreise, wie Mozart, oder auf Sommerfrische, wie Beethoven. Dass der großartige Peter Turrini viel in Retz schreibt, macht ihn noch nicht so richtig zu einem Kind des Landes, und dass sich Ferdinand Raimund in Pottenstein eine Kugel in den Kopf geschossen hat, erhebt Niederösterreich noch nicht direkt zu einem Zentrum der Literatur. Aber was dem Lande fehlt, das holt es sich von draußen. Niederösterreich ist ein einziger großer Erlebnispark der Künste. In Baden dominiert die Operette, in Wiener Neustadt die Rockmusik, in Amstetten das Musical. In der Wachau werden seit urdenklichen Zeiten vor der schönsten Kulisse der Welt die dümmsten Filme gedreht. In Stein gibt es eine Strafanstalt, die dauernd irgendwie ins Fernsehen kommt, und zugeliefert wird ihr aus dem Bezirksgericht Retz, wo die Quotenqueen „Julia“ ihre Urteile sprach. In Krems gibt es ein köstliches Karikaturenmuseum und in Ybbs ein einzigartiges Kabarettfestival. In Klosterneuburg ist die großartige Sammlung Essl zu bestaunen und St. Pölten hat sich dem Tanz verschrieben. Nicht nur, denn St. Pölten ist schließlich Landeshauptstadt und muss daher alles bieten. Der Namenspatron der Stadt wurde bekanntlich von Pferden zu Tode geschleift, aber das ist länger her, heute verkehren dort auch schon Autos. Es gibt auch eine große Menge moderner Architektur, zusammengefasst unter der Bezeichnung „Regierungsviertel“. Die Gebäude sind sehr schön und können bei Hochwasser auch mit dem Gummiboot durchquert werden. Seinen derzeitigen Weltruhm verdankt St. Pölten allerdings dem Himmel, oder besser gesagt seinem irdischen Stellvertreter Kurt Krenn. Zwar ist das berühmte Priesterseminar jetzt geschlossen – sehr zur Enttäuschung schaulustiger Touristen und homophiler Seminaristen –, aber an konservativem Gedankengut wird es der Diözese auch weiterhin nicht mangeln. Erst der Krenn, dann der Küng – Gottes Hand ruht schwer auf St. Pölten!

Recht und Gesäß

Österreich ist in mancher Hinsicht ein vorbildlicher Staat. Sogar Verbrecher und Touristen haben hier einen verbrieften Anspruch auf die Wahrung ihrer Menschenrechte. Und zwar in jedem Bereich, vom Schwurgerichtsprozess bis zum Verdauungsprozess. Und gerade den Folgen, die Letzterer nach sich zieht, begegnet man hierzulande mit großem Respekt. Nicht nur, dass man sprachlich gern von einem Exkrement ins andere fällt, nicht nur das Was, sondern auch das Wie steht oft im Mittelpunkt grundsätzlicher Überlegungen. Kaum irgendwo anders bemüht man sich so, der Notdurft einen würdigen Rahmen zu geben.

So musste beispielsweise ein in der Strafanstalt Stein installiertes Steh-Klo, das wahrscheinlich errichtet worden war, damit besonders aggressive Insassen nicht mit Kloschüsseln um sich werfen können, schnell wieder entfernt werden. Das Justizministerium war zu dem Schluss gekommen, in Österreich habe jeder Mensch das Recht zu sitzen. Auch wenn er ohnehin schon sitzt.

Eine andere Körperhaltung könne als Erniedrigung des Gefangenen interpretiert werden. Natürlich gibt es derartige Toiletten noch in mancher römischen Trattoria, in manchem Pariser Bistro, aber die gezielte Demütigung von Touristen steht wieder auf einem anderen Blatt. Sofern man dort überhaupt eines vorfindet. In Stein hat man das Problem jedenfalls zufrieden stellend gelöst und ein Sitzklosett aus Edelstahl installiert. Für fast dreitausend Euro vielleicht nicht gerade ein Schnäppchen, aber Hauptsache, jedes Gesäß kommt zu seinem Recht!

Diese Rechte gelten natürlich auch für frei laufende Einheimische und für Touristen, die sich leichtsinnig zu weit von den Nassräumen ihrer Hotels entfernt haben. Im ländlichen Raum kann man ja aus der Notdurft eine Tugend machen, Wald und Flur mit organischem Dünger auf die Sprünge helfen. In der Großstadt kann man sich nicht so leicht in die Büsche schlagen, und manche öffentlichen Toiletten machen einem das Leben auch nicht leichter. Manchmal sind sie nicht sehr sauber und manchmal nur mit Münzen zu öffnen, die man gerade nicht dabei hat – selbst eine goldene Kreditkarte verliert in solchen Situationen viel von ihrem Glanz. Einige Anlagen zählen auch zu den bevorzugten Übernachtungsplätzen von Unterstandslosen, und man pinkelt ja nicht gerne fremden Menschen ins Schlafzimmer.

Bei den menschlichsten aller menschlichen Bedürfnisse läuft also doch nicht alles optimal, aber die Lage bessert sich zusehends. Und wie es sich für ein Fremdenverkehrsland ziemt, erstreckt sich die menschenrechtlich korrekte Sitzhaltung auch auf Personen, in deren Heimatländern möglicherweise die Menschenrechte noch bisweilen vor der Klotüre Halt machen, wo man sich in hartnäckige Verstopfungen flüchtet, um nicht ständig der Erniedrigung am stillen Örtchen ausgesetzt zu sein.

Wien ist anders! Es empfiehlt sich für Touristen lediglich, ehe sie losziehen, auf dem Stadtplan rot anzukreuzen, wo man darf, wenn man mal muss. Aber dann kommen sie voll auf ihre Kosten. Das Jugendstil-WC am Graben ist ja inzwischen eine weltberühmte Sehenswürdigkeit geworden. Viele Gäste aus den USA gebieten schon lange vor ihrem Abflug noch in der Heimat ihrer Verdauung Einhalt, damit sie dann hier, zur rechten Zeit am rechten Ort müssen können, um dieses historische Juwel gebührend zu würdigen.

Neue alte Toiletten werden ja leider nicht mehr gebaut, aber viele Menschen wollen sich ohnehin auch einmal mit den architektonischen Visionen des modernen Wien vertraut machen. Sollte sich also irrtümlich jemand in die Brigittenau verlaufen, findet er städtebaulich markante Akzente gleich in dreifacher Ausführung. Für das Geld, das die drei zeitgenössischen Bedürfnisanstalten gekostet haben, hätte man wohl auch drei Einfamilienhäuser errichten können, aber Einfamilien sind ja selten bereit, ihr WC für umherirrende Fremde offen zu halten, und so ist das Geld doch in die richtigen Kanäle geflossen. Auf der einen Seite sagen nun manche Leute, 90.000 Euro pro Stück, das wäre nicht absolut kostengünstig. Aber man muss auch die Kehrseite hören. Vox popoli! Und die ist glücklich, dass sie hierzulande ihre Rechte durchdrücken kann.

Macht

Global gesehen stellt Österreich keine Macht dar. Selbst in Europa, das ohnehin nur den Status einer ausufernden Ohnmacht in Anspruch nimmt, zählt Österreich nicht zu den Mächtigen. Lediglich innerhalb Österreichs wird Österreich eine gewisse Bedeutung zugemessen, und wo es Bedeutung gibt, gibt es auch Menschen, die eine solche haben wollen – und das versuchen sie mit aller Macht. Viele Möglichkeiten zur Machtentfaltung gibt es freilich auf heimischem Boden nicht. Unsere Politik hängt hauptsächlich von Brüssel ab, unsere Wirtschaft von der OPEC und unser Überleben von Temelin. Aber Macht ist in der kleinsten Hütte. Der Mann herrscht über das Weib, das Weib über die Kinder, und die Kinder können zumindest den Dackel das Fürchten lehren. Die Familie ist die Keimzelle der Macht, und auch in der großen Familie der Österreicher funktioniert das

System ganz ähnlich: Es gibt ein paar Abstufungen unter den Mächtigen, aber das Volk ist auf jeden Fall der Dackel. Bleibt die Frage: Wer sind nun die Möchtegerns dieser Nation? Naive Menschen bringen da oft etwas durcheinander und sprechen in einem Atemzug von den Reichen und Mächtigen. Gewiss, es gibt solche Doppelbegabungen, aber das ist nicht unbedingt die Regel. Heidi Horten und Dietrich Mateschitz beispielsweise sind vielleicht die Reichsten im Lande, aber sie haben praktisch keine Macht. Zu ihrer Ehre muss man sagen, dass sie sich auch nie darum bemüht haben. Aber von den anderen will's auch keiner gewesen sein! Nichts ist dem Österreicher peinlicher, als seine Macht zuzugeben. Selbst Leute, die offensichtlich Macht besitzen, winden sich bei diesem Thema vor Verlegenheit und streiten alles ab. Anscheinend gibt es keine größere Schande, als Macht zu haben. Zum Glück beschränken sich diese Skrupel aber nur aufs Bekennen, nicht aufs Benützen.

Wer sie hat, lässt sie nicht gerne brach liegen. Und deshalb gibt es auch in diesem kleinen Land etwas, was sich besonders treffend als Machtverhältnisse definieren lässt. Eine enge Verbindung also zwischen verschiedenen Machtblöcken. In einer Demokratie gibt es eben nicht einen einzigen Machthaber, sondern eine größere Zahl von Machthabern. Konkurrenten zwar in mancher Beziehung, aber dem Vorbild der Krähen folgend gehen sie einander letztlich doch nicht auf die Pupille. Natürlich hat jede mächtige Organisation, jede mächtige Einzelperson ihre eigene Masche, aber wie das nun einmal so ist: Wenn genügend Löcher zusammenkommen, entsteht plötzlich ein stabiles Netz, mit dem man das ganze Land überziehen kann, ein Beziehungsgeflecht sozusagen.

Macht ist vornehmlich das Hobby alter Männer. Die jungen liebäugeln mehr mit Sex, Erfolg und Geld. Aber wenn man erst einmal alles gehabt hat, die Partygirls, die Porsches und den Naseschnee, was kann einem dann das Leben noch bieten? Macht! Das ist der ultimative Kick! Und mit der Macht ist es wie mit dem Geld: Je mehr man hat, desto mehr will man. Was natürlich völlig blödsinnig ist, denn wenn man einmal mehr Geld hat, als man ausgeben kann, kommt man durch eine weitere Million dem Sinn des Lebens auch nicht näher. Und diejenigen, die immer mehr Macht akkumulieren, fragen sich in stillen Stunden oft verzweifelt, was sie damit eigentlich anfangen sollen. Man darf ja heute nicht einmal mehr seine Sklaven auspeitschen, weiße Socken tragen oder die Schweiz annektieren. Wozu hat man dann die Krot geschluckt?

George W. Bush hält sich wahrscheinlich für den mächtigsten Mann der Welt – aber was bringt ihm das? Er schläft viel und betet viel, aber das kann jeder Penner im Central Park genauso gut. Andererseits kann Bush im Gegensatz zu anderen asozialen Elementen immer wenn er Lust hat einen Krieg anfangen. Allerdings macht Krieg allein auch nicht glücklich. Man sollte ihn zumindest gewinnen können, aber das liegt bei den Bushies nicht in der Familie.

Ansonsten darf er sich nicht einmal eine Zigarre gönnen oder einen doppelten Bourbon und muss ständig mit derselben Frau ausgehen. Und wie schnell er an die Grenzen seiner Macht stößt, hört man aus jeder seiner Reden heraus. Da wird offenkundig, dass er nicht einmal seiner eigenen Sprache mächtig ist.

Macht ist letztlich nur Chimäre. Und hinter dem Streben nach Macht steckt eigentlich nur eine einzige Zielvorstellung: die eigene Eitelkeit auf Kosten anderer zu befriedigen.

Natürlich gibt es auch positive Ausnahmen. Manche kommen ganz ungewollt durch extreme Tüchtigkeit in eine Machtposition, manche gelangen durch demokratische Wahlen an die

Macht. Nur wenn es dann darum geht, das Erreichte zu behaupten, befleißigt sich keiner mehr der feinen englischen Art. Denn Macht macht süchtig.

Grundsätzlich ist das auf der ganzen Welt so, nur in Österreich ist es ein bisschen anders. Dieses Land bietet einfach nicht die idealen Rahmenbedingungen zur konsequenten Machtausübung. Mit einem Wort: Es ist zu mickrig dazu.

Gut, man kann ein paar Posten mit guten Freunden besetzen, ein paar Konkurrenten in die Pfanne hauen oder sogar einen alten Kastanienbaum vor der Kettensäge bewahren – aber dafür lohnt es sich nun wirklich nicht, als machtgierig verschrien zu werden. So ist denn die Macht in Österreich eine ziemlich schaumgebremste Zeiterscheinung. Aber latent vorhanden ist sie doch, und wer konkret die Mächtigen im Lande sind, belegt unsere jüngste Stammtisch-Studie:

- die Kronen Zeitung
- Frank Stronach
- die Sozialpartner
- der Bundeskanzler
- die Landeshauptleute
- der ORF
- die Großbanken
- die Kirche
- die NEWS-Gruppe
- BILLA

Diese Aufstellung ist ohne Gewähr, denn sowohl in der Zusammensetzung der Liste als auch in der Reihenfolge sind aktuelle Änderungen jederzeit möglich, wenn auch nicht wahrscheinlich. Jedenfalls handelt es sich bei den Genannten durchwegs um Personen und Institutionen, die auf Grund ihrer politischen, wirtschaftlichen oder publizistischen Tätigkeit hierzulande das Sagen haben.

Womit auch die Frage beantwortet wäre, warum Österreich so ist, wie es ist.

Einige Ortsnamen, die bei Fremden Befremden auslösen:

GURK RATTEN ACH GOING FUCKING RUM
FLEISCHESSEN OBERGURGL EDELSCHROTT ALKOVEN

(Im Zweifel fahren Sie nach Weibern!)

Tour d'Autriche: Oberösterreich

Oberösterreich ist das schönste Bundesland Österreichs. Der Name deutet schon irgendwie an, dass es über dem Rest der Republik steht, und damit weniger erhabene Regionen neidvolle Blicke hineinwerfen können, grenzt Oberösterreich gleich an mehrere armselige Bundesländer wie Niederösterreich, Salzburg und die Steiermark. Und außerdem auch noch an die besonders neidvollen Blicke von Deutschland und Tschechien.

Freilich musste das Land manche Metamorphose durchmachen, ehe es zu seinem klangvollen Namen kam. Die alten Römer sprachen noch von einer Provinz Noricum, und bis zum Ende der österreichisch-ungarischen Monarchie hieß das Gebiet einfach „ob der Enns". Ob der Enns, die ja an sich ein recht zweitklassiger Fluss ist, damit eine Freude gemacht werden sollte, weiß man nicht mehr. Eine Riesenfreude hatten allerdings zahlreiche Menschen im Lande, als sie während der NS-Zeit plötzlich im Reichsgau Oberdonau wohnen durften. Das klang doch sehr eindrucksvoll, und die großen Braunen, die in dieser Gegend besonders zahlreich anzutreffen waren – man denke nur an die Herren Eichmann, Eigruber und Kaltenbrunner –, fühlten sich erstmals so richtig zu Hause. Aber selbst in der Heimat des Führers dauerte die Sache halt nur tausend Jahre, und dann ging es den Menschen wie überall in Großdeutschland: Erstens hatten sie von nichts gewusst, und zweitens hatten sie nur ihre Pflicht getan! Und wenn sie auch künftig nur noch Österreicher sein durften, so doch immerhin Oberösterreicher.

Natürlich gab es auch davor schon unheimlich viel Geschichte – nach dem kleinen Hallstatt wurde sogar eine ganze frühzeitliche Epoche benannt – die gute, alte Zeit sozusagen, denn die Hallstätter betrieben das weltweit erste Salzbergwerk, und damit konnte man damals ganz schöne Gewinne machen. Trotz jahrhundertelanger Förderung ist von dem vielen Salz in Oberösterreich auch heute noch so viel vorhanden, dass jede verliebte Köchin des Landes ruhig mal eine Prise mehr in die Suppe tun kann. Und die Schätze der Salinen AG reichen sogar noch dazu aus, dass Hannes Androsch gelegentlich seinen politischen Gegnern etwas Salz in die Wunden streuen kann.

Als sich das Dunkel der Geschichte langsam lichtete und jeder sehen konnte, wie schön dieses Land war, fand es natürlich sofort zahlreiche Liebhaber, die sich eine Scheibe davon abschneiden wollten. Wie üblich, vor allem diverse Klöster und diverse Clans – das waren besonders gewalttätige Familien mit ihrem bewaffneten Anhang, also das, was man heute schlicht Adel nennt. Besonders der bayrische Einfluss ist noch allenthalben im Lande spürbar, viel hat nicht gefehlt und in Linz stünde heute statt des Bruckner-Hauses ein riesiges Bierzelt!

Aber die Oberösterreicher sind auch ziemliche Sturschädel. Etwa die protestantischen Bauern, die 1625 gegen die Einsetzung eines katholischen Pfarres protestierten. Die Obrigkeit versprach zwar, sie wegen dieser Unbotmäßigkeit nicht zu bestrafen, aber was der bayrische Statthalter Herberstorff unter „Gnade" verstand, war das berühmte „Frankenburger Würfelspiel": Jeweils zwei Gemeindevertreter mussten gegeneinander würfeln. Wer verlor, wurde gehenkt. Siebzehn Bauern insgesamt. Aber diese Gemeinheit hatte Folgen. Im Jahr darauf erhoben sich unter der Führung von Stephan Fadinger 40.000 Bauern gegen die Bayern. Nach großen Anfangserfolgen wurden sie im November 1626 vom bayrischen General von Pappenheim besiegt und aufs Schwerste bestraft. Und noch heute, wenn man im Theater den „Wallenstein" sieht, jagen manchen Oberösterreichern Schillers berühmte Worte „Daran erkenn ich meine Pappenheimer!" kalte Schauer über den Rücken.

Weil wir gerade bei Schiller sind: Eine besondere Beziehung zu Oberösterreich hatte Goethe. Als er so etwa 65 Jahre auf dem Buckel hatte, dachte er wohl: „Wenn schon der Mann langsam alt wird, muss wenigstens die Frau jung sein!" Da traf es sich ausgezeichnet, dass er zufällig der 19-jährigen Balletteuse Marianne Jung begegnete, die eigentlich Pirngruber hieß, aber schon kurz darauf von Willemer, weil sie mit 20 einen Frankfurter dieses Namens ehelichte. Dieses schöne Geschöpf aber war nichts Geringeres als eine Linzerin! Dem leicht entzündlichen Dichterfürsten stach sie so ins Auge, dass er gleich für mehrere Wochen zu Besuch kam, und während der Gatte in seiner Bank Geld zählte, sich mit dem Mariandl am „West-östlichen Divan" vergnügte. Ob sie dabei rein platonisch zu Werke gingen, fällt unter den Datenschutz, jedenfalls gingen sie zu Werke, denn Marianne war nicht etwa ein Divanpüppchen, sondern eine blitzgescheite, talentierte Person, Muse und Mitarbeiterin zugleich, und wenn man heute auch nicht mehr genau weiß, wie viel sie als Ghostwriterin zu seinem Werk beigetragen hat – mit ein paar fremden Federn hat sich der Olympier da schon geschmückt. Zum Lohn machte er sie wenigstens als die „Suleika“ in seinem Werk unsterblich. Und er verschwieg nicht, was ihm die Zusammenarbeit bedeutet hatte, denn zum Abschied notierte er wehmütig: „Das Buch Suleika, ohnehin das stärkste meiner Sammlung, möchte nun wohl für abgeschlossen anzusehen sein. Der Hauch und Geist einer Leidenschaft, der das Ganze durchweht, kehrt nicht so leicht zurück …“

Tja, diese feine Verbindung zwischen Linz und Leidenschaft wird einem Sterblichen nicht oft zuteil! Es gibt jedoch noch eine Verbindung zwischen Oberösterreich und der Weltliteratur. August Strindberg lebte vierundzwanzigjährig als verkommener Anarchist in Berlin, hatte das Dichten aufgegeben und verhökerte stattdessen selbstverfertigte Ölgemälde! Nun kaufen die Leute ja lieber Bilder von Malern als von Dichtern, die Lage war also nicht rosig, doch die blutjunge Frida Uhl heiratete ihn kurz entschlossen und zog ihn aus dem Sumpf der Großstadt, weit hinaus bis ins Mühlviertel! Dort wurde Tochter Kerstin geboren, aber die Mühlviertler Idylle dauerte nur vier Jahre, dann ließen sich die Strindbergs scheiden. Frida erwartete zu diesem Zeitpunkt wieder ein Kind, allerdings von einem anderen Dichter: Frank Wedekind. Auch Strindberg hatte in seinen Ehejahren ein seltsames Hobby entwickelt. Statt zu schreiben befasste er sich mit Alchemie und versuchte allen Ernstes Gold zu machen! Aber das ist ja bekanntlich einem Dichter in Österreich noch nie gelungen.

Der bekannteste einheimische Literat war zweifellos Adalbert Stifter. Da er nie genau herausfinden konnte, ob er eigentlich Dichter oder Maler ist, wurde er so depressiv, dass er schließlich kurz vor seinem Tod noch schnell einen Selbstmordversuch unternahm. Er war zutiefst unglücklich, aber das sind die Kinder auch, wenn sie in der Schule seine Werke lesen müssen. Aber Oberösterreich hat auch ein paar schaurige Winkel, die unglücklichen Naturen reichlich Nachschub an unheimlichen Gedanken geben – auch Thomas Bernhard und Alfred Kubin haben hier ihre Wahlheimat gefunden. Damit das Land aber nicht als Schrebergarten der Neurosenzüchter angesehen wird, hat es auch ein paar fröhliche Künstler hervorgebracht. Etwa den kostbaren Karikaturisten Gerhard Haderer oder den berühmten Maler Christian Ludwig, nach dem der gleichnamige Attersee benannt ist.

Die Seen sind ja überhaupt das Nonplusultra der oberösterreichischen Landschaft. An ihren Gestaden hausen die Reichen und Schönen – so ein Quadratmeter Gestade kostet auch gut und gerne seine tausend Euro. Der Tourist kann dort allerdings preisgünstig viel Prominenz bestaunen – unter anderen das berühmteste Seepferdchen der Welt: das „Weiße Rössel" am Wolfgangssee. Als Geheimtipp unter Kennern gilt ein relativ kleiner See. Dort trifft man zur Festspielzeit besonders viele Schauspieler und Regisseure an und er heißt deswegen auch Irrsee. Aber natürlich muss man in Oberösterreich nicht die ganze Zeit auf dem Wasser wandeln, es gibt auch viele entzückende Städtchen zu besichtigen. Ischl etwa bietet nicht nur die unwiderstehlichen Leckereien vom „Zauner", sondern mehr K. u. K. als jeder andere Ort des Kontinents. Gelegentlich findet dort das große Kaisertreffen statt, an dem jeder teilnehmen darf, der entweder Kaiser war oder Kaiser heißt. Gmunden wiederum ist bekannt durch seine Keramik. Gmundner Keramik! Man kann ihr nicht entkommen! In jedem österreichischen Haushalt gibt es irgendein Stück davon. Keiner weiß, warum. Wahrscheinlich, weil es einem darum nicht so Leid tut, wenn man es fallen lässt, wie ums Augarten-Porzellan. Der Name Steyr ist jedem Autonarren ein Begriff, aber dort wurden einst auch Mordwaffen erzeugt, die noch treffsicherer waren als Automobile. Josef Werndl machte mit seinen Mannlicher Gewehren Steyr zum Zentrum der europäischen Waffenproduktion. Aber der König der Hinterlader hatte auch noch eine rühmenswerte Seite: Er schuf vorbildliche Sozialeinrichtungen und bescherte Steyr die erste elektrische Straßenbeleuchtung der Welt!

Ja, auch in der Technik hat dieses Bundesland immer brilliert. Bei der VOEST-Alpine, den ehemaligen Hermann-Göring-Werken, wurde das LD-Verfahren erfunden, das große Gewinne brachte. Erst viel später erfand man dort auch die „Intertrading", die große Verluste brachte. Seither hat sich die VOEST aber wieder so konsolidiert, dass sie sogar den letzten, hochdilettantischen Privatisierungsschub heil überstanden hat. Dass die VOEST und die Linzer Luft immer in einem Atemzug genannt wurden, ist heute kein großes Thema mehr. Man muss ja nicht gleich inhalieren! Und das Einatmen spielt derzeit eine kleinere Rolle als das Aufatmen, dass es noch sichere Arbeitsplätze gibt.

Ansonsten ist Linz eine schöne Stadt und das wusste auch der bekannteste Sohn des Landes, der braunste aller Braunauer. Schon als kleiner Schicklgruber träumte er davon, Linz noch schöner zu machen, und als er dann endlich mit seiner Heils-Armee den ersten Schritt zur Osterweiterung machte, wurden seine Träume immer intensiver. Ein neues Linz sollte das dekadente Wien aus dem Felde schlagen, mit prachtvollen Monumentalbauten, wie sie nur die NS-Zeit schaffen konnte. Durch den „Sonderauftrag Linz" sollte vor allem sein Lieblingsprojekt realisiert werden: das Führermuseum, ein gewaltiger Kasten, voll gepfropft mit all den Kunstschätzen, die von den Nazis zusammengeklaut wurden. Nun war Adolf Hitler zwar nicht der größte Kunsträuber aller Zeiten – diese Ehre gebührt noch immer Napoleon –, aber selbst wenn man das abzieht, was Göring und andere Bonzen ihm wieder geklaut haben, um ihr Eigenheim zu schmücken, da wäre ganz schön was zusammengekommen!

Noch kurz vor seinem Tod im Berliner Bunker spielte der kunstbesessene Führer täglich mit dem Modell seines Museums für geartete Kunst, aber zur Ausführung kam es glücklicherweise nicht mehr.

Und wenn man sich Linz heute anschaut, kann man wohl sagen: Unter allen Städten der Welt hat Linz am meisten vom Untergang des dritten Reiches profitiert. Es durfte Linz bleiben!

Die Sprache

Obwohl man das nicht immer gleich heraushört: Die österreichische Landessprache ist Deutsch. Das war schon immer so, bis auf eine kleine Unterbrechung in der Nachkriegszeit. Damals war der Begriff Deutsch etwas ins Zwielicht geraten, aber man musste den Kindern ja trotzdem Lesen und Schreiben beibringen, und so nannte man das entsprechende Schulfach schlicht und ergreifend „Unterrichtssprache“.

Heute dürfen die Schüler wieder Deutsch lernen, und das ist auch dringend notwendig, denn sonst würden sie überhaupt nur noch Englisch reden.

Da der deutsche Sprachraum ein ziemlich ausgedehnter ist, gibt es natürlich regionale Hoch- und Tiefpunkte in der Konversation. Früher einmal hieß es, das Pragerdeutsch sei die schönste und reinste Form der Sprachkultur, aber seit die Prager keine Österreicher mehr sein wollen, sind sie wieder in ihre völlig unverständliche Nationalsprache zurückgefallen und der ganze Eindruck ist beim Teufel.

Seither behaupten österreichische Patrioten, vor allem in Hietzing ansässige, das so genannte „Schönbrunnerdeutsch" sei das absolute Optimum. Und tatsächlich, in einem Qualitätsvergleich, etwa mit dem Ostfriesischen, schneidet es gar nicht so schlecht ab.

Vielen Österreichern genügt das aber keineswegs. Erstens gibt es keine klaren Regeln und Definitionen dafür, was man eigentlich unter Schönbrunnerdeutsch versteht. Falls man es versteht. Und zweitens beinhaltet es noch immer das Fremdwort „Deutsch". Es darf also nicht wundern, dass gerade wieder von besonders patriotischen Schriftstellern gefordert wird, Österreichisch als Landessprache in die Verfassung hineinzuschreiben. Das ist ein putzige Idee, die bestimmt viele engagierte Anhänger finden wird. Wenn es um die österreichischen Grundwerte geht, versteht man hierzulande nämlich keinen Spaß! Wir haben sogar der EU gedroht, dass sie uns keinen Pfifferling mehr wert ist, wenn sie uns die Eierschwammerln raubt. Und auch in der Marmelade haben wir uns so festgebissen, dass Brüssel schließlich kapitulieren musste. Aber man kann dessen leider auch nicht von Herzen froh werden. Denn selbst wenn es österreichischen Autoren gelingt, in jedem Satz ein paar Eierschwammerln und eine Portion Marmelade unterzubringen – der Rest ist dann doch wieder Deutsch.

Aber man muss ja nicht gleich eine eigene Sprache etablieren. Es genügt doch, wenn man ein paar feine eigene Ausdrücke kultiviert und damit den Barbaren auf nachsichtige Weise zu verstehen gibt, dass der Bartel den Most nicht in Wanne-Eickel holt.

Natürlich hat jede Sprache ihre Meriten. Sogar das deutsche Deutsch. Denn wenn auch unsere Paradeiser mehr Poesie in sich bergen, so schwingt doch in deutschen Aprikosen mehr Zärtlichkeit als in heimischen Marillen. Dass unsere Fisolen von den

Germanen als grüne Bohnen bezeichnet werden, entbehrt nicht einer gewissen Logik, denn das sind sie ja im Grunde. Dass deutsche Feinschmecker sich Rote Bete und Wirsingkohl in den Mund stecken, mag die Österreicher befremden, aber wenn wir das ganze Zeug in den Koloniakübel schmeißen, haben unsere Nachbarn wieder keine Ahnung was das sein soll. Ein Kölner Kochtopf, oder? Dass die Lunge bei uns Beuschel genannt wird, ist schon fast allgemein bekannt, aber was ist ein Beuschelreißer? Ein besonders grober Facharzt für Lungenheilkunde? Zwei ähnlich unschöne Wörter werden verwendet, wenn man Wein mit Sodawasser mischt: Hüben ist das ein G'spritzter, drüben eine Schorle. Aber eine Schorle ist nur eine Schorle – ein G'spritzter hingegen kann sogar der sein, der ihn serviert!

Ja, wir machen es unseren Freunden nicht leicht. Wie soll ein Hannoveraner begreifen, dass ein Ohrwascherl ganz andere Funktionen hat als ein Badewaschel, obwohl beide nichts dafür können, wenn es im Herbst draußen einmal so richtig waschelt. Manche Touristen sind schon deutlich überfordert, wenn sich irgendwo ein Strawanzer als zuzelnde Zwiderwurzen entpuppt. Und viele meiden sogar panisch diese exotische Gegend, wo der Tschusch nach einem Tschoch in einem Tschecherl tschickt.

Der Deutsche kann sich nicht einmal auf jedes Wort verlassen, das ihn an seine eigene Muttersprache erinnert. So ist etwa ein Pinkerl keine kleine Notdurft, sondern eigentlich ein Bündel und noch eigentlicher die Sorgenlast, die jeder mit sich herumträgt. Auch mit der Anmache tut sich der Fremdling hier schwer. Wenn der Österreicher etwas anmacht, dann das Licht, den Salat und gelegentlich sich selbst. Aber zarten weiblichen Wesen würde er so etwas nie antun. Selbige werden liebevoll, aber zweckentsprechend aufgerissen.

Die österreichische Ausdrucksweise bringt einfach mehr Farbe ins Leben. Auch in die öde Routine sexueller Leibesübungen. Es macht doch gleich viel mehr Spaß, wenn man hier fröhlich schnackselt, statt anderswo lustlos vor sich hin zu poppen. Und irgendwie vergoldet es danach auch den Abschied, wenn man leise flüstert: „Schleich dich" und nicht etwa „Zieh Leine!" oder gar „Verpiss dich!" Deshalb sagen die Österreicher heute am liebsten: „Fuck off!"

Eine Schlussfolgerung aus dem linguistischen Geplänkel, ob Österreich seine eigene Sprache hat oder doch nur auf dem gemeinsamen Deutsch sitzen bleibt, drängt sich aber letzten Endes auf: Nämlich, dass uns das – je nachdem – piepegal oder auch blunzen sein kann. Worttumspflege oder Rechtschreibreformen sind nur noch etwas für gestern: Die Zukunft der Kommunikation liegt eindeutig im Newspeak. Ein paar Brocken deutscher Sprache werden kommende Generationen wohl spaßeshalber noch in den Mund nehmen, aber wie sich jetzt schon abzeichnet, spricht man dann hauptsächlich Englisch. Nicht The Queen's English! Eher das von Gangstarappern und Werbetextern. Mit dem Wortschatz und der Formulierungskunst von George W. Bush. Die Sprache muss eben halbwegs für E-Mail und SMS reichen, alles andere ist purer Luxus. Den großen Wortschatz des Deutsch-Österreichischen wird dann niemand mehr haben wollen.

Aber selbst wenn wir uns von der herkömmlichen Sprache verabschieden müssen, sagen wir hierzulande bestimmt nicht „Tschüsschen!" – „Servus" klingt einfach besser.

Die Parteien

Parteien, so sagt ein altes Sprichwort, sind in der Demokratie ein notwendiges Übel. Von dieser Behauptung stimmt zumindest die Hälfte.

Aber im Zusammenhang mit Parteien sind fünfzig Prozent Wahrheit doch schon recht beachtlich. Was jetzt nicht heißen soll, dass Parteipolitiker besonders verlogen sind. Sie lügen im Durchschnitt auch nicht mehr als ihre Wähler, aber sie können ihre Lügen besser verbreiten. Und sie profitieren mehr davon als der normale Schwindler.

Das alles berechtigt aber keineswegs zur Kritik, denn die Philosophen sind sich ja inzwischen einig, dass es eine zutiefst menschliche Eigenschaft ist, von der Wahrheit nur spärlich Gebrauch zu machen, ja, dass man ohne Lügen überhaupt nicht durchs Leben kommen könne! Somit ist klar, weshalb unsere Parteien schon so lange überlebt haben.

Ein bisschen dazu beigetragen hat natürlich auch die Parteienförderung, die sich die Parteien selber zuteilen, und da wollen alle in seltener Einigkeit nicht knauserig sein. Die Medien machen deswegen auch nie einen großen Wirbel, denn sonst käme vielleicht auch die Presseförderung ins Gerede. Und die ist wichtig, wegen der Meinungsvielfalt, auch wenn der Normalbürger in seiner Meinungseinfalt ganz heimlich manchmal denkt, dass man seine Steuergelder besser anlegen könnte.

Ganz allgemein kann man jedenfalls sagen: Die österreichischen Parteien sind ziemlich nett. Nicht nur zu sich selbst, sondern überhaupt. Sie sichern Arbeitsplätze und Pensionen, schützen die Familie sowie die Umwelt und entlasten den Steuerzahler auf Teufel komm raus. Und das alles tun sie schon seit Jahrzehnten ohne nennenswerte Spuren zu hinterlassen. Vor einer Wahl schreiben sie dann liebevolle Briefe an Pensionisten, verteilen eventuell sogar heiße Würstel oder bunte Luftballons an Bedürftige und kassieren dadurch die nötigen Stimmen, um ihr segensreiches Wirken fortzusetzen.

Wirklich nett. Nur ein bisschen verschwenderisch. Da sie uns ja alle dasselbe anbieten: Arbeitsplätze, Steuersenkung, Sicherheit und gute Verdauung – könnten sie ja mit einem Einheitsprogramm antreten und jede Menge Werbungskosten einsparen. Aber wenn die Parteien heute auch alle die gleichen Zielsetzungen haben, so hat doch jede ihre eigenen gefinkelten Methoden, wie man unter Aufbietung aller Kräfte möglichst wenig erreichen kann. Der Dialog mit dem Volk ist nicht so wichtig wie der Hahnenkampf der politischen Kontrahenten. Aber das Spektakel dient nur dazu, damit uns die Politik immer wieder selbstlos und überzeugend den Wert unserer Staatsform vor Augen führen kann. Und daran gibt es inzwischen keinen Zweifel mehr: Nur eine wirklich gefestigte Demokratie hält solche Parteien aus.

Rot

Die SPÖ ist eine der beiden „Altparteien". Und ihr sieht man es ganz besonders deutlich an. Waren unbeirrbare Sozialdemokraten früher meist in Gemeindebauten zu finden, so schwankt dort inzwischen die Stimmung zwischen Rot und Blau. Aber die Altersheime haben sie noch fest im Griff!

Dass die Pensionisten einen wesentlichen Teil der SPÖ-Wähler stellen, ist an sich ein gutes Zeichen, denn es heißt ja, dass der Mensch im Alter weiser wird! So gesehen sind dann allerdings die Spitzenfunktionäre der Partei noch ein bisserl gar jung. Um

ÖVP
GRÜNE
FPÖ
SPÖ

diesen Eindruck abzuschwächen, bemühen sie sich wenigstens nichts Aufsehen erregendes Neues zu propagieren. Ihre wesentliche politische Aussage ist ein klares Nein zu allem, was anderen Parteien einfällt. Und manchmal auch zu dem, was ihnen selbst eingefallen ist. Natürlich werden solche „Missverständnisse" wieder schnellstens aufgeklärt, aber wenn das Kind erst einmal in den Brunnen gefallen ist, hat es sich zumindest nasse Füße geholt. Mit der Kommunikation klappt es halt nicht so recht bei der SP – weder innerlich noch äußerlich.

Aber die SPÖ hat es auch besonders schwer. Die klassische Arbeiterpartei kann sie aus Mangel an klassischen Arbeitern nicht mehr darstellen. Auch nicht die Partei des kleinen Mannes, denn der heutige Österreicher lässt sich nicht gerne als kleiner Mann bezeichnen. Und wenn einer wirklich klein ist, in allen Ansprüchen, dann wählt er gleich die Blauen. Als Wirtschaftspartei kann sie sich auch nicht profilieren, da müsste der Androsch schon 24 Stunden am Tag Ezzes geben.

Lieb ist sie schon, die SPÖ, das muss man ihr lassen, und der sozialen Kälte würde sie so richtig einheizen, wenn sie dürfte, denn sie ist eine Partei mit menschlichem Profil, was schon dadurch belegt ist, dass sie besonders viele exzellente Weinkenner unter ihren Funktionären aufweist. Aber sie hat auch eine kleine Schwäche: Die SPÖ ist einfach nicht zur Oppositionspartei geboren! Leichter als mit einer schwarz-blauen Regierung kann man es einer Opposition gar nicht machen, Triumphe zu feiern. Aber die SPÖ triumphiert nicht so recht, und manchmal hat man das Gefühl, sie hoffe eigentlich auf Misserfolge, denn jeder noch so kleine Erfolg führt eigentlich zu nichts, als zu einer neuen Diskussion um den Spitzenkandidaten.

Der SPÖ bleibt also nur eine Wahl: Sie muss wieder Verantwortung tragen, und wenn schon das nicht, dann wenigstens regieren. Die Chancen stehen gar nicht chlecht. In Zukunft wird es ja immer mehr alte Menschen geben, und diese Hoffnungsträger der geriatrischen Demokratie wählen ja bekanntlich Rot!

Schwarz

Die ÖVP ist eine schrecklich nette Partei, und man würde ihr wünschen, dass die Bevölkerung das auch einmal merkt. Mengenmäßig kommt sie gegen die Sozialdemokraten nicht an, aber das stört sie nicht weiter, denn selbst wenn sie bei der Wahl einmal auf den dritten Platz abrutscht, schafft sie es noch immer, daraus einen Regierungsauftrag abzuleiten.

Vom ursprünglichen Christlich-Sozialen hat sie sich als Volkspartei längst verabschiedet. Aber nur äußerlich, innerlich sind zumindest der Frömmigkeit keine Grenzen gesetzt. Und das kommt gut an. Es gibt Menschen, die sich spontan bekreuzigen, wenn sie so etwas wie Andreas Khol nur von weitem sehen. Bei aller Gläubigkeit wäre es der ÖVP natürlich lieber, wenn die Leute ihre Kreuzerln auf dem Wahlzettel hinterließen, aber vordringlich ist das nicht, denn wie gesagt: Zur absoluten Macht braucht diese Partei nicht unbedingt die absolute Mehrheit.

Damit man auch merkt, dass die ÖVP derzeit regiert, muss sie den Medien ständig etwas Neues bieten. Und weil man weiß, dass erschreckende Nachrichten am meisten Aufmerksamkeit erregen, liefert sie eben solche. Sogar Maßnahmen oder Reformen, die an sich einen vernünftigen Eindruck machen könnten, werden deshalb so präsentiert, dass sie in der Bevölkerung Furcht, Entsetzen oder Panik auslösen. Allerdings muss dieser Kunstgriff nur selten zur Anwendung kommen, weil die normale Regierungsarbeit ohnehin dasselbe Ergebnis erzielt.

Dass die ÖVP als Regierungspartei besonders im Schussfeld der Kritik steht, ist nicht wirklich von Bedeutung. Nach den neuesten Umfragen interessieren sich heute nur noch zehn Prozent der Bevölkerung wirklich für die Innenpolitik – das entspricht etwa der Zahl aller größeren und kleineren schwarzen Funktionäre samt Familienanhang, also muss die ÖVP keine Angst vor allfälliger Konkurrenz haben.

Obwohl der Ackersmann heute viel von seiner Bedeutung eingebüßt hat, ist die Volkspartei grundsätzlich eine Landpartei. Ihre starken Männer sind die schwarzen Landeshauptleute, und die lassen auch gelegentlich ihre Muskeln spielen. So sagte nach einer haushoch gewonnenen Wahl etwa der Vorarlberger Sausgruber: „Das Wahlergebnis ist ein Auftrag zur Eigenständigkeit gegenüber Wien und Brüssel!“ Das ist ein mutiges Wort, aber schließlich muss in der Europapartei ÖVP auch der Chauvinismus seine Stimme haben. Und letztlich hat doch nur der listige kleine Kanzler das Sagen. Obwohl er sich gerade dabei zurückhält. Man nennt ihn ja auch gerne den „Schweigekanzler“, denn in den meisten Fällen sagt er gar nichts. Aber das hat Gewicht! Alles in allem kann man nur ein Fazit ziehen: Die ÖVP ist eine glückliche Partei. Schon deshalb, weil sie keine Feinde hat. Die ÖVP ist ja innig mit der FPÖ verbandelt, und wer solche Freunde hat, braucht keine Feinde mehr.

Grün

Die Grünen sind eine sehr sympathische Partei. Obwohl sie nicht mehr so grün sind wie dereinst. Der Umweltschutz spielt in ihrer Politik keine so große Rolle mehr wie früher, aber das ist verständlich: Es bringt ja nichts, auf einem toten Gaul herumzureiten. Da es ohnehin schon zu spät ist, wirkungsvolle Rettungsmaßnahmen für unseren Planeten einzuleiten, kann der Mensch in der ihm noch verbleibenden Zeit gleich ein bisschen Realpolitik betreiben. Die Grünen haben schon damit angefangen.

Sie wünschen einander zum Geburtstag nicht mehr „Alles Jute!“, der Pilz ist eher etwas, von dem man nicht befallen werden möchte, man haust nicht mehr so gerne in selbst gestrickten Wohngemeinschaften und betrachtet den Schnittlauch nicht mehr als geschundene Kreatur, sondern als passablen Geschmacksverstärker in der feinen Küche. Vor allem wenn man selber ein In-Lokal besitzt. Die Grünen sind allerdings noch immer gegen Atomreaktoren und für Asylanten – bevorzugen also Themen, die eine gewisse Sprengkraft besitzen. Außerdem nehmen sie sich der Frauen etwas mehr an als sonstwer – aber das ist leicht, denn dieses Feld haben ihnen die anderen Parteien ja praktisch kampflos überlassen.

Aus dem bunten alternativen Haufen ist jedenfalls in letzter Zeit eine ganz normale Partei geworden, mit staatstragenden Ambitionen und sogar einem Hauch von Wirtschaftskompetenz. Das verdanken sie vor allem ihrem Bundessprecher van der Bellen, der bei seinen Fernsehauftritten stets einen für österreichische Verhältnisse ungewöhnlich gescheiten Eindruck macht. Was auch an seiner charakteristischen Redeweise liegt. Er ist kein Tempobolzer! Ehe er noch bei der Hälfte eines geplanten Satzes anlangt, ist die Sendezeit meist schon vorüber. Demzufolge kann aber auch niemand bestreiten, dass er vielleicht etwas besonders Kluges gesagt haben wollte, und so erfährt seine Person eine ständige Wertsteigerung. Grün hin, grün her, Professor van der Bellen ist möglicherweise der einzige Politiker der Republik, der nicht gelegentlich als Trottel bezeichnet wird. Das kann sich allerdings noch ändern, wenn die Grünen erst einmal Regierungsverantwortung übernehmen. Und momentan sieht es so aus, als würden sie nichts lieber tun. Logisch, wenn man große Wahlerfolge hat, will man damit auch etwas anfangen.

Bei den Grünen wird es wahrscheinlich so ähnlich kommen

wie bei den 68ern. Wenn Rebellen erst einmal einen Kosmetiksalon haben, eine Werbeagentur oder eine Sushibar, werden sie auch zu Besitzstandswahrern und brauchen ihre Interessenvertreter in der Politik. Sie müssen sich also zwangsläufig zu einer Volkspartei verbreitern, wenn auch mit Schwerpunkt bei den jüngeren, gut situierten Bildungsbürgern der Städte.

Irgendwie lässt sich schon absehen, dass die Grünen die Schwarzen von morgen sind.

Blau

Die FPÖ ist eigentlich die demokratischste Partei von allen, denn nirgendwo hat ein einfaches Parteimitglied so viel zu sagen wie bei den Freiheitlichen. Nicht jedes natürlich, dazu hat die FPÖ immer noch zu viele Mitglieder. Aber wieder nicht allzu viele, sodass praktisch jeder Freiheitliche die Chance hat, einmal für eine Viertelstunde Obmann oder Minister zu werden. Wobei dieses Rotationsprinzip nicht etwa den Gesetzen der Logik oder der Notwendigkeit folgt, sondern nur dem ewigen Zyklus von Gnade und Ungnade. Besonders die innerparteiliche Harmonie hat dazu geführt, dass auch Andersdenkende hundertprozentig auf sie bauen, schließlich: Wer könnte diese Partei besser bekämpfen als sie sich selbst?

Man kann es ruhig einmal sagen: Die FPÖ wird uns sehr fehlen, sobald sie einmal nicht mehr da ist! Und das kann ziemlich schnell gehen, denn die einstigen Wahlerfolge zerbröseln ihr unter der Hand. Und der Trend wird sich nicht so leicht einbremsen lassen.

Die strammen Rechtsausleger von einst sind mittlerweile dahingewelkt. Die jungen Rechten mit den Springerstiefeln sind nicht einmal fähig, sich die Haare wachsen zu lassen, geschweige denn intellektuelle Herausforderungen – etwa ein Kreuz an der richtigen Stelle des Wahlzettels zu machen – erfolgreich zu bewältigen. Vernünftige Menschen hinwiederum haben keinen Grund FPÖ zu wählen. Und wenn die Vernunft hierzulande auch keinen übergroßen Stellenwert hat – so weit reicht's noch. Bleiben noch die Protestwähler, die Trotzigen. Aber um die zu animieren, dürfte die FPÖ wohl nicht in der Regierung sein, gegen die man trotzt. Die Partei ist in einer verzwickten Lage: Wenn sie Macht hat, verscheucht sie Wähler, mit der Ohnmacht lockt sie keine an. Eigentlich war es ja nur der begnadete Volkstribun an ihrer Spitze, der das blaue Dornröschen kurzfristig wachgeküsst hat, und jetzt begibt es sich kurzfristig wieder zur wohlverdienten Ruhe. Die übrigen Mitwirkenden in dieser Märchenaufführung sind einfach so schwach, dass man ein Gähnen nicht unterdrücken kann. In letzter Zeit ist allerdings eine neue Truppe ins Rampenlicht getreten – Stadler, Strache, Mölzer und Co. – die haben wohl etwas mehr Grips als der Rest, und deshalb könnten sie gefährlich werden. Nicht für den Staat, für die Partei. Man weiß ja nicht, welch hochfliegenden Pläne sie haben. Ein bisschen nationales Brimborium nach Großväterart kann einen Erwachsenen eigentlich kaum befriedigen. Aber vielleicht genügt es den Herren, die Partei zu einer streng gestrigen Sekte umzuvolken. Die würden wahrscheinlich noch immer etwa 5 % der Bevölkerung wählen – so viel Österreicher sind ja ständig blau.

Sonstige

Unter Sonstige fällt eigentlich alles, was noch ärger ist, als die anderen. Infolge ihrer Zwergenhaftigkeit können sie jedoch keinen Schaden anrichten, und dadurch stechen die Sonstigen doch wieder sehr positiv aus dem Parteienspektrum hervor.

Tour d'Autriche: Salzburg

Salzburg ist das schönste Bundesland Österreichs. Es blüht aber weitgehend im Verborgenen, denn die meisten Touristen halten Salzburg einfach für eine Stadt. Ist es ja auch, aber eben nicht nur, sondern eine Stadt, die in Salzburg liegt. Die Frühgeschichte des Landes verlief ähnlich wie überall sonst. Erst wieselten da ein paar Steinzeitmenschen durch die Schachtelhalme, später waren es Kelten, Römer, Slawen und Bajuwaren. So richtig los ging es aber erst um das Jahr 700. Damals schenkte der Herzog von Bayern dem Chorbischof Rupert von Worms ein hübsches Stück Land und das Recht auf Salzgewinnung. Flugs eilte der damals noch unheilige Rupert vorbei, wurde der erste Bischof von Salzburg – benannt nach seinem eigenen Tafelsalz – und begründete damit eine lang währende Tradition. Heute noch verehrt man ihn als Schutzpatron des Landes, des Bergbaus, der Salzarbeiter, aber auch als besonderen Fürbitter bei Röteln und anderen Kinderkrankheiten. An jedem 24. September ist deshalb Ruperti-Tag und die Salzburger feiern ihn nicht zu Unrecht. Schließlich gründete er mit St. Peter das älteste Kloster Österreichs. Und auch wer heute nicht unbedingt ins Kloster gehen will, kommt an dem Namen nicht vorbei. Der Petersfriedhof ist eine einzigartige Sehenswürdigkeit, und noch beliebter ist der uralte Peterskeller, der schon dem faustischen Goethe als Modell für Auerbachs Keller diente.

Rupert hatte viele Nachfolger, die aus gutem Grund nicht zu Heiligen ernannt wurden, da sie eher als ziemlich weltliche Despoten über Salzburg herrschten. Fürsterzbischof Wolf Dietrich etwa war so ein Mann, der den Erzbischof ganz gut verbarg und lieber den Fürsten heraushängen ließ. Der kunstsinnige Herr leitete zwar die bauliche Entwicklung von Salzburg zum „Rom des Nordens" ein, aber das war ein teurer Spaß. Und ein bisschen Taschengeld brauchte er ja auch noch, um seiner schönen Geliebten Salome Alt ein paar Kleinigkeiten zu schenken, etwa das Schloss Mirabell. Sie schenkte ihm dafür zehn Kinder und allein die Kosten für Baby-Öl und Barbie-Puppen machten dem Alleinverdiener schwer zu schaffen. Er versuchte daher, seine Salzgeschäfte auszuweiten, aber da riss dem Bayernherzog die Geduld, er marschierte in Salzburg ein, zwang Wolfdietrisch mit päpstlichem Segen zur Abdankung und hielt ihn lebenslänglich auf der Feste Hohensalzburg gefangen. Sein rasch eingesetzter Nachfolger Marcus Sitticus brachte von Haus aus alles mit, was man für den Job brauchte – sein Onkel war der heilige Borromäus, sein Vater Jakob Hannibal, ein berüchtigter Söldnerführer. So regierte Marcus Sitticus denn auch mit großer katholischer Härte, aber auch er liebte die Pracht und schenkte seiner Stadt wieder ein paar schöne touristische Anziehungspunkte, wie etwa Schloss Hellbrunn mit seinen köstlichen Wasserspielen. Sein Nachfolger Paris Lodron baute den Dom und die Befestigungsanlagen aus und stiftete Salzburg eine Universität, was 1623, in der Zeit des Dreißigjährigen Krieges, doch einmal eine gute Nachricht war. Aber irgendwie ging es in der Folge mit dem kleinen Kirchenstaat doch bergab. Man versuchte zwar mit großer Strenge den Verlockungen des Protestantismus entgegenzuwirken, aber es gärte im Lande Salzburg. Mehr als 20.000 Menschen verließen die Bauernhöfe im Pinzgau, Pongau und Lungau, um sich vor allem in Ostpreußen eine neue Heimat zu suchen – die verloren sie dann erst etwa 200 Jahre später wieder. Die besonders gepeinigten Bergknappen vom Dürrnberg wanderten 1732 sogar nach Holland aus. Was schon ein ziemlich verzweifelter Schritt war, denn Holland gilt ja nicht gerade als das Eldorado der Bergknappen. Aber vielleicht verdingten sie sich ja in der Käserei oder der Aufzucht edlen Gemüses. Wenn uns also heute im Supermarkt ein Gouda oder eine Tomate anlächelt, sollten wir für einen Augenblick innehalten und darüber nachdenken, ob da nicht vielleicht ein waschechter Salzburger seine Finger drin hatte.

Der letzte souveräne Fürsterzbischof von Salzburg hatte auch wieder einen besonders schönen Namen: Hieronimus Joseph Graf Colloredo-Waldsee. Ein sehr mächtiger Mann – schon 1759 hatte man ihn zum „Auditor Rotae Romanae für die deutsche Nation" ernannt, aber das war einfach der falsche Zeitpunkt. Zu spät, um Wolf Dietrich Mores zu lehren und zu früh für Krenn. Seine weltliche Machtfülle war schon ziemlich begrenzt. Besonders sein Verbot von Volksschauspielern ließ die Bürger aufmucken, und als er schließlich vor den Franzosen nach Wien flüchtete, war die erzbischöfliche Ära praktisch beendet. Das Land wechselte ein paarmal den Besitzer, bis es 1816 endgültig zu Österreich kam. Wo sich die Salzburger anscheinend recht wohl fühlen, denn wie erst kürzlich eine Umfrage ergab, ist Salzburg in der Begeisterung für das gemeinsame Vaterland allen anderen Bundesländern klar voraus. Fremden gegenüber sind die Salzburger nicht direkt aufgeschlossen, aber man erträgt sie. Ein Land, das so schön ist, zieht eben zwangsläufig auch zweitrangige Zeitgenossen an. Mit preislichen Vorbeugemaßnahmen kann man gerade noch das Schlimmste verhüten, aber es gibt halt Touristen, die sich durch gar nichts abschrecken lassen. Und aus pekuniären Erwägungen muss man da schon einmal ein Auge zudrücken. Früher war es einfacher, da konnte man sich Gold und Silber einfach in der Natur zusammenkratzen. 1566 wurde in Gastein mehr Gold gefördert als irgendwo sonst in Europa, und auch in Rauris gab es ein goldenes Zeitalter. Heute erwirtschaftet nur noch ein einziger Salzburger seinen Eigenbedarf an Gold: Hermann Maier, die lebende Legende aus Flachau. Aber selbst seine Medaillen könnten dem Herminator noch keinen sorgenfreien Lebensabend garantieren, deshalb schürft er nebenbei emsig nach Papier. Genauer gesagt: nach Schecks von der Raiffeisen-Bank und anderen Sponsoren.

Allerdings, wo früher das Gold in der Natur herumlag, findet man es noch immer – nur eben in den Taschen der Touristen, die für die Benützung oberwähnter Natur gerne ihren Obolus entrichten. In Gastein lassen sich die Besucher sogar tief in unterirdische Stollen verfrachten, um sich einer Radon-Behandlung zu unterziehen. Das soll angeblich sehr gesund sein. Außer für Klaustrophobiker. Aber meistens geht es nicht tief hinab, sondern hoch hinauf zum Wintersport. Dazu gibt es ideale Möglichkeiten, sei es in der Sportwelt Amadé, in Saalbach-Hinterglemm, Gastein, Zell am See oder Kaprun. Dort sollte man aber lieber nicht an kalten Tagen Skilaufen gehen, denn da wird in der Gletscherbahn vielleicht der Heizlüfter eingeschaltet.

Auch dem Wanderer bietet das Land viel Beeindruckendes. Die Eisriesenwelt bei Werfen, die Liechtensteinklamm, die Krimmler Wasserfälle oder den wunderhübschen Ort St. Gilgen, der immer wieder die Frage herausfordert: Wer war eigentlich der heilige Gilgen? Die Antwort ist allerdings enttäuschend: Er war lediglich ein verballhornter Georg!

Neben der Natur hat Salzburg natürlich auch ein gerüttelt Maß an Kultur zu bieten. Zwei Dichter darf man getrost nennen: Karl Heinrich Waggerl wurde ziemlich alt und schrieb die ganze Zeit schöne Lesebuchgeschichten. Georg Trakl hingegen war einer der bedeutendsten Lyriker deutscher Zunge und brachte sich in jungen Jahren mit einer Überdosis Kokain um. Woraus man ersehen kann, dass die Salzburger sehr verschieden sind. Zumindest die Verschiedenen. Aber so etwas vermischt sich wieder. Wenn man sich heute die Jeunesse dorée in den Salzburger In-Lokalen anschaut, kommt man leicht zu der Schlussfolgerung: Sie nimmt zwar Kokain, aber sie liest Waggerl.

Unter den Malern dominiert natürlich Hans Makart. Er kam mit 18 an die Wiener Akademie, blieb aber nur kurz, weil er wegen „gänzlicher Untalentiertheit" hinausgeschmissen wurde. Später avancierte er zum berühmtesten Maler der Monarchie und prägte seine Epoche so sehr, dass man heute noch von der „Makartzeit" spricht. Es wurde dann ein bisschen stiller um ihn, aber man kann ruhig prophezeien, dass seine Zeit wieder kommt.

Ein bemerkenswerter Künstler war auch Anton Faistauer. Er schuf unter anderem die Fresken für das Festspielhaus, die 1939 von den Nazis wegen Entartung entfernt wurden. Was schon beweist, dass er ein großer Künstler war.

Was den guten Ton anbetrifft, kann Salzburg zwei echte Weltstars aufweisen. Der Lehrer Franz Gruber schrieb die Musik zu einem Text des Hilfspfarrers Josef Mohr und daraus wurde „Stille Nacht, heilige Nacht", der größte Hit aller Zeiten. Unzählige Versionen sind davon auf dem Markt, die überwältigendste wohl von der farbigen Gospelsängerin Mahalia Jackson.

Und dann gab es natürlich noch das alles überragende Genie Johannes Chrysostomus Wolfgangus Theophilus Mozart. Sein Geburtshaus in der Getreidegasse, ja eigentlich die ganze Stadt Salzburg, ist heute ein Schrein für den großen Komponisten, der von unzähligen Musikliebhabern aus aller Welt angebetet wird. Das wirft eine schöne Rendite für die Stadt ab, was aber gar nicht den Intentionen des Tonkünstlers entspricht. Als er nämlich 1781 von des Erzbischofs Colloredo Oberküchenmeister, dem

Grafen Arco, mit einem Fußtritt hinauskomplimentiert wurde, schrieb Mozart: „Nun, das heißt auf teutsch, dass Salzburg nicht mehr für mich ist, ausgenommen mit guter Gelegenheit dem Herrn Grafen wieder insgleichen einen Tritt im Arsch zu geben."

Jetzt, wo er sich nicht mehr wehren kann, haben die Salzburger ihren Wolferl wieder ganz fest in die Arme genommen. Ja, wenn es ums Geld geht – oder sollte es die Kunst sein? –, kennen sie kein Pardon!

Der Verehrung des großen Meisters verdankt die Welt auch einen einzigartigen Leckerbissen: die Mozartkugel. Der Zuckerbäcker Anton Fürst hat sie 1890 kreiert, und inzwischen hat sie sich zum beliebtesten Fan-Artikel entwickelt. Da fanden auch große Konzerne, dass das eine runde Sache ist, und beschlossen, am Erfolg mitzunaschen. Es gab sogar Rechtsstreitigkeiten darüber, ob die „Mozartkugel" oder die „Original Mozartkugel" oder auch keine von beiden die richtige sei. Mozart hätte sich dabei jedenfalls zerkugelt. Die zweite süße Spezialität des Landes sind natürlich die berühmten „Salzburger Nockerln". Es ist immer wieder ein Hauptspaß für die Eingeborenen zuzusehen, wenn sich ein paar Japaner zum Nachtisch eine Portion Salzburger Nockerln bestellen und dann fassungslos vor der von einer Person kaum zu bewältigenden Süßspeise kapitulieren. Dieses Schauspiel gehört zu den billigsten Vergnügen, ansonsten sind die Spektakel an der Salzach eher teuer. Ganz besonders die Festspiele, aber das Aufregendste daran sind ohnehin die Intendantenbestellungen, Ingerenzen und Intrigen, und die gibt's gratis nebenbei. Die örtlichen Futterkrippen sind meist gut ausgelastet und die Häppchen keine Schnäppchen, egal ob man traditionell im „Goldenen Hirschen" diniert oder zeitgenössisch im „Zoos", im „Hangar 7" oder im „Mönchsberg 32". Dort gibt es jedoch eine Gratisbeilage: die Salzburger Gesellschaft. In die kommt man als Unbefugter gar nicht hinein, aber das Verlangen danach kann man auch ganz gut unterdrücken. Natürlich besteht sie nicht ausschließlich aus Loden und Hirschhorn, aber der Trend ist immer gegenwärtig. Man hat einfach das Gefühl, gesellschaftliche Ereignisse finden immer irgendwie in einem Schlössel oder einem Dirndl statt. Die Salzburger können ihre Vorfahren nicht verleugnen. Sie mehren ihren Reichtum, tragen die Nase hoch, sind konservativ und fromm oder zumindest – wie es sich für die Bewohner einer Stadt gehört, die jahrhundertelang von einem Heiligenschein überstrahlt wurde – scheinheilig. Aber Salzburg ist eben die schönste Bühne der Welt, und die Salzburger Society verkörpert die komplette Tischgesellschaft des „Jedermann". Ganzjährig. Ohne Ruhetag.

Sport

Die populärste Sportart in Österreich ist, wie in vielen Entwicklungsländern, der Fußball. Nur steht bei uns das Gewinnen nicht so sehr im Vordergrund, sondern eher die Hoffnung. Und die ist auch berechtigt, denn die Misserfolgsbilanz vergangener Jahre beweist eindeutig, dass es nur noch besser werden kann.

Eine bei den Österreichern besonders beliebte Nationalmannschaft ist die österreichische. Und die ist auch gar nicht schlecht, wie sie spielt. Sie sucht sich nur leider meist den falschen Gegner aus. Gegen eine Schülermannschaft aus Nepal hätte sie durchaus reelle Siegeschancen, aber wenn man sich stattdessen mit Fußballgöttern wie den Färöer-Insulanern anlegt, kann die Sache leicht ins Auge gehen. Wenn böse Zungen dann wieder mal

behaupten, die Kicker hätten auf dem Spielfeld ziemlich alt ausgesehen – dieser Eindruck ist gewollt! Der österreichische Fußball hat ja kürzlich seinen 100. Geburtstag gefeiert, und manche Nationalspieler versuchen eben so zu wirken, als seien sie von Anfang an dabei gewesen.

Das Niveau der Nationalelf ist natürlich auch dadurch beschränkt, dass sie sich aus Spielern von Clubs zusammensetzt, die keinen Anspruch auf Weltgeltung erheben. Das liegt vielleicht schon daran, dass kaum einer der Vereine mal auf die Schnelle 30 Millionen Euro hinblättern kann, um sich einen Superstar einzukaufen. Solche Beträge sind klarerweise blanker Irrsinn, denn auch ein billiger Spieler – sagen wir um 29 Millionen – schafft es einigermaßen, neunzig Minuten lang auf einen wehrlosen Ball einzutreten. Aber Fußball ist heute einer der teuersten Geschäftsbereiche der Unterhaltungsbranche, und in der Preisliste überschätzter Körperteile verblasst gelegentlich sogar der Hintern von Jennifer Lopez angesichts eines haarigen Kickerbeins.

Freilich, Geld allein bringt den Ball auch nicht ins Tor. Selbst zu so einer simplen Tätigkeit wie dem Fußballspielen gehört ein Quäntchen Talent. Frank Stronach hat ja mit geradezu rührender Begeisterung jede Menge Geld in den österreichischen Fußball gesteckt. Herausgekommen ist dabei gar nichts. Und die Indizien für eine Wende haben sich bislang nicht verdichtet. Aber der echte Fan denkt positiv: Solange sich unsere Kicker noch auf dem grünen Rasen ausruhen und nicht darunter, bleibt die Hoffnung. Und noch ein edles Gefühl erzeugt die kleine Lederkugel in der großen Masse: Sensibilität! Wo sonst könnte man so viele harte Männer weinen sehen wie bei einem Spiel der Bundesliga?

Der Fußball erweckt also große Emotion. Das Weinen und das Lachen sind da ganz dicht beieinander – je nachdem, wie ernst man die Wadelknacker nimmt. Angeblich soll Fußball ja die schönste Nebensache der Welt sein, aber das behaupten wohl nur Leute, die Sex, Saufen, Shoppen und Däumchendrehen noch nicht probiert haben. Jedenfalls hat dieser Sport hierzulande viele Anhänger, aber es gibt auch eine Menge muffliger Menschen, die lieber Erfolge sehen wollen, ehe sie sich von einer Disziplin zu Begeisterung hinreißen lassen. Was früher ein bisschen einfacher war. Da gab es noch ein paar konkurrenzfähige Eisläuferinnen und im Tennis hatten wir immerhin den Thomas Muster. Das absolute Ass im Ärmel aber war natürlich Niki Lauda, der als mehrfacher Formel-Eins-Weltmeister die Österreicher zu Renn-Enthusiasten machte. Aber gerade als das Interesse am Motorsport auf seinem Höhepunkt war, ging Niki in die Luft und die Erfolgsaussichten Österreichs fielen in ein tiefes Loch, das mit Alexander Wurz gepflastert war. Seither kriegt Österreich praktisch keinen Fuß mehr aufs Gaspedal. Zwar fällt noch ein klein wenig Glanz auf das Land, weil der Schumacher ja im Salzburgischen logiert, sodass wir ihn unter der Hand fast zu den Unsrigen zählen können, aber – es ist der Ralph und nicht der Michael!

Den eigenen Grand Prix hat man Österreich auch noch weggenommen, und da wir nicht einmal in der Lage sind, ein präsentables Boxenluder zur Verfügung zu stellen – Jörg Haider wüsste zwar eines, aber das hat er im Justizministerium geparkt –, ist Rot-Weiß-Rot im Rennsport nicht gerade die Farbe der Saison. Aber vielleicht kriegen wir bald wieder einen Sieganwärter, denn der Automobilismus ist hierzulande stark verankert. Im Grunde halten sich alle Österreicher für Weltmeister hinterm Volant und beweisen das tagtäglich im Straßenverkehr. Zwar unter erschwerten Bedingungen, aber die etwa 400 Meter von einem Stau bis zum nächsten legen sie gerne im Renntempo zurück.

Ansonsten betreiben die Österreicher noch so ziemlich alle aktuellen Sportarten und manchmal sogar mit Erfolg, wie Olympia 2004 bewies. Dass ein Berg- und Binnenvolk ausgerechnet im nassen Element triumphierte, zeigte wieder einmal, dass die langjährige Tradition, sich irgendwie über Wasser zu halten, gelegentlich goldene Früchte bringt. Die Segler Hagara und Steinacher holten sich Gold in der Tornado-Klasse, Andreas Geritzer Silber im Laser und Markus Rogan gleich zwei Mal Silber im Schwimmbecken. Völlig unerwartet aber trumpften die Damen auf: Claudia Hell knallte so viele Gegnerinnern auf die Matte, dass es für eine Silbermedaille reichte, aber für die größte Sensation sorgte eine Frau, deren Bekanntheitsgrad vorher knapp unter null lag: Kate Allen – wie schon der Name verrät, eine Tirolerin – errang die Goldmedaille im Triathlon! Und das ist nicht etwa eine ansteckende Krankheit, sondern ein völlig sinnloser Bewerb, der aus Schwimmen, Radfahren und Laufen besteht. Darauf ist der Körper natürlich überhaupt nicht gefasst, denn in der freien Natur kommt derartiges nirgends vor. Wenn man beim Schwimmen irgendwo an den Strand gespült wird, liegt dort bestimmt kein Fahrrad herum, mit dem man munter davonrasen könnte. Fände man aber wider Erwarten doch eines am Wegesrand – vielleicht, weil Jan Ullrich beim Zeitfahren gerade Brotzeit macht – und säße man bequem im Sattel, dann schmeißt man den Drahtesel doch nicht nach ein paar Kilometern weg, um den Rest der Strecke zu Fuß zu laufen. Ein absurder Sport, aber egal, Hauptsache Kate Allen ist darin die Beste.

Ja, wo es um Kraft und Stärke geht, da reißen uns die Frauen immer wieder heraus. Auch im Wintersport, der eigentlichen Domäne Österreichs. Wenn die Männer mal auslassen, zertrümmern die Damen die Konkurrenz. Aber sie müssen gar nicht so oft einspringen, weil die Burschen vom ÖSV sowieso immer ganz vorne mitmischen.

Österreich hat in den letzten Jahrzehnten so viele Superläufer die Abhänge hinuntergeworfen, dass man sich die Namen gar nicht mehr merken kann, und selbst Helden, denen man in anderen Ländern ein Denkmal errichten würde, hierorts längst vergessen sind. Macht aber nichts, die meisten Skifahrer träumen ja weniger von der Errichtung eines Denkmals als einer Frühstückspension, und dafür hat's bei den meisten gereicht. Wer der Größte der Großen ist, darüber streiten die Gelehrten noch. Toni Sailer, Karl Schranz, Anderl Molterer, Franz Klammer oder doch Hermann Maier? Der Herminator ist auf jeden Fall der bestbezahlte Skiläufer, den die Welt je gesehen hat. 20 Millionen Euro schwer soll er inzwischen sein und es kann noch mehr werden, denn aus seiner innigen Beziehung zur Raika lässt sich schließen, dass sich sein Sparbuch dort nicht mit den landesüblichen Mindestzinsen durchs Leben schlagen muss. Dem Hermann neidet es aber keiner, weil er ja tatsächlich ganz außergewöhnliche Leistungen vollbracht hat. Und andere verdienen auch viel Geld, ohne chronische Sieger gewesen zu sein. Manchmal genügt es, wenn man so aussieht wie der typische Naturbursch, mit dem Mutti gern bergsteigen möchte. Eben genau so wie Armin Assinger, der ausgerechnet als Quizshow-Moderator eine sagenhafte Karriere gemacht hat. Ebenfalls in weite Ferne gerückt ist das Hungertuch für den Schmusesänger Hansi Hinterseer, der sich aussehensmäßig und stimmlich kaum von den Plüschtieren unterscheidet, die ihm seine Fans auf die Bühne werfen. Dass Österreichs Skifahrer der internationalen Konkurrenz immer um ein Alzerl voraus sind, hat zwei gute Gründe: Erstens müssen sie so schnell sein, weil ihnen – bedingt durch den Treibhauseffekt – ständig die Gletscher auf den Fersen sind; und zweitens wollen sie nicht eine Sekunde länger als notwendig auf den Pisten herumwedeln, damit sie mehr Zeit fürs Werbefernsehen haben.

Da man mittels Bestzeit ganz schnell zum Nationalhelden werden kann, sind „zwa Brettln, a g'führiger Schnee" für die Österreicher noch immer der größte Anreiz zu sportlicher Betätigung. Die ganz Jungen allerdings verlagern ihren Enthusiasmus inzwischen lieber aufs Snowboard. Voll durchgeschlagen hat dieser Trend nur noch nicht, weil es bislang kein Beispiel dafür gibt, dass Bestleistungen auf dem Schneebrett eine Zweitkarriere im Fernsehen, im Plattenstudio oder im Lagerhaus unausweichlich machen.

Der Winter ist also die Hauptsaison, aber auch im Sommer herrscht Bewegung – da wird gelaufen! Angeblich laufen hierzulande mehrere Millionen Menschen, aber wahrscheinlich tun sie es heimlich im Dunkeln oder zu Hause im Keller. Wenn man nämlich die Österreicher im Allgemeinen betrachtet, gewinnt man eher den Eindruck, dass sie die paar Schritte, die sie dann und wann zu Fuß bewältigen müssen, in einem eher gemächlichen Tempo zurücklegen. Nicht umsonst schwärmen ausländische Touristen von der österreichischen Gemütlichkeit und davon, dass die Bevölkerung anscheinend aus lauter Kellnern besteht. Das passt auch zu unserem Image. Laufen kann schließlich jeder, aber hatschen ist eine österreichische Spezialität.

Natürlich gibt es auch Menschen, die auf ihren täglichen Auslauf gar nicht mehr verzichten können. Kaum aus dem Büroschlaf erwacht, stülpen sie die Laufschuhe über und joggen federnden Schrittes zur nächstgelegenen Konditorei. Dass sie so besessen von ihrer Beinarbeit sind, muss niemanden wundern. Schließlich werden beim Laufen im Gehirn Glückshormone freigesetzt – besonders wenn man dabei an Schwarzwälder Kirschtorte denkt.

Leider versuchen diverse sportabhängige Personen, das Glück zu erzwingen und scheuen nicht davor zurück, mehr als 40 Kilometer am Stück zu laufen. Die schönste Kulisse für schmerzverzerrte Gesichter und verkrampfte Waden bietet natürlich der

Wien-Marathon. Er hat zwar in letzter Zeit viel Konkurrenz im In- und Ausland bekommen, aber eine Spezialität bietet eben nur Wien: Hier laufen besonders viele prominente Politiker mit. Schwarze, Rote, Grüne und Blaue versuchen einander den Rang abzulaufen. Da kämpft jeder hart darum, dem Parteikonkurrenten die Kehrseite zu zeigen. Politiker sind geradezu prädestiniert für diesen Bewerb und immer in Topform, weil sie ja das ganze Jahr über trainieren, ihrer Verantwortung davonzulaufen.

Neben den erwähnten Sportarten wird in Österreich natürlich auch das Schwimmen, Segeln, Reiten und Fidschigogerln betrieben. Exotische Kampfsportarten wie Taekwondo und American Football haben sich auch schon breit gemacht, zum Glück aber auch erotische Kampfsportarten wie Damen-Beachvolleyball und Miss-Wet-T-Shirt-Contests. Sogar das eine oder andere -ing ist unter den Lieblingsbeschäftigungen zu finden: Climbing, Jumping, Biking, Skating, Rafting, Nordic Walking, Canyoning und dergleichen mehr. Es ist also nur noch eine Frage der Zeit, bis auch Ottakring eine olympische Disziplin wird.

Wer den Sport nicht so tierisch ernst nimmt, sondern lieber als Spiel betrachtet, begeht zwar eine Todsünde, hat aber dennoch verschiedene Möglichkeiten. Man kann Tennis spielen, Boule, Basketball, Blinde Kuh oder sogar Golf. An sich ist Golf lediglich eine Vorstufe zum absoluten Nichtstun, aber wenigstens ist man an der frischen Luft und selbst wenn man einmal einen Golfball in die Fresse kriegt, ist die medizinische Erstversorgung kein Problem, denn nirgendwo sind pro Quadratmeter so viele Ärzte anzutreffen wie auf dem Golfplatz.

Dass Golf sich nicht zu echter Volkstümlichkeit aufgeschwungen hat, liegt wohl daran, dass dieser Sport immer wieder zu Prominenten-Turnieren und Charity-Events missbraucht wird. Dann sieht man in den „Seitenblicken“ wieder all die wohltätigen Visagen, die schon die letzte Wildschwein-Verkostung veredelt haben und die letzte Beaujolais-Entkorkung, sieht Menschen, die so verzweifelt darüber sind, dass man sie noch nie bei einer vernünftigen Tätigkeit ertappt hat, dass sie mit ihren Eisen hemmungslos Löcher in die Luft schlagen.

So etwas kann einfachen Gemütern natürlich die wahre Begeisterung zum Golfen rauben. Aber das muss ja nicht ewig so sein. Irgendwann wird sich die bessere Gesellschaft auf die wahren Werte besinnen und sich nur noch beim Polo treffen – und dann stehen dem Golf endlich alle Löcher offen.

Wer also Sport betreiben möchte, findet in Österreich mannigfaltige Möglichkeiten. Die er aber nicht ausnützen muss. Wenn einem körperliche Anstrengung zuwider ist, kann man seine sportliche Einstellung auch ganz einfach vortäuschen. Man erwirbt die benötigten Geräte und natürlich das komplette Outfit, das die jeweilige Disziplin von allen anderen abhebt, wobei von Kopf bis Fuß alles stimmen muss, denn wer etwa Skating-Socken zur Walking-Unterhose trägt, ist gesellschaftlich erledigt. Die ganze Ausrüstung verstaut man dann im Schrank, aber allein der Gedanke, dass man sie jederzeit benützen könnte, gibt einem schon das Gefühl, dass man etwas für seinen Körper getan hat. Und es dient ja auch der Sicherung von Arbeitsplätzen in China und Korea, wo der ganze Pofel erzeugt wird.

Die heimische Volkswirtschaft profitiert, außer beim Wintersport, eher wenig von diversen Leibesübungen. Die meisten Sportarten, vom Hammerwerfen bis zum Mountainbiken, sind sogar ziemlich schädlich für die Umgebung, der angestrebte Gesundheitseffekt könnte durch gezieltes Treppensteigen und normale Hausfrauenarbeit wesentlich umweltfreundlicher erzielt werden. Und da diese Übungen auch nicht extrem gefährlich sind, wäre auch die vom Gesundheitsministerium angestrebte Entleerung von

Spitalsbetten kein Ding der Unmöglichkeit. Nur: Solange es noch kein topmodisches Spezial-Outfit für Treppensteiger und Staubwischer gibt, zieht der moderne Mensch da einfach nicht mit.

Rein objektiv betrachtet, hat der Sport also wenig positive Nebenwirkungen. Ja, einige Leute machen damit gute Geschäfte, dazu ist es ja da. Aber das ist doch kein Grund, ihn wie eine heilige Kuh zu pflegen und sogar mit staatlichen Förderungen aufzupäppeln. Die Athleten haben heute in der Regel genug Geld, um sich ihre Dopingmittel selbst zu kaufen. Und außerdem entbehrt ihr Tun jeder Logik. Früher einmal hatte der Sport sicher seine Meriten. Wenn der Mensch beispielsweise von einem wilden Tier verfolgt wurde, dann war es schon ganz gut, wenn er eine Hundertstelskunde schneller laufen konnte als der Löwe.

Aber heute, in einem absolut löwensicheren Stadion, ist die ganze Rennerei doch sinnlos. Da gewinnt einer eine Hundertstelsekunde, aber wenn er dann nach Hause fährt, hat sein Zug zwei Stunden Verspätung – die bringt er doch mit Hundertstelsekunden nie im Leben ein.

Doch am Sport darf man nicht rütteln. Jeder Politiker beginnt gleich vor Rührung zu sabbern, wenn er die Bezirksmeisterschaft im Sackhüpfen eröffnen oder einen neuen Minigolfplatz einweihen darf und die weit ausgestreckte Hand verstreut wieder ein bisschen Steuergeld über die Leibesertüchtiger. Da muss man sich aber doch einmal fragen: Wie kommen eigentlich die vielen friedlichen Staatsbürger, die lieber zu Hause auf der Couch liegen, dazu, wildfremden Menschen ein schweißtreibendes Hobby zu finanzieren?

Aber die Politiker beherzigen eben den alten Grundsatz, dass man dem Volk außer Brot auch noch Spiele bieten muss. Obwohl sie ihre Begeisterung manchmal eher aufs Brot konzentrieren sollten!

Kernkraft

Österreich ist das einzige Land der Welt, das ein Atomkraftwerk besitzt, aber keinen Gebrauch davon macht. Das Milliardengrab, durch eine Volksabstimmung noch vor der Inbetriebnahme außer Betrieb gesetzt, steht seither im idyllischen Zwentendortf einfach so vor sich, und denkt sich seinen Teil. Das tut aber sonst niemand, denn sonst wäre den klügsten Köpfen der Republik in den letzten Jahrzehnten vielleicht schon einmal die Idee gekommen, wie man das Potemkinsche Kernkraftwerk einem zwar ungefährlichen, aber dennoch halbwegs rentablen Zweck zuführen könnte.

Den Verantwortlichen genügt es einfach, dass man hier viel Geld in den Sand gesetzt hat, und eines Tages wird das stolze Bauwerk ohnehin so verwittert sein, dass man es unter Denkmalschutz stellt und damit jede vernünftige Nutzung endgültig ausschließt.

Dass sich Österreich der so genannten „friedlichen" Nutzung der Kernkraft verweigert, hat uns in Europa weniger Anerkennung gebracht, sondern eher zum Klassendeppen der Zivilisation gestempelt. EU-Kommissarin Loyola de Palacio, die sich durch viele falsche Überlegungen mühelos zur gefährlichsten Vertreterin der Unvernunft hochstilisieren konnte, hat vor ihrem Abgang aus Brüssel noch schnell dafür gesorgt, dass der Ausbau der Kernenergie mit allen Mitteln gefördert wird. Die heilige Johanna der Atom-Lobby! Aber warum nicht? Tschernobyl kann doch heute kaum noch jemand buchstabieren, und die bisher 50 Störfälle allein in Temelin muss man nicht überbewerten, wenn man bedenkt, dass der Reaktor bisweilen auch schon tagelang einwandfrei funktioniert hat.

Damit wir in dieser Situation nicht ganz zum Außenseiter Europas werden, haben wir uns inzwischen augenzwinkernd mit den anderen arrangiert. Wenn wir schon selbst nicht in der Lage sind, Strom aus Kernenergie zu erzeugen, können wir ihn doch wenigstens importieren. Jetzt wird schon jedes zehnte Spiegelei mit Atomstrom gebraten, und wenn es der Sache dient, werden wir uns nicht sträuben, noch ein paar Spiegeleier mehr zu verputzen. Was das Geschäft anbelangt, leisten wir jedenfalls schon unseren Beitrag, und dass wir uns einen unfairen Vorsprung in Sachen Sicherheit geschaffen hätten, darf uns heute auch niemand mehr vorwerfen. Es gibt kein Land, das in unmittelbarer Grenznähe von so vielen Atomkraftwerken umzingelt ist, wie Österreich. Wir können also ohne eigenes Zutun an jedem beliebigen Gau mitnaschen.

Die Mitwelt sollte Österreichs Anti-Atom-Kurs deshalb eher als einen kleinen Spaß betrachten. Wir haben uns bloß nicht am Geschäft beteiligt, aber bei der Gefahr sind wir voll dabei. Nur wegen der Frühpensionierung von Zwentendorf sollte man uns nicht als schlechte Europäer betrachten.

Tour d'Autriche: Steiermark

Die Steiermark ist das schönste Bundesland Österreichs. Blühende Natur allüberall, wohin man das wonnetrunkene Auge auch schweifen lässt, und ganz besonders natürlich „Hoch vom Dachstein an, wo der Aar noch haust." Allerdings tut sich der Aar heute schon recht schwer mit dem Hausen, weil er außerhalb der steirischen Landeshymne nirgends mehr Verwendung findet. Jüngere, weniger sangesfrohe Menschen wissen mit einem Aar überhaupt nichts mehr anzufangen, und das ist auch ein schöner Beweis dafür, dass man Tiere ganz ohne Brutalität auch verbal ausrotten kann.

So richtig sangesfreudig waren die Steirer ja nie, denn sie haben seit urdenklichen Zeiten lieber gejodelt. Wahrscheinlich wollten sie ja ursprünglich singen, konnten sich aber die Liedertexte nicht merken und haben, um nicht ganz blöd dazustehen, ihre kleine geistige Schwäche mit wohlklingenden, archaischen Lauten kaschiert. Wobei die Betonung weniger auf wohlklingend als auf laut liegt. Um des Jodelns willen versah der Herrgott die Körper der Steiermärker sogar mit einem – in anderen Weltteilen nahezu unbekannten – Zusatzorgan: dem Kropf. Das ist so eine Art körperlicher Dudelsack, der dem Jodeln erst die richtige Dimension verleiht. Mit dem gezielten Einsatz von Jodlerinnen haben die Steirer denn auch 1396 die türkischen Eroberer in die Flucht geschlagen, und so ist der Kropf auch quasi ein Symbol für die Rettung des Abendlandes. Heute agiert die Bevölkerung freilich eher kropflos, und das Jodeln gedeiht nicht mehr in der freien Natur, sondern nur noch in geschlossenen Anstalten wie ORF und ZDF.

Wer die Steiermark besucht, taucht in eine exotische Welt ein. Stille Örtchen mit so anmutigen Namen wie Ponigl oder Kleines Fassl säumen die Landstraße, und ob man nun das Gaberl erklimmt oder den Plabutsch, wohin der Blick auch schweift, er fällt auf Gegend. Und über all dem thront ganz hoch oben das steirische Wappentier. Kein Aar, aber auch eine typisch steirische Spezialität: ein Panther.

Damit die vielen wilden Lebewesen, die die Steiermark bevölkern, ihre Nachbarn nicht überrennen, hat ihnen die Natur da und dort ein paar Berge in den Weg gelegt. Eine gut gemeinte Geste des Schöpfers, aber halt leider völlig wirkungslos. Jetzt wollen die Steirer sogar mit Gewalt ein Loch in den Semmering bohren, damit sie durch einen langen, dunklen Tunnel ungesehen, aber blitzschnell in die Ballungszentren Ostösterreichs einfallen können.

Das ebenso teure wie sinnlose Loch wird zwar am anderen Ende vom niederösterreichischen Landeshauptmann immer wieder mit allerlei Verordnungen und Gutachten zugestopft, aber auf Dauer wird das wohl nichts nützen. Denn gerade was die Verkehrsplanung betrifft, hat in Europa nach dem Ende des Römischen Imperiums die Vernunft eigentlich nie wieder so richtig um sich gegriffen.

Aber egal, ob mit oder ohne Loch, es gibt sowieso kein Mittel, um die Steirer hintanzuhalten. Viel von dem, was heute Wien ausmacht, haben die Steirer auf dem Gewissen – besonders auf dem Sektor Kunst und Medien. Und selbst ganz weit entfernte Länder konnten sich ihrer Tatkraft nicht erwehren. Frank Stronach beherrscht einen Weltkonzern in Kanada und Arnold Schwarzenegger herrscht heute über die fünftgrößte Wirtschaftsmacht der Welt: Kalifornien. Aber was fast noch eindrucksvoller ist: Er hat unter Umgehung der deutschen Sprache das Steirische direkt ins Amerikanische integriert und gilt dank dieser neuen Ausdrucksweise auf beiden Seiten des Atlantiks als bester fremdsprachiger Schauspieler. Immerhin, die tiefgründigste Textstelle aus all seinen Filmen versteht man überall: „Hasta la vista, baby!" Das berühmte Lied „Steirermen are very good, very good for Hollywood", das inzwischen fast zu einer zweiten Landeshymne geworden ist, untermauert auch musikalisch, dass die Auswanderer auch in der Ferne keine Verständigungsschwierigkeiten haben. Die zurückgebliebenen Steirer allerdings versteht der

Fremde kaum, vor allem wenn sie Stoasteirisch reden. Wer also mit den Eingeborenen kommunizieren möchte, kann sich dieser sprachlichen Extravaganz nicht verschließen, aber sobald der Zuagroaste das Wort „Oachkatzelschwoaf" perfekt aussprechen kann, hat er das Schlimmste hinter sich. Das Leben des steirischen Landvolks wurde jahrhundertelang von drei wesentlichen Nahrungsmitteln geprägt. Die Kinder wurden mit einem Mohnschnuller ruhig gestellt, wobei man gelegentlich auch einen gewissen Verblödungseffekt dankbar in Kauf nahm. Die Erwachsenen erzielten dann durch die ständige Einnahme von Most eine ähnliche Wirkung. Und wenn jetzt jemand trotz dieser Ernährung ein zu hohes Alter erreichte, wurde dem gerne durch eine Portion „Hittrach" abgeholfen. Hittrach war nämlich der Kosename für das im eigenen Haushalt erzeugte Arsen, dem beim „Ahnlvertilgen" eine bedeutende Rolle zukam.

Inzwischen ist jedoch auch über die Steiermark der Wellness-Boom hereingebrochen und hat andere Naturprodukte in den Mittelpunkt gerückt. Beispielsweise den Schilcher, jenen köstlichen Rosé, der sich so genussvoll trinken lässt, dass dem Laien der fließende Übergang von grenzenloser Wellness zu einem kolossalen Vollrausch erst dann zu Bewusstsein kommt, wenn er es verliert.

Eine steirische Spezialität von vielleicht noch größerer Durchschlagskraft ist das Kernöl. Das „grüne Gold", das dem gemeinen Kürbis abgepresst wird, enthält so viele gesundheitsfördernde Ingredienzien, dass es sogar das hochgelobte Olivenöl um Längen schlägt. Ob das Kürbiskernöl den Beinamen „das steirische Viagra" zu Recht trägt, ist bislang noch umstritten. Aber fragen Sie gar nicht erst Arzt oder Apotheker – Kernöl lässt sich im Selbstversuch völlig risikolos testen!

Wie es sich so gehört, hat die Steiermark auch eine Landeshauptstadt, und diese hört auf den schlichten Namen Graz. Das einstige Fischerdorf am Ufer der Mur ist in den letzten Jahrhunderten weit über sich hinausgewachsen und schon beinahe zu einer modernen Großstadt geworden. Zum Glück nur beinahe. Abgesehen von einigen größenwahnsinnigen Ausrutschern auf architektonischem oder kulturellem Gebiet, hat sich Graz ein wenig kleinstädtischen Charme bewahrt, eine gewisse Bescheidenheit. In jeder Hinsicht. Selbst die größte Zeitung nennt sich dort „Kleine Zeitung".

In der Monarchie war Graz auch unter dem Namen „Pensionopolis" bekannt, weil viele höhere Beamte und Militärs dort ihren Lebensabend genossen. War es damals der Ruhestand, der den Charakter der Stadt prägte, so war es später die Bewegung. Die nationalsozialistische. Graz stand ganz besonders stramm an der Seite des Führers. Als der Spuk vorüber war, wurden zwar einige besonders schlimme Nazis vor Gericht gestellt, aber sie waren dann doch alle irgendwie unschuldig und nur ein paar überaus nachtragende Mitmenschen empörten sich über die Freisprüche. Und ein kleines Zipfelchen unverfälschten Germanentums haben treudeutsche Bodenturner und schlagende Studenten auch noch in unsere Zeit hinübergerettet.

Natürlich hat die Steiermark auch viele große Persönlichkeiten hervorgebracht. Viele wurden dort geboren, aber nur wenige dort begraben, denn Graz war meist nur das Sprungbrett hinaus in die weite Welt. Vor allem seit Graz durch die Gründung des „Forum Stadtpark" jäh aus seinem kulturellen Dornröschenschlaf gerissen wurde, begannen sich die Künstler dort rasend zu vermehren und in alle Himmelsrichtungen auszuschwärmen, um die gebührende Anerkennung zu finden. Aber diese Entwicklung war natürlich keine Einbahnstraße, sie brachte auch wieder neue Künstler in die Stadt, und so wurde Graz nicht zu Unrecht im

Jahre 2003 zur Kulturhauptstadt Europas erkoren. Die Murinsel des New Yorker Künstlers Vito Acconci und die „Blaue Blase", entworfen von Peter Cook und Colin Fournier – um nur zwei der vielen interessanten Projekte zu nennen –, wurden zu neuen Wahrzeichen der Stadt und bieten einen reizvollen Kontrast zum alten Uhrturm. Die Spätfolgen des kulturellen Höhenfluges sind noch nicht absehbar. Was bestimmt bleiben wird, ist die romantische Altstadt, die durch neue Lokale und Unterhaltungsangebote auch für die Jugend attraktiver geworden ist.

Und eine schon seit jeher gerühmte Spezialität ist trotz aller Neuerungen auch erhalten geblieben: In Graz gibt es die schönsten Mädchen Österreichs. Die Bezeichnung „Grazien" kommt nicht von ungefähr!

Österreich und Europa

Die Österreicher waren seit eh und je ein weltoffenes Volk, das sich nicht hinter seinen Alpen versteckte, sondern stets dazu bereit war, andere Völker und Nationen liebevoll in die Arme zu schließen. Notfalls auch mit Gewalt, wenn sich die anderen trotzig zierten, denn die Idee eines kleinen, feinen Weltreiches mit Firmensitz in Wien fand in den Herzen der Österreicher immer freudige Zustimmung. Die Habsburger hatten das ja schon einmal mit Glanz und Glorie zelebriert, aber irgendwann zeigte sich dann leider, dass einige Völker noch nicht reif genug waren, um unter der Führung Österreichs vereinte Europäer zu werden. Die Familie Habsburg ließ enttäuscht vom Herrscher-Business ab und der letzte noch verbliebene Karl zog sich nach Madeira zurück, um hauptberuflich Wunder zu wirken. Eine

kluge Entscheidung, denn seit eine mexikanische Nonne so innig des Verblichenen gedachte, dass dadurch über Nacht ihre Krampfadern verschwanden, musste er zwangsläufig selig gesprochen werden. Einem fulminanten Comeback des Hauses Habsburg steht also, zumindest im Jenseits, nichts mehr im Wege. Vielleicht sollte das auch ein kleiner Fingerzeig sein für den Enkel Karli, der ja in seinem irdischen Dasein noch keine vernünftige Tätigkeit gefunden hat: einfach hinsetzen und Wunder wirken! Und wenn nur einer seiner Mitmenschen bezeugt, dass er durch Hinwendung zu ihm von Hühneraugen oder Stuhlverstopfung geheilt wurde, dann kann er Karli wenigstens im Leben nach dem Tode noch eine schöne Karriere machen.

Nach dem Zusammenbruch der Donaumonarchie war Österreich auf Postkartenformat geschrumpft, und Europa zersplittert wie nie, aber die Österreicher gaben ihren Traum von der großen Einheit keineswegs auf. Besonders ein Mann tat sich dabei hervor: Graf Richard Nikolaus Coudenhove-Kalergi. Schon die Eckdaten seines Lebens – geboren in Tokio, gestorben in Schruns – lassen erahnen, dass er ein Mensch war, der sich über Grenzen hinwegdenken konnte, und so dachte er intensiv an einen europäischen Staatenbund. Um dieses Ziel zu erreichen, gründete er 1933 die Paneuropa-Bewegung, aber es war wohl nicht gerade die günstigste Zeit, um friedliche Zukunftsvisionen zu entwickeln, und so bekam er bald Konkurrenz von einem Landsmann, der mit etwas radikaleren Methoden an die Sache heranging. Adolf Hitler wollte ja eigentlich auch nur ganz Europa unter einen Hut bringen, besser gesagt unter einen Stahlhelm, und der Einfachheit halber sollte die neue Staatengemeinschaft dann schlicht „Großdeutschland“ heißen. Der Europäer Coudenhove ging in die Emigration, der Provinzler Hitler blieb leider da, und weil sich die Österreicher von internationalen Perspektiven immer so leicht begeistern lassen, eilten sie freudig für Führer und Vaterland in die schönsten Gegenden des Kontinents, wo viele von ihnen heute noch still vor sich hinmodern.

Nach dem 2. Weltkrieg blieb von Europa nur ein Trümmerfeld, das zu allem Überfluss durch den Eisernen Vorhang auch noch in West und Ost aufgespalten wurde. Aber aus den Ruinen stieß plötzlich ein kleines, grünes Pflänzchen der Hoffnung mit dem schlichten, prosaischen Namen „Montan-Union". Das war den Österreichern sehr sympathisch, vor allem weil man sie gar nicht dabeihaben wollte. Hierzulande braucht man ja erst einmal eine Verschnaufpause, um so richtig zu verdrängen, wo man vorher überall mitgemacht hat, da standen neue Allianzen gar nicht zur Debatte. Auch deshalb, weil Österreich zu dieser Zeit seine Weltoffenheit demonstrativ unter Beweis stellte: mit Franzosen, Engländern, Russen und Amerikanern im Lande, war das kleine Land einer drohenden Europäisierung schon weit voraus und bildete sozusagen die Keimzelle der Vereinigten Staaten der Welt! (Falls diese einmal Wirklichkeit werden – und das scheint nicht ausgeschlossen –, sollten die Historiker zu rühmen wissen, dass Österreich die Probebühne für diese globale Tragödie war.)

Mit der Montan-Union wurde jedenfalls der Grundstein zu einer dauerhaften Befriedung Europas gelegt. Dass Frankreich und Deutschland beschlossen, sich künftig nicht mehr auf einem Schlachtfeld gegenseitig die Schädel einzuschlagen, sondern auf einem gemeinsamen Markt – für eingefleischte Militaristen hatte man ohnehin noch den Feind im Osten vorrätig –, war zweifellos der wesentliche Schritt in eine bessere Zukunft.

Manche Zeitgeschichtler behaupten inzwischen, mehr wäre auch gar nicht nötig gewesen. Aber der Fortschritt ist halt ein Zauberbesen, der sich bei unsachgemäßer Anwendung selbstständig macht. Er kehrt und kehrt und kehrt, und wenn er allen

Dreck weggekehrt hat, macht er selber welchen, damit er weiterkehren kann.

Aus der Montan-Union wurde ein EWR, eine EWG, eine EG und schließlich eine EU. Österreichs erster Schritt in diese Richtung war ein Abkommen mit der EWG. Italien sah das seltsamerweise nicht sehr positiv, und Russland sah darin sogar eine Verletzung der Neutralität, aber die Europabegeisterung der Österreicher ließ sich nicht mehr bremsen, bis man es schließlich zum Vollmitglied in der Europäischen Union geschafft hatte. Rot und Schwarz, Freund und Feind lagen einander in den Armen und feierten sich als neue Europäer. Österreich war wieder das Herz Europas! Oder vielleicht noch nicht ganz, aber auch das Zwerchfell hat ja eine wichtige Funktion im Organismus der neuen Weltmacht. Leider hielt die Euphorie nicht allzu lange an, und nun rätseln die Fachleute herum, weshalb es gerade in Österreich überproportional viele EU-Skeptiker gibt.

Gut, ein paar historische Ressentiments spielen da noch mit. Zu einer Zeit, als Berlin noch ein kleines Dorf am Rande von nirgendwo war, saßen sich ja die Erbfeinde in Paris und Wien gegenüber. Unter Europapolitik verstand man jahrhundertelang das Katz-und-Maus-Spiel zwischen Frankreich und Österreich, die jeweils mit wechselnden Verbündeten versuchten, einander übers Ohr und andere Körperteile zu hauen, um ihre Länder und ihre Macht zu vergrößern. Und die Franzosen können das eben noch immer nicht lassen. Während Österreich ganz friedlich dahindümpelt, verbündet sich der Neo-Napoleon Chirac mit dem deutschen Emporkömmling Schröder, und gemeinsam mit weiteren irregeleiteten Staaten verhängten sie drastische Sanktionen gegen Österreich, weil es ihnen missfiel, dass hier eine demokratisch gewählte Mehrheit die Regierung übernahm.

Natürlich missfiel die schwarz-blaue Koalition auch einem

Großteil der Österreicher, aber selbst jene Oppositionspolitiker, die anfangs die Sanktionen noch mit einem freudigen „Ätsch!" begrüßt hatten, kamen langsam zu der Ansicht, dass auch ein kleines, unartiges Volk wenigstens mit seiner kleinen, unartigen Innenpolitik selbst fertig werden sollte. Auf legale Art, und ohne Domina aus Brüssel.

So kam es denn auch postwendend zu einem Umkehrseffekt. Die Bevölkerung war sich endlich wieder einmal einig, und selbst Regierungskritiker verteidigten Österreich gegen das unsinnige Sanktions-Diktat. Und in Wien selbst nahm die regierungskritische Haltung bald eine Art Volksfest-Charakter an. Die Donnerstags-Demonstrationen wurden über Jahre hinweg zum fixen Bestandteil im Event-Kalender erlebnishungriger Jugendlicher und brachten insgesamt fast so viele Menschen auf die Beine wie ein Robbie-Williams-Konzert. Und doppelt so viele Polizisten.

Jedenfalls waren die Sanktionen nicht der Grund für die Europa-Skepsis der Österreicher. Auch nicht die vielen kleinen Lügen, die im Laufe der Zeit immer wieder ausgestreut wurden. So wurde ja beispielsweise mit Stolz verkündet: die neue gemeinsame Währung sei „das sicherste Geld der Welt". Seither ist mehr Falschgeld im Umlauf als je zuvor, und manche Staaten erwägen schon, ihre Notenpressen stillzulegen, weil man den Bedarf ja perfekt gestaltet und weitaus kostengünstiger gleich bei den Fälscherbanden Osteuropas decken könnte. Die Europapolitiker reden jetzt nicht mehr so gerne über den absolut fälschungssicheren Euro, aber die kleine Panne stört sie auch nicht sonderlich – sie haben ohnehin so viele Scheine in der Brieftasche, dass ein paar falsche mehr oder weniger kaum ins Gewicht fallen.

Apropos: Auch die überreichlich bemessenen Gehälter und Spesen der gesamteuropäischen Herrscherklasse stören hierzulande niemanden, sind doch auch in Österreich, verglichen mit anderen Nationen, die Politikergehälter von wahrhaft fürstlichem Zuschnitt.

Und es stört die Österreicher auch nicht, dass die große Idee vom Vereinten Europa inzwischen auf das Mittelmaß seiner Mitgliedsstaaten zurückgestutzt wurde. Wenn für die Wahl zum EU-Parlament nur die Vertreter der alten, abgewirtschafteten Parteien zur Verfügung stehen, dann heißt das doch nur: Alles, was sie bisher bei sich zu Hause vermurkst haben, dürfen sie jetzt in weitaus größerem Maßstab vermurksen! Dazu kommt, dass die EU-Gremien ja allgemein als sicheres Endlager für jene Menschen betrachtet werden, die man im eigenen Land nicht mehr haben will. Weil sie in Ungnade gefallen sind oder nicht mehr tragbar. Oder auch, weil sie Protektionskinder sind und einen hübschen Versorgungsposten brauchen. Auch Österreich entledigt sich gerne auf diese Art von allerlei innenpolitischem Ballast. Und das System funktioniert: Von vielen wichtigen Persönlichkeiten hat man nach ihrer Wahl ins Europa-Parlament nie wieder etwas gehört! Eine größere Freude könnten sie ihren Wählern gar nicht machen, und deshalb beteiligen sich zahllose Patrioten mit ungebrochener Begeisterung an den Europa-Wahlen.

Wunderbar finden es die Österreicher auch, dass die künftige Weltmacht nicht auf tönernen Füßen steht, sondern auf den starken Schultern von tausenden anonymen Beamten. Bienenfleißigen, kleinen grauen Männchen, die sich tagtäglich mit den allerwichtigsten Problemen der Gegenwart auseinander setzen: dem Krümmungsgrad der Gurke, dem Idealgewicht von Hostien oder dem Durchmesser der gesamteuropäischen Klobrille. Das wird auf Bergen von Papier fein säuberlich festgehalten und in die verschiedensten Sprachen übersetzt. Jetzt auch ins Maltesische, denn gerade weil alle Bewohner des Zwergenstaates genauso gut

Englisch sprechen, ist der internationale Bedarf an Maltesisch-Dolmetschern derart gering, dass nur die EU diesem Berufsstand eine goldene Zukunft sichern kann.

Gewiss, in manchen Mitgliedsländern rümpft man gelegentlich die Nase über den aufgeblähten Verwaltungsapparat von Brüssel, aber Österreich war seit urdenklichen Zeiten ein Beamtenstaat und sieht es daher mit Wohlgefallen, dass sich das moderne Europa jetzt an seinem Vorbild orientiert. Und man braucht keine Angst zu haben, dass sich daran in Zukunft etwas ändern wird, denn selbst wenn sich eines Tages die Gurke ganz von selbst vor Verlegenheit krümmt, wird das Arbeitspensum der Beamten nicht geringer. Beamte vermehren sich ja bekanntlich von selbst, und hat der Apparat erst einmal eine gewisse Größe erreicht, ist er ohnehin mit der Verwaltung der Verwaltung voll ausgelastet.

Selbst die vehemente Erweiterungspolitik der Europäischen Union wird von den Österreichern augenzwinkernd, aber verständnisvoll aufgenommen. Mein Gott, auch die kleinen Leute sammeln schließlich irgendetwas – Briefmarken, Schmetterlinge oder Vorstrafen –, große Politiker sammeln eben lieber größere Objekte. Irgendwelche Länder, die sonst ohnehin niemand haben möchte. So etwas ist zwar rational nicht immer erklärbar, aber Hauptsache es macht ihnen Spaß! Zugegeben: Es ist ein kostspieliges Hobby. Deutschland ist beispielsweise schon mit seiner inneren Osterweiterung an den Rand des Abgrunds geschlittert, aber zum Glück hat man bei der EU ohnehin noch keine präzisen Vorstellungen davon, wie sich die Erweiterung von 2004 zu Buche schlagen wird, und so können alle noch eine Zeit lang frohen Mutes sein. Und weiterhin ihrer Sammelleidenschaft frönen, solange es noch ein paar Schnäppchen auf der Landkarte gibt. Die Türkei ist doch wirklich ein Prestigeobjekt, das man sich nicht entgehen lassen kann! Und liegt nicht auch noch Weißrussland irgendwo herrenlos herum?

Da die Österreicher bei solchen Entscheidungen nicht wirklich viel mitzureden haben, lehnen sie sich gemütlich zurück und betrachten die Gigantomanie der Großmächte ziemlich gelassen. Und bisweilen ein wenig schadenfroh. Das ist zwar nicht ganz logisch, weil sie ja von den wichtigen Entscheidungen auch betroffen werden, aber es liegt halt im österreichischen Wesen, dass man mehr zur Schadenfreude als zur Betroffenheit neigt.

Nein, der wachsende Europaskeptizismus der Österreicher liegt also auch nicht an der galoppierenden Erweiterungssucht als solcher, sondern nur daran, dass die Politiker versprechen: Sie tut uns wahnsinnig gut! Dadurch wird alles noch viel besser! Wir werden die großen Gewinner sein!

Bei solchen Aussagen zucken die Österreicher entsetzt zusammen. Nichts erschreckt sie mehr, als die Ankündigungen von Maßnahmen, durch die alles besser wird, denn immer wieder hat sich herausgestellt: Besser wird gar nichts, aber es kostet mehr!

Durch die lange, leidvolle Erfahrung im eigenen Land traumatisiert, dürstet der Bürger nicht gerade danach, auch noch auf gesamteuropäischer Ebene verladen zu werden. Diese Einstellung ist verständlich, aber unrealistisch. Man kann von den Politikern, die in den einzelnen Staaten ihr Volk für dumm verkaufen, nicht verlangen, dass sie plötzlich selbstlos und ehrlich sind, wenn sie den Europäer heraushängen lassen. Das würde die Menschen, die ohnehin immer das Gegenteil von dem glauben, was die Politiker sagen, ja total verwirren und in Europa noch mehr Chaos erzeugen als 25 Kommissionsmitglieder und ein Verfassungsentwurf von Giscard d'Estaing.

Um die Liebe und das Vertrauen zu Europa wieder zu optimieren, sollte die EU-Regierung vielleicht kurzfristig die großen

Worte zu Gunsten großer Taten zurückstellen. Oder, wie es seinerzeit schon das Orakel zu Delphi so treffend formulierte: „O Sterblicher, lass dich nicht blenden vom Lichte am Ende des Tunnels, noch eh du zu graben begonnen!"

Das liebe Geld

Beethoven komponierte einmal „Die Wut über den verlorenen Groschen", und selbst völlig unmusikalische Menschen teilen seine Empfindungen, seit sie mit Cent bezahlen müssen. Der Schilling, der ja Hand in Hand mit der D-Mark eine der härtesten Währungen war, musste dem Euro weichen, und das war für viele Österreicher ein Schock. Noch heute laufen manchem kalte Schauer über den Rücken, wenn er daran denkt, dass seine Moneten jetzt untrennbar mit der Finanzgebarung Griechenlands oder Italiens verknüpft sind. Aber in Wirklichkeit spielt das gar keine Rolle und jemand, der vorher schon kein Geld hatte, hat heute auch nicht viel weniger. Aber das hat nichts mit der neuen Währung zu tun. Auch das böswillige Gerücht, es sei in Folge der Euro-Einführung alles teurer geworden, muss man entschieden zurückweisen. Das heißt Sie und ich müssen das gar nicht, denn die Politiker haben uns diese Mühe längst abgenommen. Und ohne zu lügen! Es ist ja tatsächlich nicht alles teurer geworden, manche Produkte haben sich sogar deutlich verbilligt. Wer sich also im Sommer statt Gemüse eine Digitalkamera gekauft hat und im Winter statt zu heizen einen DVD-Player erwirbt, schneidet eigentlich ganz gut ab.

Das hat aber weniger mit dem Euro zu tun als mit der Wirtschaft und der wäre jede andere Ausrede für eine Preiserhöhung genauso recht gewesen. Momentan zum Beispiel ist die beliebteste Begründung für jede Teuerung die „unsichere Weltlage". Ein kleiner Blick in die Vergangenheit beweist allerdings, dass die Weltlage nie sicherer war als jetzt. Und ganz abgesehen davon ist die Wirtschaft doch ein wenig unflexibel. Sie reagiert zwar mit enormen Preiserhöhungen bei unsicherer Weltlage, hat uns aber noch nie mit enormen Preissenkungen bei sicherer überrascht.

Nun gut, es gibt viele Dinge auf Erden, die nichts miteinander zu tun haben, aber alle mit Geld.

Auch in Österreich ist eine Menge Geld im Umlauf, und dieser endet dann meist auf einem Konto, das ohnehin schon einen Wohlstandsbauch hat, denn Geld ist ein siamesischer Zwilling, der nicht von sich loskommt.

Wie überall klafft auch hierzulande die Schere zwischen Arm und Reich immer weiter auseinander, aber das kommt ja nicht überraschend, denn Armut trägt bekanntlich keine Zinsen. Allerdings ist in Österreich alles irgendwie gemäßigter: Die Armen sind nicht ganz so arm, und die Reichen sind nicht ganz so reich wie anderswo.

Angeblich gibt es ein paar tausend Arme in Österreich und noch zehnmal so viele Menschen, die irgendwo an der Armutsgrenze herumlungern und halt noch ein bisschen warten müssen, bis sie diese auf legalem Wege überschreiten können. Aber das sind nur Zahlen, die aus einer Statistik stammen, also nicht ernst zu nehmen sind. Man kann einfach nicht jeden Fall erfassen. Und auch wenn man könnte – den Armen ist es im Prinzip völlig wurst, ob sie erfasst werden. Was sie stört ist, dass sie kein Geld haben! Theoretisch wäre das ja vorhanden. Gut, wie viel tatsächlich vorhanden ist, kann man nie so genau sagen. Erst unlängst hat der Finanzminister beim Geldzählen wieder einmal gemerkt, dass er eine Milliarde weniger hat, als er dachte. Und niemand

weiß, wo sie abgeblieben ist. Aber das war ja schon öfter so – die Milliarden machen hierzulande einfach, was sie wollen! Aber der Staat ist noch immer reich genug. So reich sogar, dass er sich eine kostspielige ÖIAG leisten kann, mit hochdotierten Männern an der Spitze, die eigentlich nichts zu tun hätten, als das Familiensilber der Republik zu verscherbeln. Aber leider sind sie nicht einmal dieser traurigen Aufgabe gewachsen, und wann immer sie wieder einen Versuch unternehmen, entsteht der Volkswirtschaft ein riesiger Schaden. Wobei völlig egal ist, ob in letzter Konsequenz die Politik daran Schuld ist oder die ÖIAG – wer könnte die beiden schon auseinander halten?

Am sinnvollsten wäre natürlich, wenn die Regierung ihre ÖIAG privatisieren würde. Für einen symbolischen Euro vielleicht, das wäre ja etwa die Größenordnung, die auch beim Verjankern profitabler Unternehmen – da fällt einem vielleicht die Austria Tabak ein – so viel Anklang gefunden hat. Anschließend sollte die Republik die letzten Reste des Volkseigentums, das jetzt unter dem Pseudonym „Staatseigentum" gehandelt wird, bei Sotheby's versteigern lassen. Dazu braucht man kein eigenes Personal und der ganze Krempel brächte, von wirklichen Fachleuten unter den Hammer gebracht, womöglich so viel, wie er wert ist. Eine recht beachtliche Summe also. Nur könnte man dieses Geld auch nicht über die Armen ausschütten. Da uns die Regierung seit geraumer Zeit beizubringen versucht, dass der Sozialstaat nur noch ein Nostalgiebegriff ist, wie Wickie, Slime und Piper, darf sie sich nicht selbst unterlaufen.

Den Armen könnte also nur geholfen werden, wenn die Reichen etwas abgäben. Aber da fiele gleich das hässliche Wort „Umverteilung" und das will wirklich niemand in den Mund nehmen. Obwohl die Umverteilung eigentlich permanent stattfindet. Allerdings von unten nach oben. Aber es ist von der

Natur schon weise eingerichtet, dass immer mehr Geld zu den Reichen wandert. Die Armen würden es ja doch nur für ihre persönlichen Bedürfnisse ausgeben und kämen damit nie zu Wohlstand. Bei den Reichen ist das Geld jedenfalls besser aufgehoben, das sind Profis, die nicht jede Million gleich in Wurstsemmeln umsetzen. An sich sind die Reichen auch sehr nette Menschen, und sie investieren gerne etwas von ihrem Kapital – nur halt nicht in Arme, weil da einfach die Rendite nicht stimmt. Aber das Gute liegt ihnen nicht prinzipiell fern, sie spenden auch gelegentlich viel Geld, vor allem, wenn sich das als Sponsoring abschreiben lässt. Dann sind sie von vorbildlicher Großzügigkeit, helfen mal dem Fußball auf die Beine, mal den Salzburger Festspielen – Hauptsache, es trifft keine Armen. Vor dem hautnahen Kontakt mit der Armut schrecken sie doch eher zurück, aber nur, weil man jede Ansteckungsgefahr vermeiden will. Überdies veranstalten sie auch noch gelegentlich gastronomisch voll durchgestylte Charity-Events, wo auch private Spenden gesammelt werden. Der gute Zweck steht dabei fraglos im Mittelpunkt, aber ohne ein 5-Gänge-Menü von dreizehn Haubenköchen könnte man man sich Wohltätigkeit heute gar nicht mehr vorstellen. Natürlich geht das nicht gleich so weit, dass sich jetzt die Armen drinnen im Saal mit getrüffeltem Perlhuhnbrüstchen und frischem Edelweiß-Salat voll stopfen müssen, während die Reichen draußen auf der Straße um Spenden betteln. Da wären doch beide Seiten überfordert, also bleibt jeder, wo er hingehört.

Freilich, die mildtätige Völlerei ist nicht das einzige, was die Reichen und Erfolgreichen im Sinne der Nächstenliebe zu bieten haben. Sie streuen auch völlig selbstlos und ungefragt unbezahlbare Lebenshilfe-Tipps in allen möglichen Medien aus. Da prasseln dann oft Erfahrungen und Visionen knüppeldick auf die lahmarschige Restbevölkerung nieder. Am Ende steht dann meist die goldene

Regel im Raum: Wenn einer arbeiten will, wenn er sparsam und tüchtig ist, dann kann er es auch zu etwas bringen im Leben!

Da senkt dann auch der hart gesottene Langzeitarbeitslose verschämt den Kopf und nimmt sich ganz fest vor in Zukunft tüchtig zu sein.

Bedauerlicherweise ändern alle diese Aktionen nicht viel am Status quo. Man könnte höchstens noch den Mittelstand als Nothelfer heranziehen, aber der hat mit seinen beschränkten Mitteln auch keinen leichten Stand. Der Mittelstand trägt ohnehin die österreichische Wirtschaft – und das ist weiß Gott keine leichte Bürde. Nebenbei muss der Mittelstand auch noch die Hauptlast an Steuern und Abgaben tragen. Irgendwer muss ja, denn die Reichen zahlen kaum noch Steuern, weil sie ihre Gewinne in Billigländern versteuern und ihre Verluste bei der heimischen Finanz abschreiben. Und die Armen liefern auch nur einen enttäuschenden Beitrag zum Budget, weil man ihnen von null ja nicht mehr viel abziehen kann. Der Mittelstand hat also den Schwarzen Peter und an dessen Umverteilung ist eigentlich niemand sonderlich interessiert.

Es bleibt also, wie es ist: Hie Reich, da Arm, aber, wie gesagt, trifft das hierzulande noch in eher gemäßigter Form zu. Und es gibt sogar eine Art von ausgleichender Gerechtigkeit.

An den Reichen nagt ewig der Frust des Versagens, weil sie es nie schaffen können, so reich zu werden wie Bill Gates oder der Sultan von Brunei. Den Armen hingegen bleibt der Trost, dass sie noch immer nicht so arm sind wie die Menschen im Sudan – aber sie könnten es noch schaffen!

Damit hier kein falscher Eindruck entsteht: Über die Reichen, die Superreichen und die bloß Wohlhabenden lässt sich auch viel Gutes sagen. Beispielsweise, dass sie mit ihrem Geld nicht protzen. Hier ist es beileibe nicht so wie etwa in Amerika, wo ihnen wildfremde Menschen auf einer Cocktailparty gleich stolz erzählen, wie viel Kohle sie machen, oder sich das sogar auf ihre Visitenkarten drucken lassen.

Hierzulande verschweigen die Menschen ihr Einkommen lieber. Sogar diejenigen, die gar keines haben. Man weiß ja nicht, wen das wieder neidisch machen könnte. Am verschwiegensten sind natürlich Politiker, Politrentner, Aufsichtsräte und Gewerkschaftsfunktionäre. Sie fühlen sich durch die Bank unterbezahlt und fürchten deshalb, dass die Leute auf sie herabschauen würden, wenn sie über ihr Einkommen Bescheid wüssten. Ebenfalls sehr diskret verhalten sich Top-Manager, die ja inzwischen auch in Österreich Einkünfte erzielen, die weit über der Schamgrenze liegen, und bei Unternehmen fällt der persönliche Zugewinn sowieso unters Betriebsgeheimnis. Ja, es gibt sogar Immobilienmakler, die ihre Büroräume bewusst auf demselben Substandard halten wie die Wohnungen, die sie ihren Kunden vermitteln, und mancher Primararzt benützt seine Golfschläger aus 24-karätigem Gold wirklich nur zu ganz besonderen Anlässen. Nein, sie prunken und protzen nicht. Man spricht in Österreich zwar ständig über Geld, aber nicht über konkrete Beträge und immer in jenem leidenden Ton, der von vornherein klarstellt, dass man zu wenig davon hat. Natürlich sind die Zustände nicht mehr so arg wie früher, als die Reichsten nur bei Nacht und Nebel in ihrem Rolls-Royce ausfuhren, um den Neid der Unterpriviligierten nicht herauszufordern. Damals war die Bescheidenheit eben noch eine nahe Verwandte der Vornehmheit, und aus solchen Zeiten stammt wohl auch der Satz, der das vorbildliche Verhalten des großen Volksschauspielers Josef Meinrad pries: „Seit er einen Rolls-Royce hat, ist er noch bescheidener!"

Heute sieht man die Dinge nicht ganz so eng, mancher vermögende Zeitgenosse benützt seine Luxuslimousine sogar am helllichten Tag, und es ist auch kein echter Eklat, wenn einer im knallroten Ferrari zum Lebensmitteldiskonter prescht, um ein Päckchen Eiernudeln zu holen. Im Tagesangebot – zwei Nudeln zum Preis von einer!

Beim Einkaufen ist man überhaupt gut auf dem Weg zur klassenlosen Gesellschaft. Auch betuchte Mitmenschen schwärmen heute davon, wie billig sie dies und jenes eingekauft haben. Bei den ärmeren reicht es halt nur für dies oder jenes, aber irgendwie sind die Schnäppchenjäger halt doch eine große Familie. Arm sind nur die Superreichen, denn sie wissen nie, ob sie billig oder teuer gekauft haben. Eine Hausfrau, die nichts anderes zu tun hat, als ständig vom Lidl zum Hofer, von Kik zu Bipa zu flanieren, kann mit Leichtigkeit einen Preisvergleich anstellen. Der Boss jedoch hat gar keine Zeit, um herauszufinden, ob die Wurstsemmeln bei H&M billiger sind als bei C&A. Also geht er einfach zum Knize und kauft sich einen Anzug. Wenn in den Kreisen des Geldadels aber doch einmal von Schnäppchen gesprochen wird, dann handelt es sich dabei höchstwahrscheinlich um eine Villa in Kitzbühel oder ein Seegrundstück in Velden. Aber das sind Einzelschicksale. Hauptsache irgendjemand kurbelt die Inlandsnachfrage an. Die große Masse kommt dieser staatsbürgerlichen Pflicht oft nicht so recht von Herzen nach. Besonders der kleine Mann und seine noch viel kleinere Frau. Kleiner schon deshalb, weil die Frau ja, bei gleicher Arbeitsleistung wie der Mann, viel weniger Lohn erhält. Aber das hat ja schon im Paradies angefangen: Eva musste die Äpfel pflücken und Adam hat sie gegessen! Man muss den Niedriglohn einfach als primäres Geschlechtsmerkmal der Frau betrachten, dann hat alles seine Ordnung.

Zurück zu den kleinen Männlein und Weiblein. Die wollen sich natürlich auch mal was gönnen, und wenn es um absolut lebenswichtige Dinge geht, etwa eine Heimbeschallungsanlage mit Dolby-Surround oder eine Urlaubsreise in die Dominikanische Republik, dann nehmen sie gerne einen Kredit auf. Das steigert auf höchst eindrucksvolle Weise den Gewinn der Banken und die Zahl der Privatkonkurse. Aber auch immer mehr Jugendliche, die noch gar nicht alt genug sind, um auf eigenen Beinen in Konkurs zu gehen, hinterlassen einen enormen Schuldenberg in der Natur. Die innige Verbundenheit zwischen Ohr und Handy wird nämlich nur noch durch die innige Verbundenheit zwischen Rechnung und Pleite übertroffen.

Die Mehrzahl der Bevölkerung freilich – das muss man abschließend lobend erwähnen – folgt nicht dem Beispiel ihres Finanzministers, sondern pflegt ihren traditionellen Hang zur Sparsamkeit. Ob viel oder wenig, wo immer ein bisschen Geld anfällt, legt man es aufs Sparbuch. Nicht mehr so begeistert wie früher, denn seit man die Anonymität abgeschafft hat, wurde dem Bürger die letzte Möglichkeit genommen, dem Moloch aus der Himmelpfortgasse wenigstens beim Schenken und Erben ein kleines Schnippchen zu schlagen. Außerdem wurmt es manche Menschen, dass die liliputanerhaften Zinsen aus ihrem ohnehin schon versteuerten Kapital zusätzlich mit einer 25-prozentigen Kest belebt werden – also einer Strafsteuer für Sparsame.

Aus solchen Gründen haben etliche Österreicher auch schon ihre Anlagestrategie geändert und in Aktien oder Fonds investiert. Aber ohne Fachwissen und Killerinstinkt sind die meisten dabei natürlich auf die Schnauze gefallen, denn wie heißt es seit altersher: Eher geht ein Reicher durch ein Nadelöhr als ein Kamel in die Gewinnzone!

So sind denn letztlich die meisten wieder zum Sparbuch zurückgekehrt. Da weiß man wenigstens von vornherein, dass nichts herausschaut!

Tour d'Autriche: Tirol

Tirol ist das schönste Bundesland Österreichs. Das ist aber auf den ersten Blick gar nicht so richtig zu sehen, denn überall wo man hinschaut, stehen einem ein paar Berge im Weg. Man muss also ganz auf das Urteil jener vertrauen, die auf die Berge emporgekraxelt sind und von oben auf Tirol hinuntergeschaut haben. Und die finden es schön. Auf den kleineren Bergen leben Menschen, die als Bergbauern und Sennerinnen nicht nur für die gute Alpenmilch sorgen, sondern auch den notwendigen Grundstoff für gepflegte Heimatromane liefern. Auf den wirklich schroffen Zinken hingegen tummeln sich nur noch zwei schwindelfreie Arten von Lebewesen: der Alpinist und die Gemse. Das heißt, eigentlich nur noch eine, denn die Gemsen wurden kürzlich von einer grauenhaften Seuche, der so genannten „Rechtschreibreform" zur Gänze hinweggerafft. Den Alpinisten blieb dieses Schicksal bislang erspart, aber wer weiß, was die Oberlehrer der Nation mit ihnen noch planen.

Es gibt aber auch Leute, die völlig zu Unrecht auf Tirol herabschauen. Das sind die so genannten „Halbschuhtouristen", die bar jeder Vernunft und Ausrüstung den höchsten Gipfeln die Zähne zeigen wollen. Manche Fremdenverkehrsbetriebe sind deshalb schon dazu übergegangen, die Kosten der Rettungsmaßnahmen vorbeugend auf den Zimmerpreis draufzuschlagen. Halbschuhtouristen findet man in Tirol das ganze Jahr über, mal mit Spazierstock, mal mit Skistock, und allen ist eines gemeinsam: Sie haben keinen Respekt vor dem Berg. Aber sie wissen ja nicht, was sie tun, unsere lieben Freunde von der Waterkant, und deshalb sollten sie vielleicht vor dem Urlaub dieses kleine Gedicht auswendig lernen:

Der Berg

Der Berg, das darf man nie vergessen,
Hat eine Seele, so wie du.
Und näherst du dich ihm vermessen,
Dann schlägt er zu!

Er ist geduldig mit uns allen
Und gönnt uns eine Menge Spaß.
Nur manchmal lässt er uns auch fallen –
Wen wundert das?

Er hüllt sich meist in mildes Schweigen –
Der Riese ignoriert den Zwerg!
Nur manchmal muss er eben zeigen:
Er ist der Berg!

Er denkt: Rutsch mir den Buckel runter,
Auf deiner Rodel, deinem Ski!
Jedoch er denkt sich auch mitunter:
Jetzt oder nie!

Wenn ihm der Trubel mal zur Last wird,
Benimmt er sich genau wie du!
Er schüttelt ab, was ihm verhasst wird –
Dann schlägt er zu!

Bisweilen schlägt der Mensch natürlich zurück und schlägt dem Berg tiefe Wunden. Die tiefste ist erst in Planung, wird aber vielleicht eines Tages realisiert: der Brenner-Basis-Tunnel. Das Milliardenloch wird sich zwar nie rechnen, weil immer mehr Verkehr von der Schiene auf die Straße geht, aber es ist halt ein Prestigeobjekt. Mit kleinen Anlaufschwierigkeiten. Und inzwischen donnern jedenfalls immer mehr Schwerlaster durchs Inntal und über den Brenner, schon weil die gesamteuropäische Frächterlobby stärker ist als die Vernunft. Mit der Gesundheit der ansonsten so kernigen Tiroler steht es daher nicht so gut. Allerdings hat die EU ja jetzt einen neuen Gesundheitskommissar. Der als Cypride die Lärm- und Luftprobleme gewisser Tiroler Regionen vielleicht nicht wirklich abschätzen kann. Aber er ist definitiv gegen Laster! Er hat schon verkündet: Das Rauchen ist überhaupt das allergrößte Übel. Und gegen die Fettleibigkeit wird er auch einschreiten! Damit könnte man das Problem endlich an der Wurzel packen, denn falls die LKW-Fahrer künftig bestraft werden, wenn sie einen Glimmstängel oder eine Wurstsemmel mit sich führen, bleiben sie vielleicht lieber gleich zu Hause.

Freilich, auch die Tiroler selbst sind keine chronischen Naturschützer. Neuerdings darf man die Seilbahnen immer höher in die Gletscherregionen ausbauen und die TIWAG plant auch ein schönes, neues Kraftwerk in die pittoreske Landschaft zu klotzen. Aber es liegt eben noch so viel Gegend herum, dass man schon hin und wieder etwas abknapsen kann, um den Kommerz nicht ganz zu vernachlässigen.

Dass man die Natur gelegentlich generalüberholen muss ist klar, und so ist in der Geschichte Tirols auch schon mancher General angerückt, um den Straßenbau und die Urbanisierung voranzutreiben. Wie überall in Österreich waren es auch hier die üblichen Verdächtigen – Römer, Bayern und Bischöfe –, die mehr oder weniger Kultur ins Land brachten. Es ging drunter und drüber, bis eines Tages Frau Margarete Maultasch die Grafschaft Tirol erbte. Und weil ihr alle näheren Verwandten wegstarben, übergab sie 1363 ihren schönen Besitz an die Vettern Habsburg, womit das österreichische Schicksal seinen Lauf nehmen konnte. Hart, aber ungerecht. Wenn man bedenkt, dass Tirol in seiner besten Zeit einmal bis zum Gardasee hinunterreichte, ahnt man, was die Tiroler inzwischen alles verschmerzen mussten. Einer, der das partout nicht wollte, war der Inhaber der Gastwirtschaft „Am Sand" im Passeiertal, mit Namen Andreas Hofer. Mit Erzherzog Johann vereinbarte er, dass sich Tirol gegen die bayrische Herrschaft erheben sollte, und am 8.4.1809 erließ der Hofer seine diesbezügliche Proklamation: „Morgen, am 9. April, wird für Gott, Kaiser und Vaterland ausgegangen und jedermann ermahnt, brav dreinzuschlagen." Sie taten es, und bis zum Jahresende wogte das Schlachtengetümmel hin und her. Mal nahmen die Franzosen Innsbruck ein, mal die Tiroler und mal die Bayern. Hofer erfocht ein paar glanzvolle Siege, aber der Wiener Hof ließ ihn gänzlich im Stich, die Franzosen schickten immer mehr Truppen und es gab für den Sandwirt keine andere Chance mehr als die Flucht auf eine Alm. Franz Raffl, der „Judas von Tirol" verriet das Versteck und kassierte dafür 1500 Gulden. Andreas Hofer wurde gefangen genommen und am 28. Februar 1800 „zu Mantua in Banden" auf ausdrücklichen Wunsch Napoleons erschossen. „Ach, wie schießt ihr schlecht!", soll er noch ausgerufen haben, aber getroffen wurde er dann doch, denn wie sagt man so schön: Viele Kugeln sind des Helden Tod. Einige Jahre später gruben dann fünf Kaiserjägeroffiziere in einer Nacht-und-Nebel-Aktion heimlich seine Gebeine aus, und Andreas Hofer trat seine letzte Reise nach Innsbruck an, wo er seither in der Hofkirche ruht, verehrt und gerühmt in alle Ewigkeit.

Die Tiroler sind jedoch nicht nur stolz auf ihren Nationalhelden, sondern überhaupt. Das verraten schon ihre geflügelten Worte: Bischt a Tiroler, bischt a Mensch – bischt koa Tiroler, bischt a Oarsch! Aber die meisten Tiroler hatten ja auch nur ihren Stolz und sonst keinerlei irdische Güter, immer wieder mussten die Menschen aus diesem Lande auswandern, um ihrer Armut zu entfliehen. Manchmal weit weg. So gründete etwa 1933 der damalige Landwirtschaftsminister für verarmte Bergbauern die Ortschaft Dreizehnlinden – in Brasilien! Inzwischen haben die wackeren Tiroler dort eine prosperierende Region geschaffen. Und wahrscheinlich einen typisch österreichischen Fremdenverkehrsort – so ersparen sich viele Südamerikaner den beschwerlichen Europatrip, weil sie in Dreizehnlinden dieselben putzigen Tirolerhäuschen bestaunen können wie im Zillertal.

Ein Beruf, der seinerzeit auch den ärmsten Tirolern eine Überlebenschance bot, ist indessen fast ausgestorben: Es gibt heute kaum noch Wilderer. Denn die illegale Pirsch mit rußgeschwärztem Antlitz in dunkler Nacht ist eine schwere Arbeit und da der Wilderer trotzdem in der Liste der Schwerarbeiter, die künftig mit Pensionsvergünstigungen rechnen dürfen, nicht aufscheint, wählen immer weniger junge Menschen diesen interessanten Beruf. Aber es gibt ja auch noch andere typische Tätigkeiten für echte Tiroler. Man kann zum Beispiel Standschütze werden, da kriegt man eine schöne Uniform und falls mal die Wikinger in die Wildschönau einmarschieren wollen, ist man gerüstet. Oder man kann sich der Blasmusik widmen – mehr als 300 einschlägige Kapellen gibt es im Land, und sie spielen überall, wo man sie lässt. Außer bei der Seligsprechung Kaiser Karls in Rom. Da wurden der berühmten Kaiserjägermusik nämlich am Vorabend die Instrumente gestohlen. Keine Musik, keine Jagd auf den Kaiser – aber das war ja nicht das Erste, was die Italiener den Tirolern geklaut haben. Da gab's zum Beispiel Südtirol. Früher hat es deswegen ordentlich gekracht, wobei die Südtirol-Bumser natürlich von der einen Seite als Terroristen betrachtet wurden und von der anderen als Freiheitskämpfer. Aber das ist ja auf der ganzen Welt so Brauch. Inzwischen hat sich glücklicherweise die Lage entspannt und die Hochspannungsmasten können wieder ruhig schlafen, seit die Tiroler Patrioten von ihren deutschen Touristen gelernt haben, dass es auch eine sehr völkerverbindende Variante des Bumsens gibt. Diese ist in Tirol besonders zur Winterszeit en vogue, denn die Skilehrer haben dort zwei Hauptsaisonen: Tag und Nacht. Die Pulverschneepädagogen sind nicht umsonst berühmt für ihre Steherqualitäten und ihre Kurventechnik, vom Wedeln ganz zu schweigen. Und wie für die Slumkinder Brasiliens der Fußball, so ist für viele Bergbauernsprösslinge Tirols der Skilauf die einzige Chance, zu Ruhm und Reichtum zu gelangen. Der ungekrönte König der Pisten wird wohl für alle Zeiten Toni Sailer, der Blitz von Kitz, bleiben. Aber die Königin der Pisten, die „Streif", bringt Jahr für Jahr neue Helden hervor. Das Hahnenkamm-Rennen ist der absolute Höhepunkt im Tiroler Veranstaltungskalender, aber Kitzbühel plus Umgebung ist ja überhaupt der In-Treff der internationalen Society. Wer reich und prominent ist, hat hier sein Häuschen oder zumindest ein Apartment, und Edelmenschen wie Franz Beckenbauer, Uschi Glas oder Vicky Leandros passen sich hier wundervoll der Landschaft an. Zwar behaupten die Tiroler immer, wie streng sie bei Grundbesitz und Baubewilligung seien, aber für Reiche und Prominente findet sich doch immer wieder ein Plätzchen. Wer nichts ist und nichts hat wird in Kitzbühel nicht so gern gesehen – auf ehemalige Herrscher umgelegt könnte man sagen: „Ferdinand der Münzreiche" wäre hier willkommener als „Friedel mit der leeren Tasche". Besonders willkommen sind in letzter Zeit vor allem Gäste aus Russland, und für die hält man auch gerne mal die Geschäfte länger offen, falls sie abends noch ein paar Rubelchen für ein Zobelchen ausgeben wollen. Wer eher die schlichtere Seite Tirols bevorzugt, findet sie beispielsweise in

Innsbruck. Eine richtige Weltstadt ist es noch nicht geworden, aber zumindest eine richtige Landeshauptstadt, wozu es lange gebraucht hat, denn bis 1848 war genau genommen noch Meran die Hauptstadt Tirols. In Innsbruck gibt es natürlich allerlei Sehenswürdigkeiten. Zum Beispiel die Hofkirche erinnert daran, dass man sich hier im heiligen Land Tirol befindet. Hierorts ist übrigens 1655 Königin Christine von Schweden zum katholischen Glauben übergetreten, was zahlreiche traurige Filme nach sich gezogen hat. In Innsbruck gibt es auch das Goldene Dachl, das jeder Tourist unbedingt sehen muss, und etliche bemerkenswert gute Ärzte, die aber hoffentlich nicht jeder Tourist benötigt. Gern vergessen wird ein Faktum aus der jüngeren Geschichte: Innsbruck war die erste österreichische Landeshauptstadt, in der die Nationalsozialisten ans Ruder kamen. Kein Wunder freilich, denn in Innsbruck herrscht praktisch immer Föhn, und der tut halt dem Kopf nicht so gut.

Zusammenfassend kann man sagen: Das, was man im Ausland für Österreich hält, ist eigentlich Tirol, und weder die Kaiserkrone noch Niki Laudas rotes Kapperl gelten als Symbol der Alpenrepublik, sondern der Tirolerhut. Wobei die Tiroler immer viel unter einen Hut gebracht haben. Auch kulturell. Die Werke von Michael Pacher und die Swarovski-Kristallwelt von André Heller. Den klobigen Egger-Lienz und die zarte Feder von Paul Flora. Den Walther von der Vogelweide und Hansi Hinterseer.

Aber die Tiroler wissen ihr Kulturgut auch zu schützen. Ein eigenes Landesgesetz beispielsweise schützt das schöne „Andreas-Hofer-Lied“ vor frevlerischem Missbrauch. Weder darf es mit einem anderen Text gesungen werden, noch zu unwürdigen Anlässen. Nur zu offiziellen Feiern und nur sehr schön darf die Hymne gesungen werden. Wer am Stammtisch oder in der Badewanne beim Singen ertappt wird, kann mit Gefängnis bestraft werden!

Die Tiroler sind eben stolz. Auf die Hymne, auf das Land, auf sich selbst. Es gibt viele Gründe dafür, und einen hat der Speck-Erzeuger Handl genannt: „Wir sind in Tirol, weil Tirol das Zentrum Europas ist!" Deshalb sind die Tiroler auch lustig und froh, und nur eines wurmt sie bis heute: Den ältesten bekannten Tiroler, den Ötzi, haben sich die Italiener unter den Nagel gerissen. Bloß weil er im Lauf der Jahrtausende ein bisserl runtergerutscht ist über die Grenze. Aber vielleicht kann man die Scharte wieder auswetzen. Es gibt noch einen zweiten Ur-Tiroler, den DJ Ötzi. Und Tirol hofft jetzt, dass es zu einem Austausch der beiden kommt.

Religion

In Österreich gibt es eine Unzahl von Katholiken. Ein paar davon gehen sogar in die Kirche. Und einige heiraten sogar kirchlich. Aber nur beim ersten Mal. Bei Zweit- und Drittehen dürfen Geschiedene nicht mehr vor den Altar treten. Niemand weiß warum, denn eigentlich ist es doch schön, wenn Menschen, die schon einmal durch das Fegefeuer der Ehe gegangen sind, sich so viel Humor bewahrt haben, dass sie es noch einmal probieren wollen. Geht aber nicht. Wenn Geschiedene noch einmal den Segen Gottes in Anspruch nehmen wollen, bleibt ihnen nur eine Möglichkeit: Sie müssen den früheren Partner annullieren lassen. Das dauert aber lang und ist nur mit Geld und guten Beziehungen möglich, somit eher für Prinzessinnen und Ministerinnen geeignet als für die breite Masse der Beischlafwilligen. Die meisten leben dann zwar staatlich getraut, aber kirchlich im „öffentlichen Konkubinat". Simpel ausgedrückt: in Sünde. Ebenso wie jene, die Sex vor der Ehe haben, während der Ehe Verhütungsmittel benützen oder sich gar der gleichgeschlechtlichen Liebe hingeben. Für die Amtskirche ist der Sexualtrieb nur ein notwendiges Übel. Nicht gern gesehen, aber doch schweren Herzens akzeptiert, sofern er ausschließlich der Fortpflanzung dient. An sich eine sehr vernünftige Einstellung! Hat nicht jeder von uns schon einmal einen One-Night-Stand der Maiandacht vorgezogen? Hat nicht so mancher lieber eine Rose gebrochen, als einen Rosenkranz gebetet? Ziehen uns Palmers-Plakate nicht mehr an als Palmsonntags-Prozessionen? Ungezügelte Lust durchpulst die Adern des modernen Menschen und kaum einer denkt dabei pflichtgemäß ans Kindermachen. Da muss der Vatikan Stellung beziehen. Schon aus bevölkerungspolitischen Gründen. Der Geburtenrückgang im christlichen Abendland ist, bedingt durch schlechte Zukunftsaussichten und gute Verhütungsmittel, wahrhaft erschreckend. Schon heute gibt es auf der Welt mehr Chinesen als Tiroler, und der Chinese hat bekanntlich so viele Heilslehren hinter sich, dass er stattdessen jetzt lieber einen VW möchte. Dazu kommt noch: Selbst die von frommen Tirolern gezeugten Kinder werden oft in noch unfertigem Zustand von den englischen Touristinnen mit nach Hause genommen und dort nach dem Vorbild der Royals entweder anglikanisch oder schwul.

Der Katholizismus ist jedenfalls keine Wachstumsbranche mehr, schlimmer noch, er verliert laufend Marktanteile. Zwar wirkt die Zahl der Gläubigen noch immer sehr beeindruckend, aber bei einem Gutteil davon handelt es sich doch um so genannte „Taufscheinchristen". Das ist an sich nichts Verwerfliches. Es gibt ja auch Leute, die den Führerschein machen und dann doch nicht Autofahren können. Oder Menschen, die einen Waffenschein besitzen und trotzdem niemanden erschießen.

Dass Taufscheinchristen von ihrem Glauben keinen Gebrauch machen, ist also ganz legitim, Entsetzen erregt jedoch, dass jährlich Tausende Österreicher aus der Kirche austreten und sich damit der vorrangigen Christenpflicht entledigen: Kirchensteuer zu zahlen. Die Kirche stellt daraufhin natürlich ihre diversen Serviceleistungen ein – Beichte, Kommunion, letzte Ölung usw. –, aber das macht dann doch ein bisschen den Eindruck, als würde die Kirche ihre Sakramente nur gegen Bezahlung anbieten. Überhaupt gerät man dabei ins Grübeln. Man verlässt seinen Glauben nicht einfach so wie einen Kegelclub oder einen Urlaubsflirt. Tschüss, das war's! Kann man gar nicht! Denn die Taufe lässt sich nicht rückgängig machen, und wer einmal getauft ist, bleibt ein Christenmensch bis in alle Ewigkeit. Und auch der Ausgetretene darf weiterhin an Gott glauben, zu ihm beten und seiner Gnade gewiss sein, wenn er sich zu Lebzeiten halbwegs anständig benimmt. Aber wenn der Herr das so sieht, darf die Kirche dann jemanden benachteiligen, weil er keine Steuer zahlt?

Nun, darauf wollen wir hier gar nicht eingehen. Das ist ein theologisches Problem. Oder ein fiskalisches. Jedenfalls bereitet es dem Klerus Sorgen, und so muss er sich immer wieder etwas einfallen lassen, um das ziemlich eingeschlafene Interesse an der Kirche zu wecken. Das Zentrum aktiven, modernen Christentums in Österreich ist zweifellos die Diözese St. Pölten unter der Stabführung ihres Oberhirten Kurt Krenn. Ihm liegt das Showbusiness im Blut, und möglicherweise hat er seine PR-Maßnahmen auch von Hollywood abgespickt: Dort sorgen Skandale ja immer für volle Kassen. Bei der Kirche funktioniert das anscheinend nicht ganz so, obwohl der Bischof sein Erfolgskonzept schon viele Jahre durchgezogen hat, aber selbst Kritik aus Kollegenkreisen schmettert er höchstens mal mit der launigen Äußerung ab:

„Das geht die Bischofskonferenz einen Dreck an!“ Und bisweilen stellt er sogar seinem obersten Chef die Rute ins Fenster. Beispielsweise als er in einer ORF-Diskussion sagte, bevor er über die Richtigkeit seines Weges nachdenke „müsse eher der liebe Gott abdanken“.

Und weil der Herrgott seinen Arbeitsplatz nicht verlieren wollte, hat er wohl dafür gesorgt, dass er gar nicht erst den Wunsch zum Nachdenken verspürte. Und so ist Kurt Krenn eben zwangsläufig ein Vordenker geworden. Seiner Zeit immer einen Schritt voraus – in Richtung Mittelalter. Mag auch seine Beleibtheit seine Beliebtheit zeitweise übertroffen haben, bei Karikaturisten und Kabarettisten war er als Quelle der Inspiration ebenso geschätzt wie bei den besonders gläubigen Gläubigen. Spät, aber doch errang er durch gewisse Begebenheiten in seinem Einflussbereich sogar noch internationale Popularität. So schrieb im Juli 2004 etwa der „Corriere della Sera“: „Das Seminar in der Diözese St. Pölten war in diesen Jahren eine Höhle pädophiler Ungeheuer, das Theater von Perversionen, ein habsburgisches Sodom, in dem Seminaristen und ihre Vorgesetzten gern an homosexuellen Orgien und Nächten aus Alkohol und Sex teilnahmen, statt zu beten.“ Da ist den Italienern offensichtlich der Gaul durchgegangen, aber wenigstens machte Österreich wieder einmal Schlagzeilen in der Weltpresse, und da das sonst viel zu selten vorkommt, muss man dafür eigentlich dankbar sein. Jetzt weiß das Ausland wenigstens, dass dieses Land gar nicht so verstaubt und altmodisch ist, sondern auch jungen Menschen bei interessanten Events viel Spaß bieten kann.

Wenn Bischof Krenn in seiner sprichwörtlichen Bescheidenheit die ominösen Vorfälle in seinem Verantwortungsbereich schlicht als dumme Bubenstreiche ansieht, die von den Medien maßlos aufgebauscht wurden, kommt er natürlich der Wahrheit

viel näher. Was ist denn schon passiert? Dass auf einer Weihnachtsfeier ein bisschen geknutscht wurde! Jeder, der schon einmal ein Betriebsfest mitgemacht hat, weiß, dass bei Eierlikör und Waldmeisterbowle das Julschwein triumphiert und die Tugend nicht ungeschoren davonkommt. Aber das findet niemand der Rede wert. Bloß wenn ein paar Seminaristen, von einem Gläschen Klosterfrau Melissengeist enthemmt, ein wenig zärtlichkeitsbedürftig werden, ist gleich die Hölle los. Weshalb diese heftigen Reaktionen? Ein Küsschen in Ehren, ein Griff an den Hosenschlitz – hat uns das nicht allen schon mal den tristen Alltag versüßt? Gut, normalerweise spielt sich so etwas zwischen Herren und Damen ab, aber weil in Priesterseminaren keine weiblichen Wesen zugelassen sind, muss man sich eben mit dem begnügen, was da ist. Außerdem ist ein bisschen Knutschen oder Fummeln unter Erwachsenen nicht strafbar – nur wenn jemand so dumm ist, sich dabei auch noch fotografieren zu lassen, fehlt ihm wohl die nötige Reife, um den schwierigen Beruf des Seelsorgers auszuüben.

Auch mit richtigen Pornofotos aus dem Internet soll da etwas gewesen sein. Kinderpornos, das ist schon keine lässliche Sünde mehr. Mildernd könnte man allerdings anführen, dass ein Geistlicher meist schon ziemlich früh in seiner sexuellen Entwicklung stecken bleibt, weil er später nur noch Keuschheit praktizieren darf. Aber hin und wieder bläst ihm der Teufel halt doch ein paar lüsterne Gedanken ein, und wer sexuell nicht erwachsen geworden ist, richtet sein Interesse wahrscheinlich lieber auf Kinder. Vielleicht liegt's aber auch nur daran, dass kleine Buben in geistlichem Umfeld leichter greifbar sind als glamouröse Frauen. Jedenfalls ist es kein Wunder, dass bei allen großen Kirchenskandalen der letzten Jahre, von Amerika bis Austria, die Pädophilie eine tragende Rolle gespielt hat. Der Klerus bemüht sich natürlich, solchen Tendenzen entgegenzuwirken, und wenn sich einmal gar nichts mehr vertuschen lässt, entschuldigt man sich sogar. Aber solange der Vatikan weiterhin den völlig asexuellen Gottesmann fordert, wird sich an der Sachlage nicht viel ändern. Man kann schließlich nicht alle Priester kastrieren, also wird man doch einmal die Abschaffung des Zölibats ins Auge fassen müssen.

Wichtige Entscheidungen zögert man im Vatikan allerdings gern ein paar Jahrhunderte hinaus, und so kommt es auch, dass der Katholizismus heute ein bisschen durchhängt. Irgendwo im Niemandsland zwischen Tradition und Erneuerung. Einerseits hat man die Hexenverbrennung und die Inquisition abgeschafft. Andererseits soll der Christ noch immer an Dogmen wie die unbefleckte Empfängnis und die Unfehlbarkeit des Papstes glauben – wozu man einen denkenden Menschen doch ohne Tortur gar nicht bewegen kann.

Und so gewinnt die Konkurrenz langsam an Boden.

Selbst in einem so kleinen Land wie Österreich wetteifern zahlreiche Religionen um die Gunst des Publikums. Zuvorderst die Evangelischen und die Orthodoxen, die ja wenigstens auch noch eine Art Christen sind und sich von den Katholiken hauptsächlich dadurch unterscheiden, dass sie zu Ostern nicht das Fernsehen aufdrehen müssen, um durch den päpstlichen Segen „Urbi et orbi" all ihrer Sünden verlustig zu gehen und dann mit dem Sündigen wieder ganz von vorne anfangen zu müssen.

Dass das Christentum noch immer eine marktbeherrschende Stellung einnimmt – etwa 5,8 Millionen Katholiken sind ja keine Kleinigkeit –, liegt möglicherweise gar nicht so sehr an den Führungsqualitäten der Glaubensmanager, sondern an einer genialen Grundidee, die vom Gremium des Einzelhandels mit aller Kraft unterstützt wird: Weihnachten! Selbst mittelfromme

Menschen wollen dieses Fest nicht aus ihrem Kalender streichen, seit der Geburtstag von Jesus Christus mit dem Besuch des Weihnachtsmannes zusammenfällt. Viele Menschen wechseln ja nur deshalb nicht zu einer anderen Religion, weil sie dort keine Weihnachtsgeschenke kriegen!

Ansonsten bieten praktisch alle Religionen ihren Anhängern dieselben Privilegien. Beispielsweise an den einzigen richtigen Gott zu glauben. Und das Versprechen, dass das Leben bedeutend besser wird, wenn man erst einmal tot ist.

Auf welchem Weg man dieses Ziel erreichen will, kann man sich selbst aussuchen, denn in Österreich herrscht – wenn man von einigen Landgemeinden absieht, in denen noch 120 % aller Einwohner die ÖVP wählen – totale Glaubensfreiheit. So ist hier der jüdische Glaube genauso vertreten wie der Islam und der Buddhismus, aber auch die kleinen, feinen Seelensammler, Mormomen oder Zeugen Jehovas, klopfen gerne mal an die Türe und erklären einem, wo Gott wohnt. Neben den zugelassenen Religionsgemeinschaften gibt es überdies noch eine Vielzahl von Sekten, die mit wahrhaft missionarischem Eifer daran arbeiten, sich den Geist und das Geld ihrer Anhänger untertan zu machen. Sonnentempler und Scientologen, indische Gurus, japanische Psychopathen und amerikanische Psychoanalytiker, Voodoo-Zauberer, erleuchtete Hausfrauen und stigmatisierte Holzknechte aus Niederbayern – an jeder Straßenecke wird heute eine beglückende Heilslehre feilgeboten. Eine Zeit lang waren besonders jene Gruppierungen gefragt, die vollkommene sexuelle Ekstase mit Ausblick auf den Ganges oder den Hindukusch versprachen, aber das war dann nicht mehr so lukrativ, als sich herausstellte, dass sich eine frustrierte Postbeamtin aus Gallneukirchen auch im nepalesischen Liebestempel nicht leicht in ein langbeiniges Boxenluder verwandeln lässt.

Auch die Sekten, die ihre Mitglieder immer wieder zum kollektiven Selbstmord animieren, haben keine breite Basis mehr, denn sobald sich erst mal jemand umgebracht hat, kann er kaum noch so richtig für seinen Glauben werben.

Besser halten sich da schon Frau Uriella und andere Nebenerwerbsheilige, die ständig aktuelle Botschaften aus dem All empfangen, denn da hört man doch allerhand Erfreuliches. Besonders beliebt in dieser Branche sind die Top-Scharlatane, die ihren Anhängern praktisch garantieren können, dass sie die nächsten zwei bis vier Weltuntergänge spielend überleben werden: vonaußerirdischen Raumschiffen abgeholt und auf ferne Planeten pilotiert, wo sie bei Spiel und Spaß mit kleinen grünen Männchen permanente Glückseligkeit genießen.

Wer noch auf Erden seine blauen Wunder erleben möchte, kann sich auch diversen Hexenkulten, Teufelsanbetung und schwarzer Magie widmen, was inzwischen vor allem bei jungen Menschen in Mode gekommen ist. Wenn ein Teenager nur noch Songs von „Judas Priest" hört und sich ein Pentagramm auf den Hintern tätowieren lässt oder nachts auf den Friedhof tanzen geht, lässt sich ein gewisses Nahverhältnis zum Höllenfürsten nicht mehr ausschließen. Aber Jugendliche sind eben besonders anfällig für das Außergewöhnliche, Bizarre, Geheimnisvolle. Erwachsene übrigens auch. Korrekt gesagt: erwachsene Männer. Frauen sind ja vernunftbegabte Lebewesen, und wenn sie gelegentlich in trautem Kreis rund um eine Schwarzwälder Kirschtorte sitzen, versuchen sie selten, die letzten Geheimnisse des Universums zu entschleiern oder auch nur die derzeit bekannte Welt unter sich aufzuteilen. Das ist die Aufgabe der Männer, die sich seit jeher in Orden, Bünden, Logen und anderen geheimnisvollen Gesellschaften zusammengeschlossen haben. Man kennt die schönen Namen vom Hörensagen: Templer, Rosenkreuzer,

Freimaurer, Opus Dei, Ku-Klux-Klan, Cosa Nostra, Taliban und viele mehr, die sich alle so ein bisschen eine eigene Religion zurechtgezimmert haben, die sich simpleren Seelen verschließt. Klar, in erster Linie geht es in den geheimen Bruderschaften ums Geschäft. Damit die Zusammenkünfte aber nicht ganz so zielgerichtet aussehen wie die Vorstandssitzung in einer Schweizer Bank, bringt man gerne ein wenig mystisches Brimborium ins Spiel: seltsame Bekleidungsstücke, Abzeichen, Embleme und Titel, und natürlich allerlei unappetitliche Rituale. Dabei finden die unterschiedlichsten Männer zusammen, beispielsweise George W. Bush und John Kerry. Wenn man Zeitungsberichten Glauben schenken darf, sind beide Mitglieder des Ordens „Skulls and Bones", der einflussreichsten Bruderschaft des Landes. Wie man hört, müssen Neu-Mitglieder dort Blut aus Totenschädeln trinken und Onanieren in der Gemeinschaft gehört auch zum guten Ton. Das mag zwar ein wenig skurril klingen, aber irgendwie wünscht man sich doch, Amerikas Spitzenpolitiker hätten auch für die Außenpolitik so eine gute Hand.

Aber egal, womit sich die älteren Herrschaften die Zeit vertreiben. Das sind im Grunde nur kleinere Abweichungen vom wahren Glauben. Die Extreme sind das Vorrecht der Jugend. Satanismus ist deshalb auch an unseren Schulen ein Problem geworden und bereitet der Kirche einige Sorgen. Aber es ist schwer, den Kindern diese Art von Religion auszureden, denn in einer Schwarzen Messe den verhassten Vorzugsschüler zu opfern, ist ein Gemeinschaftserlebnis, das selbst von einem Grönemeier-Konzert nicht übertroffen werden kann.

Eines ist jedenfalls sicher: Die katholische Kirche hat auch auf österreichischem Boden einen harten Konkurrenzkampf auszufechten. Aber zum Glück ist in Österreich alles gemäßigt – auch der religiöse Eifer. Hierzulande gibt es kaum Fanatiker wie die bigotten Protestanten in Amerika, die ultra-orthodoxen Juden in Israel oder die islamischen Fundamentalisten im nahen Osten. Und selbst jene katholischen Würdenträger, die der gesellschaftlichen Entwicklung ein wenig hinterherhinken, kann man schlimmstenfalls als konservativ bezeichnen. Und gegen einen Nachmittag mit Kaffee und Kuchen bei Bischof Krenn oder Kardinal Schönborn würde sich trotz aller Meinungsunterschiede wohl kein Österreicher verwehren. Persönlich sind sie eigentlich ja alle ganz nett, nur in Ausübung ihrer beruflichen Tätigkeit vielleicht ein bisserl unbeugsam. Aber so etwas findet man ja auch bei Lehrern, Polizisten, Bankdirektoren, Zuhältern und Installateuren. Es scheint sich dabei also um allgemein menschliche Verhaltensweisen zu handeln, und solche muss man eben nehmen, wie sie kommen. Und eines muss man auch einmal positiv hervorheben: Die Kirche ist in der letzten Zeit tatsächlich menschenfreundlicher geworden. Gut, die Frauen betrifft das weniger, aber sonst so ziemlich alle Geschöpfe Gottes. Frauen sind nun eben einmal keine Männer, dieser schreckliche Verdacht hat sich inzwischen erhärtet, denn erst unlängst hat der Papst einwandfrei festgestellt, dass es tatsächlich einen Unterschied zwischen den Geschlechtern gibt. Obwohl es ein Rätsel bleibt, wie man das ausgerechnet im Vatikan herausgefunden hat, muss man es glauben, zumal sogar viele nicht sehr fromme Menschen bestätigen, dass ihnen bei genauerem Hinsehen dieser Unterschied auch schon aufgefallen sei.

Freilich sollte das niemanden daran hindern, das weibliche Geschlecht trotz seines naturgegebenen Handicaps zu tolerieren, ist es doch schon dadurch gestraft genug, dass selbst die frömmste Frau nie ein Kirchenmann werden kann. Aber das ist ein Randproblem, das höchstens die Hälfte der Menschheit betrifft. Insgesamt jedoch hat sich die Kirche schon zu einer zeitgemäßeren Haltung durchgerungen. Kritiker, selbst wenn sie mal ein Kirchenvolksbegehren anzetteln, kommen nicht mehr auf den Scheiterhaufen. Die Kirche reagiert zwar nicht auf Kritik, aber sie lässt sie zu. Und sie ist hart im Nehmen. Oder vielleicht hat sie sogar einen Funken Humor.

In jeder TV-Comedy werden Witze über die Kirche gemacht und, wie das halt bei TV-Comedians so üblich ist, auf durchaus geschmacklose Art. Karikaturisten und Kabarettisten attackieren meist etwas intelligenter, aber scharf und gezielt. Und genau genommen sind das Ansätze einer Art Christenverfolgung, denn im Circus Maximus der Religionen stürzen sich die Löwen ausschließlich auf Christen und machen einen weiten Bogen um Andersgläubige, egal ob Juden, Muslime, Sikhs oder Voodoo-Anhänger. Natürlich steckt in allen Religionen ein gewisses Satirepotenzial, aber da traut sich kein Spötter drüber, weil ihm sonst die härtesten Vorwürfe drohen: Antisemitismus, Rassismus, Fremdenfeindlichkeit und dergleichen mehr. Schlimmstenfalls könnte man sogar Schaden an Leib und Leben nehmen, wenn irgendein Ayatollah eine Kopfprämie auf den Lästerer aussetzt. Und wenn eine beleidigte Voodoo-Priesterin mit Nadeln in eine kleine Puppe piekst, kann man auch ganz schöne Bauchschmerzen kriegen!

Katholische Geistliche hingegen können sich nur mit den Waffen des Geistes wehren, und die hat nun mal nicht jeder griffbereit. Also rettet man sich einfach in die Toleranz und quittiert die dummen Scherze der kleinen Frevler nur mit einem milden Kopfschütteln. Aber gerade diese Haltung macht einem das Christentum heute eigentlich wieder sehr sympathisch. Denn, wie sagte schon dereinst der Erfinder des frommen Hobby-Detektivs Pater Brown, der inzwischen als Tabernakel-Columbo in der Gestalt des Ottfried Fischer seine Wiedergeburt erlebt –

der englische Schriftsteller G. K. Chesterton: „Der Beweis für eine gute Religion ist, dass man darüber scherzen kann."

So gesehen haben die Katholiken wieder die Nase vorn, und viele andere Religionen könnten sich ein Scheibchen davon abschneiden!

So ist auch verständlich, dass der überwiegende Teil der Bevölkerung die Kirche noch immer für eine große moralische Instanz hält und sich ihr auf irgendeine Weise verbunden fühlt. Nur wollen immer weniger Leute diese Verbundenheit durch so profane Äußerlichkeiten wie etwa die Überweisung der Kirchensteuer bekunden, und das hat die Kirche schon in beachtliche finanzielle Schwierigkeiten gebracht.

Theoretisch ist die Kirche immens reich. Der größte Teil ihres Besitzes liegt jedoch irgendwo als Gegend herum und bringt, selbst land- und forstwirtschaftlich genutzt, keine hohe Rendite. Grundbesitz, sogar in bester Lage, lässt sich oft nur schwer zu Geld machen. Natürlich gibt es Interessenten, die zwecks Errichtung eines hübschen Büroturmes für einen Baugrund im Herzen Wiens viele Millionen hinblättern würden. Und der Grund wäre auch vorhanden. Nur müsste man erst den Stephansdom abreißen, und davor schrecken die Eigentümer immer wieder zurück.

Überhaupt schlägt sich ein Großteil des Kirchenbesitzes eher auf der Kostenseite nieder. Jeder Österreicher, der sich schon mal mit der Renovierung eines alten Hauses beschäftigt hat, weiß, was man da hineinstecken muss. Und Gotteshäuser sind in der Regel sehr alt! Zudem fallen in Sakralbauten Renovierungsarbeiten an, die in profanen Zinshäusern kaum nötig sind. Mal tickt der Holzwurm im Chorgestühl, mal leckt das Taufbecken, dem linken Schächer ist die Nase abgefallen und der Quasimodo im Glockenturm braucht dringend wieder einmal frische Socken. Das läppert sich ganz schön zusammen!

Und selbst wenn dann alles wieder umfassend revitalisiert ist, kann man das Gotteshaus nicht wie andere Häuser in Eigentumswohnungen aufteilen und an reiche Zahnärzte verkaufen, und sogar die Betriebskosten muss der Hausherr selbst berappen.

Auch die wertvollen Kunstwerke, die sich so im Laufe der Jahrhunderte angelagert haben, kann man nicht gut am Flohmarkt feilbieten, wenn man gerade wieder mal nicht flüssig ist. Dort muss die Pfarre eher diverse Stücke zurückkaufen, die von den freischaffenden Kunstsammlern aus einer Kirche entwendet wurden.

Gewiss, es gibt im klerikalen Fundus einige kleinere Stücke, deren Fehlen nicht gleich auffallen würde, die aber bei Sotheby's einen guten Preis erzielen könnten. Die eine oder andere goldene Monstranz, eine wenig getragene Bischofsmütze und natürlich die vielen Gemälde alter Meister – sofern sie nicht zu schmerzensreich sind. Erfahrungsgemäß verkaufen sich besonders schmerzensreiche Gemälde nicht so gut, vielleicht schon deshalb, weil sie die kultiviertesten Sammler, also reiche Zahnärzte, ständig an ihre Lebenslüge „Das tut gar nicht weh!" erinnern.

Aber das sind Kleinigkeiten, und für die großen Stücke gibt es praktisch gar keinen Markt. Die Nachfrage nach Pacher-Altären hält sich in Grenzen, die wunderbaren alten Glasfenster kommen wegen ihrer Größe für eine Zahnarzt-Praxis nicht in Betracht, und selbst die schönsten Deckenfresken will sich kaum ein Kunstliebhaber mit nach Hause nehmen. Und in einer Zeit, die von stagnierendem Inlandskonsum geprägt ist, wäre wahrscheinlich sogar das von allen Österreichern am meisten geschätzte Sakralgerät, die Pummerin, nur schwer an den Mann zu bringen. So bleibt der Kirche in ihrer finanziellen Bedrängnis letztendlich doch nur der Klingelbeutel, der aber immer weniger gefüllt ist, weil immer weniger Gläubige zum Gottesdienst drängen.

Gut, mit ständig sinkenden Besucherzahlen sind nicht nur die Kirchen konfrontiert. Beispielsweise die traditionellen Kinos, die nur ein Programm bieten, sterben auch aus. Das Publikum verlangt heute nach Multiplex, mit zehn verschiedenen Programmen, Restaurant, Einkaufspassage, Disco und Koks-Stüberl. Diese Entwicklung wird wohl auch vor der Kirchentür nicht Halt machen, und man kann sich gut ausmalen, wie ein modernes Management „Churching“ als neue Trendsportart positionieren müsste. Im Seitenschiff des Domes vielleicht eine ganzjährige Maiandacht mit Krippenspiel und Letzter Ölung, rund um die Uhr, für die eher konservativen Kreise. Im Mittelschiff für die Kids eine Techno-Messe – powered by Jesus –, etwas Multimedia mit virtuellen Hexenverbrennungen, bei Bedarf auch echten. Selbstverständlich ein Ministranten-Casting und ein Beicht-Quiz, bei dem der Pfarrer erraten muss, welche Sünden man begangen hat.

Der Inhaber einer Kath-Card bekommt auf alle kirchlichen Serviceleistungen inklusive Taufe, Firmung und Exorzismus drei Prozent Rabatt, und besonders eifrige Kirchengänger erwerben automatisch Bonusmeilen für einen Fußmarsch nach Lourdes.

Das wären so die ersten Schritte, um Churching samt Beichtung und Beting attraktiv zu machen, aber natürlich muss jede Location heute auch kulinarisch etwas zu bieten haben. Zwar ist die Kommunion schon ein traditioneller Beitrag zur Erlebnisgastronomie, aber die Menschen werden ja immer unbescheidener. Heute braucht man schon einen Haubenkoch, der die Gäste mit Gourmet-Schmankerln verwöhnt – etwa mit St. Petersfisch am Basilika-Blatt oder auch einer einfachen Fastenspeise wie Kuttenfleck. Nur kommt der altmodische Begriff „Fastenspeise“ nicht mehr so gut an, so etwas muss jetzt Fast-Food heißen, dann reißen sich alle darum. Junge Christen würden sich wohl am liebsten einen Domburger reinziehen, würden aber auch eine Pizza Santo Spirito nicht ablehnen. Für Damenkränzchen sollte es hingegen eine süße Ecke geben mit feinen Konditoreispezialitäten wie Besoffener Kapuziner und Eismarienknödeln. Die Herren ihrerseits würden sich wohl eher mit einem Glas Prälatenwein und einer Monte Christo in die Weihraucherzone zurückziehen.

Ohne Shoppingmöglichkeit ist eine Erlebniswelt heute freilich nicht mehr denkbar, aber neben den branchenüblichen Fan-Artikeln wie Rosenkränzen, Kerzen und Schokolade-Nikoläusen sollte man doch ein breit gefächertes Sortiment von Qualitätswaren anbieten, um die Kundenfrequenz der Christian Mall zu erhöhen. Die Räumlichkeiten dafür sind meist vorhanden, man muss sich nur überlegen, welche Shops den besten Erfolg versprechen. Eine Ikea-Filiale vielleicht, mit Selbstbau-Möbeln. Das ist echte Ablass-Ware, weil man ja beim Zusammenschrauben seine Sünden abbüßt. Und das Angebot des Tages würde bestimmt jeder mitnehmen. Den Beichtstuhl „Jens" um 99 Euro oder die Buß- und Bettbank „Pernilla", ausziehbar für zwei Personen. Wie sagt der Elch immer? Erkenne die Möglichkeiten!

Mode ist auch ein wichtiger Punkt. Ein paar fashionable Boutiquen verstehen sich von selbst, denn bei den Kostümen war die katholische Kirche sowieso immer führend. Die edle Mithra für den festlichen Abend und die kleine Soutane zwischendurch – das bringt Freude in den Kleiderschrank!

Gut, das sind noch ungelegte Visionen, aber auf diese Art könnte sich die Kirche schon sanieren. Sie dürfte sich nur nicht wieder verzetteln, sondern müsste gleich etwas richtig Großes projektieren. Statt vieler kleiner Kirchen in der Provinz eine einzige SCS-Shopping-City-Schönborn! Ein Vatikan-Land mit internationalen Top-Attraktionen: Christo verhüllt Madonna! Jeder tausendste Besucher wird heilig gesprochen!

Sponsoren für ein solches Projekt ließen sich spielend finden, man denke da nur an Priorin-Haarwasser, Klosterfrau-Melissengeist, Dom Perignon oder Kevin Costner.

Aber all das ist Zukunftsmusik und kann die derzeitige Notlage nicht lindern. Da hülfe nur eine immense Welle von Kircheneintritten! Einen Teil der Bevölkerung könnte man ja vielleicht dazu bringen, nämlich die zwischen Haschisch und Kokain orientierungslos in den Tag lebenden Jugendlichen, wenn man sie mit dem Slogan ködert: „Religion ist Opium fürs Volk". Aber der Spruch stammt ja von Karl Marx, dem Erzfeind anständiger Katholiken, also wird man ihn nicht verwenden. Aber ganz ohne Werbung und Marketing kann auch der beste Hirte heute nicht mehr genügend Schäflein um sich scharen. Irgendwie muss man ihnen schon die frohe Botschaft vermitteln: Churching is cool!

Einige Getränke, die bei Fremden Befremden auslösen:

STURM STAUBIGER UHUDLER ALMDUDLER
G'SPRITZTER BRÜNNERSTRASSLER RIBISELWEIN
OBSTLER KRAUTINGER DIRNDLSCHNAPS

(Im Zweifel bestellen Sie ein Achtel Weiß!)

Das Wetter

Die Saurier sind ausgestorben, die Awaren vom Erdboden verschwunden, von den Pharaonen hört man auch nicht mehr viel und sogar von Modern Talking ist nichts geblieben als ein bitterer Nachgeschmack. So wohnt allem schon von Geburt an das Vergängliche inne, lediglich ein einziges Phänomen tanzt da aus der Reihe und ist seit Millionen Jahren so munter wie am ersten Tag: das Wetter!

An sich ist das Wetter ja nichts Besonderes. Eine einfache Mixtur aus Sonnenschein und Regen, Blitz und Donner, Hagel, Schnee und Sturm. Mal mehr von dem, mal mehr von jenem, also niemals im Einklang mit der reinen Vernunft. Für unserer Ur-Ahnen jedoch, die Sammler und Jäger, die Ackerbauern und Viehzüchter, spielte das Wetter eine ungemein wichtige Rolle. Wenn die Jäger mal ein Wildschwein grillen wollten, mussten sie warten, bis der Blitz bei ihnen einschlug und ein Feuerchen entfachte. Wenn die Sammler auf ihren Beutezügen weder Kokosnüsse noch Bananen fanden, merkten sie rasch, dass sie in einer Gegend wohnten, die vom Sonnenschein nicht allzu sehr verwöhnt wurde. Wenn an einem Viehzüchter plötzlich seine Kuh vorbeischwamm, war das ein nahezu untrügliches Zeichen dafür, dass es zu regnen begonnen hatte, und die Ackerbauern gewöhnten sich mit der Zeit daran, nicht gerade dann ihre Tomaten zu pflanzen, wenn der Schnee anderthalb Meter hoch lag. Diesen Menschen blieb gar nichts anderes übrig, als sich mit dem Wetter zu arrangieren, wenn sie überleben wollten, denn selbst die wichtigsten Survival-Utensilien wie Regenschirme, Blitzableiter,

Sonnenbrillen oder Klimaanlagen waren jahrhundertelang nur in den wenigsten Haushalten zu finden.

Um sich einigermaßen auf die wechselnden Wetterbedingungen einzustellen, teilten unsere Ahnen den Jahresablauf in vier Abschnitte ein, und seit damals wurde von Generation zu Generation überliefert, was man im jeweiligen Zeitraum beachten sollte: Im Frühling ist es angebracht, sich zu verlieben, im Sommer trägt man einen Bikini, im Herbst sind die Indianer auf dem Kriegspfad und im Winter steigen die Heizkosten.

Leider sind uns in jüngster Vergangenheit die Jahreszeiten mehr und mehr abhanden gekommen. Mal gibt es keinen richtigen Sommer, mal keinen richtigen Winter, und so kann es in einem einzigen Jahr passieren, dass den Bikini-Verkäufern ein kalter Wind ins Gesicht bläst und die Pelzmäntel-Produzenten mit ihrer Kollektion baden gehen.

Der Mensch weiß einfach nicht mehr, wann er mit welchem Wetter rechnen kann, und dadurch haben die vier Jahreszeiten viel von ihrem guten Ruf eingebüßt und werden wahrscheinlich bald in völliger Bedeutungslosigkeit versinken. Ein paar Romantiker werden sich dann noch seufzend an den „Frühlingsstimmen-Walzer“ oder den „Sommernachtstraum“ erinnern, und ein paar Zyniker singen „Veronika, der Lenz ist da“, wenn es im Mai so richtig schön herbstelt. Aber die Entwicklung lässt sich halt nicht aufhalten. Und da man heute die Tomaten sowieso im Glashaus züchtet, könnte man eigentlich auch das Wetter gleich ganz abschaffen. Bloß, das lässt sich nicht! Im Gegenteil! Das Wetter wächst uns langsam über den Kopf! Es hält sich nicht mehr an die vereinbarten Termine, es hält sich nicht mehr an die geographischen Usancen und nicht an die handelsüblichen Normen. Einmal zieht die Dürre übers Land, einmal die Flut, und dazwischen hagelt es kräftig, wenn nicht gerade ein Orkan tobt.

Das Wetter neigt eindeutig zum Extremismus. Sogar in Österreich. Obwohl hier bekanntlich ein gemäßigtes Klima herrschen soll, schon damit die Metereologen eine ruhige Kugel schieben können.

Nach Ansicht der Fachleute entspricht das Wetter in Österreich dem langjährigen Durchschnitt. In Wirklichkeit sieht es natürlich anders aus, aber da sich die Wissenschaft aus unerfindlichen Gründen noch immer nicht darauf festlegen will, dass der Mensch in seinem ewigen Kampf gegen die Natur endlich den Durchbruch zu einer unaufhaltsamen Klimaveränderung geschafft hat, wird uns das Wetter weiterhin als „der Jahreszeit entsprechend" verkauft. Aber wenn es keine Jahreszeiten mehr gibt, wem entspricht es dann? Unseren Ansprüchen keineswegs!

Den Metereologen ist das natürlich egal, sie geben ja streng objektiv nur das wieder, was ihnen ihr Laubfrosch oder ihr Ischiasnerv eingeflüstert hat. Die Trefferquote ist bei der Wettervorhersage äußerst bescheiden, dennoch ist das die meistgesehene Sendung im Fernsehen – und somit ist schon eine Institution ausgemacht, die ein brennendes Interesse am Fortbestand jeglicher Witterung hat: der ORF. Eine starke Lobby bilden auch diverse Tourismusverbände, die sich teils um Sonnenschein für die Badesaison bemühen, teils um Schneeflocken für Hermann Maier. Bislang mit viel Erfolg, und so ist Österreich auch ein ideales Fremdenverkehrsgebiet geblieben. Über Nacht wird sich das auch nicht ändern, aber wie es in ein paar Jahrzehnten aussieht, weiß keiner. Wenn der Klimawandel noch einen Zahn zulegt, könnte es sein, dass Österreich künftig auch seine Ski-Asse im Glashaus züchten muss.

Österreich hat allerdings wenig Chancen diese Entwicklung zu beeinflussen, denn alle wichtigen Entscheidungen werden heute ja von den emsigen Eurokraten in Brüssel getroffen. Die Marmelade ist gerade noch mit einem blauen Auge davongekommen, aber ein so wichtiges Thema wie das Wetter wird sich den Geistesblitzen der europäischen Zentralregierung wohl nicht auf Dauer entziehen können. Sicherlich arbeitet im Geheimen schon irgendein Unterausschuss daran, Regeln und Vorschriften für das Stattfinden von Wetter zu entwerfen. Wahrscheinlich müssen Wirbelstürme und Springfluten dereguliert und privatisiert werden, eine europaweite Ausschreibung für Sonnenschein und Regen wird Pflicht, damit es zu keiner Wettbewerbsverzerrung kommt. Und wer die im Wetterstabilitätspakt vorgeschriebene Niederschlagsmenge oder Höchsttemperatur überschreitet, wird zu einer empfindlichen Strafe verurteilt. Sofern es sich dabei nicht um Frankreich oder Deutschland handelt.

Gänzlich abgeschafft wird das Wetter aber wohl kaum, da es eine wichtige gesellschaftspolitische Funktion innehat: Unter allen verfügbaren Gesprächsstoffen hält das Wetter einen Marktanteil von ca. 90 %. Demgemäß würde bei einem Totalausfall der Großwetterlage die zwischenmenschliche Kommunikation im wortlosen Unglück versinken.

Tour d'Autriche: Vorarlberg

Vorarlberg ist das schönste Bundesland Österreichs. Leider ist das weitgehend unbekannt, denn viele Menschen können gar nicht glauben, dass Vorarlberg zu Österreich gehört. Die meisten dieser Menschen sind Vorarlberger. Spätestens jedoch, seit das, was der liebe Gott in weiser Voraussicht durch einen hohen Berg vom Rest des Landes getrennt hatte, durch ein Loch in der Natur – den so genannten Arlbergtunnel – mühelos zugänglich wurde, lässt sich ein Naheverhältnis zum Rest des Staates kaum noch ausschließen. Die Restösterreicher sind auch ganz froh darüber, denn so haben sie auch ein westlichstes Bundesland, und das ist doch wenigstens ein schöner Ausgleich zu dem vielen Balkan auf der anderen Seite.

Und außerdem hat der Bund auch allen Grund, auf das Land stolz zu sein, denn Vorarlberg ist eigentlich so etwas wie die Wiege der Menschheit! Also fast. Dass sich auf dem Pfänder Adam, Eva und eine andere Schlange mit Pfänderspielen vergnügten, ist ja nicht eindeutig bewiesen. Wohl aber eine andere historische Tatsache: Als die ersten Bergsteiger den Widderstein erklommen, fanden sie dort etliche Wrackteile, die offensichtlich nur von der Arche Noah stammen konnten! Was da im Einzelnen geschah, lässt sich nicht genau rekonstruieren, aber man kann sich leicht vorstellen, dass es einem Schiff nicht sehr gut tut, wenn es sich im Gebirge herumtreibt. Wo Mann und Maus abgeblieben sind, liegt auch im Dunkel. Möglicherweise sind sie den Berg hinuntergestürzt als sie gerade feierten, dass sie nicht ertrunken sind. Einige Tiere – speziell der Bambusbär, das Panzernashorn und die Pinguine – waren von der Gegend sowieso stark überfordert, und man hat sie auch seither nie mehr dort angetroffen. Das Ehepaar Noah hingegen hat sich vielleicht noch vermehrt – aber wenn, dann sehr schleppend, denn Vorarlberg galt seinerzeit als äußerst dünn besiedeltes Gebiet. Erst geraume Zeit später konnte man dann schon mehrere wagemutige Kerle dort antreffen, und es waren ganz schön clevere Typen darunter. Die betrieben beispielsweise vor rund zehntausend Jahren Europas erstes Feuerstein-Bergwerk und handelten mit einer Ware, die bei Rauchern von nah und fern heiß begehrt war. Natürlich hätten sie ihren Umsatz leicht verdoppeln können, wenn sie gleichzeitig auch Tabakwaren angebaut hätten, aber es ist doch eher ein Glück, dass die Memphis und die Marlboro damals noch nicht serienreif waren, denn jeder, der schon einmal versucht hat, durch das Zusammenschlagen zweier Feuersteinbrocken seine Zigarette anzuzünden, weiß, dass das ein sehr schmerzhafter Prozess sein kann.

Um der Wahrheit die Ehre zu geben, muss man jedoch bekennen, dass Vorarlberg noch lange Zeit nicht als Perle der Zivilisation zu betrachten war. Erst als die alten Römer in einem wahren Erweiterungsrausch ihre EU immer weiter ausdehnten, begann auch hier in der Wildnis neues Leben zu blühen. An einem ebenso idyllischen wie strategisch günstigen Plätzchen schuf sich Rom eine kleine Filiale und nannte sie Brigantium. Zu Ehren einer Familie, von der man schon lange nichts mehr gehört hat, die sich aber seinerzeit zumindest einen Verdienst erworben hat, nämlich Brigantius zu heißen. Davon konnte später nämlich der wohlklingende Name Bregenz abgeleitet werden, und die Bregenzer denken heute noch mit Schaudern daran, was wohl passiert wäre, hätte besagte Familie Hintermaier oder Schicklgruber geheißen.

Die Römer machten das Kraut aber auch nicht fett, die Entwicklung schleppte sich mühsam dahin, und die Einwohner arbeiteten – eigentlich bis heute – stetig daran, dass ihr Land nicht direkt zum Inbegriff der Kurzweil wurde. Schon 1375 war dem Grafen von Montfort-Feldkirch dort so fad, dass er seinen Besitz an Herzog Leopold III. verkaufte, und so kam das Vorarlbergische unversehens zu Österreich. Im weiteren Verlauf der Geschichte gab es denn auch zahlreiche Bestrebungen, diesen Fehler wieder auszubügeln, und auch die allerletzte Fessel-Studie ergab, dass in allen anderen Bundesländern eine stärkere Begeisterung für das gemeinsame Vaterland vorhanden ist als in Vorarlberg. Im Geiste und im Gelde fühlten sich die Vorarlberger immer ihren

Schweizer Nachbarn enger verbunden als etwa den Söhnen Ottakrings. Aber das ist kein Wunder, denn in der Frühzeit wurde das Ländle nicht nur von marodierenden Appenzellern heimgesucht, sondern auch von einer Unzahl von Wirtschaftsflüchtlingen und Scheinasylanten aus dem schweizerischen Wallis kolonisiert, woran das Große und sogar das Kleine Walsertal noch heute erinnern. Seither haben die Vorarlberger sozusagen Käse im Blut und wetteifern mit ihren Schweizer Brüdern in der Herstellung würziger Milchprodukte.

Neben dem Käse kam auch noch so manche Unterhose aus Vorarlberg, denn lange Zeit war die Textilindustrie dort der ertragreichste Wirtschaftszweig und exportierte feines Gewebe bis in die entlegensten Winkel der Welt. Heute hat Österreich auf diesem Sektor kein Leiberl mehr, die Konkurrenz der asiatischen Billigware hat die meisten Betriebe umgebracht, und wenn Vorarlberg nicht nach China übersiedelt, wird es die einstige Hochblüte nie mehr erreichen. Gerade mal im schmalen Segment der Damenbeinveredelung hat Vorarlberg noch die Nase vorn, denn bei Wolford werden die absolut schönsten Strümpfe der Welt erzeugt. Seit kurzem kommen auch noch ein paar der Fantasie von Meister Armani entsprungene, hauchdünne Dessous hinzu, was dem biederen Ländle plötzlich einen unerwarteten Hauch von Frivolität verleiht.

Was sonst noch so alles vorgeht in dieser Gegend weiß man nicht genau, denn die Einheimischen sind sozusagen abhörsicher. Sie befleißigen sich nämlich gerne einer Sprache, die von Außenstehenden kaum als solche wahrgenommen wird, sodass die Eingeborenen ihre dunklen Geheimnisse bei sich behalten können, auch wenn sie offen darüber reden.

Natürlich sprechen die meisten Vorarlberger nebenbei auch Deutsch, und manche können es sogar schreiben. Einige besonders gute Schreiberinnen haben denn auch mühelos den Sprung über den Arlberg geschafft – beispielsweise Marga Swoboda, deren Namen freilich auch nicht so recht überzeugend ins Rätoromanische hineinspielt. Außerdem besitzt Vorarlberg in Michael Köhlmeier einen sehr geschätzten Schriftsteller, was aber auf 2600 km^2 keine allzu große Dichterdichte darstellt. Wenn allerdings Schlafes Bruder Robert Schneider gelegentlich aufwacht und sich eines Werkes entäußert, ist der literarische Eigenbedarf des Landes doch ziemlich gut abgedeckt.

Darüber hinaus hat Vorarlberg sogar gewichtige Spuren in der Weltliteratur hinterlassen! Als James Joyce 1915 mit der Bahn von Triest nach Zürich fuhr, verbrachte er einige Stunden im idyllischen Feldkirch, während der Zug und seine Passagiere gründlichst kontrolliert wurden, und über diese Episode sagt er später einem Freund: „Over on these tracks the fate of my novel ‚Ulysses' was decided." Man weiß heute nicht mehr genau, was er mit diesem Satz gemeint hat, aber das geht einem ja mit den meisten Sätzen von Joyce so. Jedenfalls hat Vorarlberg damals tief in die Weltliteratur eingegriffen und nicht genug damit, war es schon zehn Jahre später wieder so weit! Kein Geringerer als der große Ernest Hemingway verbrachte den Winter 1925/26 im malerischen Schruns, wo er von den Eingeborenen liebevoll als der „schwarze, Kirsch trinkende Christus" bezeichnet wurde. Und wenn er gerade einmal nicht trank, fuhr er Ski oder arbeitete – mitten im Vorarlberger Tiefschnee – an seinem großen Spanien-Roman „Fiesta".

Aber die zugereiste Prominenz ist eigentlich zweitrangig, denn auch Einheimische haben sich bisweilen einen großen Namen gemacht. Zuletzt ein gewisser Christian Klien, der bei Formel-1-Übertragungen so oft genannt wird, wie kein anderer Rennfahrer. Allerdings nur im ORF, die ausländischen Stationen interessieren sich nicht so sehr für die hinteren Ränge. Dass Herr Klien noch kein echter Anwärter für die Weltmeisterschaft ist, liegt vielleicht bloß daran, dass er sich für das falsche Fahrzeug entschieden hat. Ihre wahre Stärke zeigen die Vorarlberger nämlich auf dem Fahrrad.

Mit 245 Kilometern pro Kopf – und noch weitaus stärker involvierten Körperteilen – erbringen die Vorarlberger nämlich die absolute Bestleistung unter allen österreichischen Radfahrern. Das zweite landesübliche Fortbewegungsmittel sind natürlich die Skier. Das Wintersportgebiet mit Stuben, Zürs und Lech zählt zu den exklusivsten der Welt. Die üblichen Schnapsnasen aus England und Skandinavien, die in anderen Regionen auf den Pisten verstreut liegen, haben hier keine Chance. Allein schon durch die Übernachtungspreise hält der Arlberg die Massen in Schach und garantiert der High-Society ein ungestörtes Gestöber im Schnee. Da wimmelt es nur so von Prinzessinnen, Exzellenzen und Vorstandsvorsitzenden und echte Proleten werden nur geduldet, wenn sie sich zumindest einen Namen als Rockstar gemacht haben.

Der wichtigste natürliche Rohstoff des Landes ist jedenfalls der Schnee. Knapp gefolgt von Wasser, welches besonders im Sommer eine große Rolle spielt. Zu Vorarlberg gehört ja ein beachtliches Stück Bodensee, und weil die Menschen, die an den Ufern dieses viel besungenen Gewässers hausen, einfallsreich und geschäftstüchtig sind, wollten sie es nicht einfach so sinnlos herumliegen lassen, sondern haben darauf die größte Seebühne Europas errichtet. Nun locken die Bregenzer Festspiele jedes Jahr hunderttausende begeisterte Besucher an. Hauptsächlich wegen der traumhaften Kulisse, aber wohl auch, weil diese Festspiele seit langem ein hervorragend geführtes Unternehmen sind – ganz unösterreichisch also, aber typisch vorarlbergisch.

Im Winter und im Sommer ist also für genügend Attraktionen gesorgt, in den übrigen Jahreszeiten kann sich eine leichte Trostlosigkeit breit machen. Aber man kann dieses Intervall ja benützen, um den Staub Europas von den Füßen zu schütteln und ein exotisches Land kennen zu lernen – ein paar Minuten zu Land oder zu Wasser, und man ist in der Schweiz. Und danach kommt einem Vorarlberg dann doch ziemlich aufregend vor.

Arbeit

Ganz besonders aktuell ist – wie überall auf der Welt – auch in Österreich das Thema Arbeit. Zwar reißt sich niemand um sie, aber sobald man erst einmal keine mehr hat, wächst das Verlangen nach ihr beträchtlich.

Die Arbeitslosigkeit in Österreich liegt unter dem EU-Durchschnitt, ist aber, wie man weiß, durchaus noch steigerungsfähig. Deshalb kündigen seit langer Zeit alle Parteien in allen Wahlkämpfen die Schaffung von Arbeitsplätzen an. Rechnet man die Versprechungen der letzten Jahrzehnte zusammen, sieht man sofort: Es ist ein großes Glück, dass sie nie eingelöst wurde. Sonst entfielen nämlich heute schon mindestens drei Arbeitsplätze auf jeden Einwohner, und damit wären manche doch leicht überfordert.

Wenn Politiker Arbeitsplätze versprechen, nimmt das sowieso kein Mensch mehr ernst. Das ist einfach eine traditionelle Redewendung. So als ob man „Grüß Gott" sagt, obwohl man weiß, dass der Angesprochene jetzt nicht postwendend in den Himmel fährt, um dem lieben Gott schöne Grüße zu bestellen.

Wo sollten Politiker auch Arbeitsplätze hernehmen? Sie müs-

FRÜH-
PENSION

sen froh sein, dass es für gefallene Funktionäre noch ein zweites Leben gibt. Bei Frank Stronach. Er sammelt die am Wegesrand ausgesetzte Politprominenz ein. Und wenn in seinem Konzern gerade mal kein Arbeitsplatz frei ist, steckt er sie halt in den Aufsichtsrat.

Dem allgemeinen Trend zur Arbeitslosigkeit kann man freilich mit solch karitativen Einzelaktionen nicht Einhalt gebieten. Aber der Mangel an Arbeitsplätzen ist auch nicht das eigentliche Problem. Die meisten Menschen gieren gar nicht so sehr nach einem Arbeitsplatz. Was sie sich wünschen ist lediglich ein fixes Einkommen! Wenn der Monatslohn stimmt, könnten sie sich durchaus mit dem Gedanken anfreunden, das Arbeiten jemand anderem zu überlassen.

Es geht also im Prinzip nicht so sehr um die Arbeit als ums Verdienen, und das wird heute immer schwieriger, selbst wenn man einen Arbeitsplatz hat.

In Deutschland und Frankreich beispielsweise verlangen immer mehr Unternehmen, dass ihre Mitarbeiter wöchentlich ein paar Stunden länger arbeiten. Ohne Lohnausgleich selbstverständlich. Angeblich können auch dadurch neue Arbeitsplätze geschaffen werden, aber das ist wohl eher eine Hoffnung als eine logische Schlussfolgerung. Wenn Menschen, die ohnehin mit ihrem Gehalt schon schwer auskommen, noch länger arbeiten müssen, fehlt ihnen die Zeit sowohl zum Pfuschen als auch zum Geldausgeben. Folglich springt der Konsum nicht an, und das kostet dann wieder Arbeitsplätze.

Eine Verlängerung der Lebensarbeitszeit, wie sie jetzt überall beschlossen wird, ist hingegen logisch. Leider wird man das, was man jetzt beschließt, alle paar Jahre revidieren müssen und die Altersgrenze für den Pensionseintritt hinaufsetzen. Ganz einfach, weil die Lebenserwartung immer höher wird. Wenn die

Menschen künftig 120 Jahre alt werden, kann man die ganzen Mumien ja nicht 60 Jahre lang mit einer fetten Pension im Park herumsitzen und Enten füttern lassen. Das Blöde ist nur: Wenn die Greise weiterwerken, kriegen die Jungen keinen Arbeitsplatz. Setzt man aber die Generation 50+ auf die Straße, steigt die Zahl der Sozialhilfeempfänger gewaltig an.

Die Situation ist schwierig, und selbst die gescheiteste Politik kann da kaum etwas bewirken. Außer vielleicht auf einem Umweg: Wenn man durch gezielte Reformen des Gesundheitswesens den verheerenden Erfolgen der Medizin Einhalt gebietet, damit die Menschen bereits mit 60 sterben können. Jeder von uns, der diese Obergrenze pflichtgemäß einhält, kann auf diese Weise nachhaltig zur Entlastung des Arbeitsmarktes und der Pensionssysteme beitragen, und das ist doch wahrlich ein edleres Ziel, als sich willenlos einer entarteten Heilkunst preiszugeben.

Da die Krankenkassen ohnehin schon in den letzten Zügen liegen, sollten sich die Patienten diesem Beispiel ehebaldigst anschließen. Es macht wenig Sinn, diesen Schritt ewig hinauszuzögern, zumal ja bereits durch die derzeit überall grassierenden Reformen im Gesundheitswesen eine durchaus attraktive Sterbehilfe geboten wird.

Leider überwiegt bislang noch die Zahl der Zauderer und Zweifler, und so bleibt die Arbeitslosenstatistik eine recht unerfreuliche Lektüre. Der berühmte österreichische Weg, Beschäftigte statt in die Arbeitslosigkeit in die Frühpension zu treiben, was besonders bei staatsnahen Unternehmen gern gesehen wurde, kann auch nur noch in Einzelfällen beschritten werden. Man kann gerade noch mal einen Bundesbahnpersonalchef mit 47 Jahren in die Zwangspension schicken, und weit mehr als 100 Fachkräfte aus dem Wirtschaftsministerium quälen sich mit 80 % ihrer Bezüge durch einen so genannten „Vorruhestand“.

Für die breite Masse freilich hat die Frühpension viel von ihrem Reiz verloren, weil man dabei künftig schmerzhafte Abschläge hinnehmen muss. Da überlegt sich manch einer, ob er schon mit 40, jung, fesch, aber finanziell hart bestraft, seinen Lebensabend beginnen soll oder doch lieber noch für ein paar Jahre in den sauren Arbeitsplatz beißt.

Mit den Arbeitsplätzen verhält es sich also wie mit den Parklücken in der Innenstadt oder den Toiletten der Autobahnraststätten: Sie sind alle schon besetzt. Wer unbedingt einen Job haben möchte, tut folglich gut daran, selbst einen zu erfinden. Im Bereich der persönlichen Dienstleistungen tun sich da mannigfaltige Möglichkeiten auf. Und es ist gar nicht so schwer, in die Heinzelmännchen-Branche einzusteigen: Man braucht dazu weder eine Menge Eigenkapital noch eine besondere Vorbildung – es genügt, wenn man irgendjemandem einreden kann, dass man ihm gerade noch gefehlt hat.

Und irgendwo fehlt's ja heute bei jedem! In unseren Tagen ist kaum noch ein Mensch in der Lage, ohne fremde Hilfe herauszufinden, dass Schweine nicht mit kalorienarmen Stelzen auf die Welt kommen, dass Zigarettenrauchen die Gesundheit nicht wesentlich fördert oder dass man Silvester-Raketen nicht in geschlossenen Räumen abfeuern soll. Selbst die Binse ist eben heute nicht mehr so weise wie früher, und das verschafft einer Unzahl von Helferlein Arbeit und Brot.

Allein unsere Ministerien und andere öffentliche Institutionen geben Millionen für externe Berater aus, die den internen sagen, wie ihre Arbeit aussehen könnte, wenn sie nicht von ihnen gemacht würde. An diese traumhaften Berater-Jobs kommt der Anfänger natürlich nicht heran, da wird schon eine gewisse Beziehung zur Materie oder zum Auftraggeber vorausgesetzt. Auch in der lukrativen Sparte der Anlageberater ist ein seriöser Hintergrund gefragt. Allerdings nur in der Oberklasse. Für den normalen Job als Anlüge-Berater braucht man nur die Seelenverwandtschaft mit Baron Münchhausen und eine Kontonummer auf den Caymans.

Allerdings tummeln sich in dieser Domäne schon allzu viele Spezialisten, und der Anfänger sollte sich lieber Unterschlupf in einer Nische suchen, die noch nicht so überlaufen ist. Und die bietet sich praktisch überall.

Es fängt ja schon bei den Kindern an. Ein kleines Mädchen denkt vielleicht unwillkürlich über den Sinn des Lebens nach, und plötzlich steht die Frage im Raum: Was will ich eigentlich einmal werden? Punk, Lesbe, Schamanin? Und wieso muss eine Unterhose oben aus den Jeans herausschauen? Früher wurde den Kindern ja alles, was sie zum Leben brauchen, automatisch vermittelt, von den Eltern, den Lehrern und den unbekannten Herren mit den offenen Trenchcoats. Heute braucht man hingegen schon Fachberater, um den Heranwachsenden zu erklären, wessen Zähne sie putzen sollen, und auch ein Piercing-Koordinator wäre nützlich, der den jungen Menschen erläutert, wie man die angesagten vier Pfund VOEST-Stahl über den Leib verteilt, ohne wichtiger Körperfunktionen verlustig zu gehen.

Am besten, man denkt sich einen Bedarf aus und denkt ihn dann ab – schon ist man selbstständiger Unternehmer in einer boomenden Branche! Natürlich nützt man dabei die geistige Behinderung seiner Mitmenschen aus, aber wenn einer nicht weiß, ob er geblümte oder karierte Vorhänge aufhängen will, ist er eben auf Room-Coaching angewiesen. Und wenn einer nicht weiß, wie er seine Mittagspause ausfüllen soll, braucht er Siesta-Consulting. Wer endlich einmal die Wohnung aufräumen will, aber noch im Zweifel ist, ob er nur die gebrauchten Präservative entsorgen soll oder auch gleich den dazugehörigen Lebensabschnittspartner, braucht die Hilfe eines Waste-Watchers. All diese wichtigen Fachrichtungen sind natürlich schon exzellent besetzt, aber für einen mehr ist immer noch Platz.

Wenn man besonders auf Erotik steht, kann man sich auch als Anbandel-Experte verdingen. Oder als Sextherapeut. Oder, wenn man gute Beziehungen zum Vatikan hat, sogar als Visitator in der Diözese St. Pölten.

Der Fachbereich Völlerei ist zwar ziemlich überlaufen, aber immer noch ein Hoffnungsgebiet. Es gibt natürlich schon Käsekurse, Weinseminare, Pasta-Workshops und Bratwurst-Symposien, aber als Fast-Food-Animateur, Frühstücksgestalter oder Kugelfisch-Vorkoster wird man bestimmt einen Kundenkreis finden. Der moderne Mensch hat ja endlich eingesehen, dass er zu allem zu dumm ist und ohne ein Dutzend Experten gar nicht überlebensfähig wäre. Seither blüht der Weizen für Berater, Trainer, Konsulenten, Coaches und andere Idealisten, die im Handumdrehen aus drittklassigen Versagern erstklassige machen.

Angefangen hat das Ganze natürlich bei den Politikern, die es ja auch am dringendsten nötig haben. In jedem Wahlkampf verbrauchen sie ein Rudel von Experten, angefangen vom Körpersprachprofessor über den Mimik-Manager bis zum Sternzeichendeuter, der die Krawatten des Kandidaten nach streng astrologischen Richtlinien auswählt. Diese Leute gewinnen immer mehr Bedeutung, sodass künftig vielleicht niemand mehr weiß, wie der Spitzenkandidat heißt, aber jeder kennt seinen Stylisten.

Und das könnte jeder von uns sein, denn im Team der nächsten beiden Kanzleranwärter fehlen noch wichtige Mitarbeiter, wie beispielsweise ein Schuhbandel-Consultant. Ein Mensch also, der in der Lage ist, Schuh und Schnürsenkel farblich optimal zu koordinieren, und der sogar im Falle von Slippern nicht gleich den Kopf verliert.

Arbeitsplätze liegen also zur Genüge auf der Straße, aber eine zarte Warnung ist dennoch angebracht: ein Drittel jener Arbeitslosen, die sich als Selbstständige etabliert haben, ist nach kürzester Zeit pleite. Aber wie es so schön heißt: no risk, no fun!

Die galoppierende Arbeitslosigkeit kann jedenfalls nur durch Einfallsreichtum und Eigeninitiative ausgetrickst werden. Oder auch gar nicht. Vor allem deshalb, weil es auch Zeitgenossen gibt, die zu viel Arbeit für sich beanspruchen. Das scheint schon ein ernstes Problem zu sein, denn man hat für Menschen, die hemmungslos aktiv sind und mehrere Dinge gleichzeitig planen oder tun, sogar schon einen eigenen Ausdruck erfunden: Simultanten. Zum Glück gehört die Mehrzahl der Österreicher aber noch zu jenen, die nur so tun, als ob sie täten, also zu den Simulanten. Wer erst einmal zu den Tanten gehört, hat es schwer, wieder auf den rechten Weg zu finden, nicht selten rutscht er immer tiefer in die Misere und endet schließlich als chronischer Workaholic. Arbeitssüchtige Österreicher! Jahrhundertelang wog man sich in der trügerischen Sicherheit, dass die beiden Begriffe einander völlig ausschließen. Immer häufiger werden heute aber leider auch die gefährlichsten Zivilisationskrankheiten in die Alpenrepublik eingeschleppt, und die Arbeit scheint so etwas wie die Prostata der Leistungsgesellschaft zu werden. Ein Leiden, über das man nicht gerne spricht, außer vielleicht im engsten Kreis der Betroffenen. Und so unglaublich es auch klingt, es scheint bereits so viele Betroffene zu geben, dass man in mehreren österreichischen Orten Selbsthilfegruppen für die „Anonymen Arbeitssüchtigen" einrichten musste. Ob die bedauernswerten Suchtopfer dort wieder clean werden, ja ob eine Resozialisierung überhaupt möglich ist, wenn der Mensch erst einmal seinen widernatürlichen Neigungen freien Lauf gelassen hat, das könnte man nur von den Arbeitstüchtigen selbst erfahren. Aber wen sollte man fragen? Man kann monatelang im Kaffeehaus sitzen, ohne jemanden zu treffen, der nur im Entferntesten danach aussieht. Inklusive der Ober.

Auf jeden Fall muss es verflucht schwer sein, einen Österreicher zu weniger Arbeit ohne Lohnausgleich zu überreden. Da ist schon ein erstklassiger Selbsthilfegruppenführer oder Trägheitstherapeut gefragt – und somit tun sich auch wieder neue Arbeitsplätze auf. Gewerkschaftliche Vorbildung ist hilfreich, praktische Erfahrung ausschlaggebend. Den Arbeitstüchtigen mal richtig die Leviten lesen könnte man natürlich, am besten, wenn man selber vom Bau ist. Und eine Sitzung der AA dürfte man sich dann vielleicht folgendermaßen vorstellen:

Der Prolet als Therapeut – eine Vision

Alsdann – als leitender Psssüch-Psssüchiaterapeut der Anonymen Arbeitssüchtigen möchte ich Ihnen kurz mit diesem Ekel erregenden Phänomen vertraut machen. Wie gesagt, kurz, weil es soll ja nicht gleich in Arbeit ausarten.

Sie kennen wahrscheinlich ähnliche Organisationen eh aus eigener Erfahrung – sagma die Anonymen Alkoholiker –, da kommen die ganzen Leberquäler zusammen und erzähln von ihrer Begegnung mit dem Dämon Alkohol. Die Gschichten san teilweise so grauslich, dass ma hinterher glei a paar doppelte Obstler obistelln muass, um wieder ein Mensch zu werden, und so ist das eigentlich ein perpetuum mobile.

Bei uns ist das so ähnlich, nur viel schlimmer. Denn: Der

Alkoholismus ist ja ein unverzichtbarer Bestandteil der österreichischen Identität. Das unstillbare Verlangen nach Arbeit hingegen wird meist als eine provokante Verhöhnung unseres Nationalcharakters empfunden.

Und man muss ja net glei in die Arbeit abgleiten, weil wenn ma schon a Sucht sucht, sollt ma wenigstens glei ane nehman, die der Allgemeinheit zugute kommt. Zum Beispiel die Konsumsucht. Ohne die hätt ma ja praktisch überhaupt keine Wirtschaft mehr. Oder wenn man einfach sex-süchtig wird – da kann man auch vielen Menschen eine kleine Freude ins Leben bringen. Also wenn man diese sozial verträglichen Suchtarten stärker bewirbt, wäre das schon eine erste Präservativmaßnahme, die was den Menschen vor einem totalen Absturz in die Überstunden verhüten kann. Es muass halt überall die Devise sein: Heilen statt hackln!

Allerdings, wie die Wissenschaft demnächst herausgefunden hat, ist so ein zwanghafter Klamsch oft rein kynetisch veranlagt. Das heißt, Sie selber san eigentlich eh guad beinand, bloß Ihnere Genien san süchtig. Und gegen die kommt man ned auf. Kurz gesagt: Wann'S an Hammer ham, ham'S an!

So beginnt oft ein Leidensweg, der ohne fremde Hilfe in einem Strudel ungezügelter Arbeitsfreude mündet. Wobei man Gott sei Dank sagen muaß: Es trifft ned jeden! Es gibt Leut, denen können'S so viel Arbeit zubibeuteln, wie'S wollen – die machens ned! Ja, in manchen Berufsgruppen sind die kinetischen Veranlagerungen schon seit Jahrhunderten nicht mehr zum Ausbruch gekommen. Nehmen'S nur die Beamten. Haben Sie schon einmal gehört, dass dieses „Überhaupt-nicht-mehr-mit-dem-Arbeiten-aufhören-Können" bei einem Beamten zu Tage tritt? Oder nehmen'S die Lehrer-Maurer-Abgeordneten-Kellner – haben Sie schon einmal einen Ober gsehn, der sich einen Gast mit nach Hause nimmt, damit er ihm endlich den Kaffee servieren kann, den der vor zwei Stunden bestellt hat? Na, das Volk hat noch einen gesunden Kern! Aber in der Praxis steigt leider die Zahl derer, die von mir erste Hilfe gegen ihre anonyme Arbeitssucht erwarten. Tragische Fälle! Sie wern lachen, sogar einen Ober hamma. Die Kollegen haben ihn hergschickt. Der Mann war so weit, dem war's eigentlich ganz egal, ob in einem Aschenbecher erst zwanzig oder dreißig Stummel drin waren, der hat zweimal täglich einen frischen hergstellt. Diese Hin- und Herrennerei hat die Kollegen natürlich genervt – auch Akademiker sind bei uns. Wir ham an Arzt, der kommt oft erst am späteren Nachmittag zum Golfspielen – weil er vorher noch Patienten behandelt! Zwanghaft! Und schüppelweise Manager! So ein Typ fliegt um fünf in der Früh nach Düsseldorf, konferiert um elfe in Helsinki, kommt um Mitternacht aus Tokio wieder heim, schmeißt schnell noch seine Frau in den Reißwolf und geht dann mit den Geschäftsberichten ins Bett. Solche Leute brauchen natürlich meine therapeutische Hilfe – ich hab den Job ja wegen meinem überragenden Eignungsprofil – ich komm nämlich vom Bau – Polier hauptberuflich –, und dadurch jahrelange Erfahrung, wie man die ganze sinnlose Hacklerei auf ein menschenwürdiges Minimum dezimieren kann. Am Bau hat's ja a so schwierige Fälle gegeben! Zum Beispiel der Karli. A klasser Bursch, aber immer wenn man gsehn hat, hat er ein Ziegel in der Hand ghabt oder ein Brettl oder sowas. Bis ich mir gsagt hab: Jetzt reicht's! ‚Karli!', hab i gsagt, ‚ich weiß, der liebe Gott hat dir auch einen freien Willen gegeben. Damit du dich frei entscheiden kannst, ob du lieber einen Ziegel in der Hand halten möchtest oder eine Flasche Bier!' Na, da hat er gar ned viel Bedenkzeit braucht, wollt glei runter Bier holen, hab i gsagt: ‚Karli, der liebe Gott hat dir zwar zwei gebrauchsfähige Beine geschenkt, aber auch ein gebrauchsfähiges Gesäß! Also setz dich her da zu mir, wozu hamma denn die Lehrbuam, wamma ihnen ned amal beibringen wollen, wie man a Bier holt!‘ Na, dann samma halt gsessen am Gerüst, ham a bissel was trunken, und der Karli hat allweil den Kopf verdraht, wenn a Madl vorbeigangen is, bis i gsagt hab: ‚Karli! Keine hektischen Bewegungen, ned mitten in der Arbeit. Tu einfach schön sitzen, a bissel lächeln, entspannt, kontemplativ – und dann tuma a bissel meditieren –, das ist ganz einfach: Denk an was Schönes – was Erhabenes, Zeitloses – Zipfer Urtyp! Und mit diesem Gedanken versinken wir in stiller Meditation, bis uns der Lehrbua weckt, weil's Zeit zum Heimgehen ist!‘

Also, am Bau is mei Therapie immer sehr guad einigangen, und ich glaube auch jetzt, bei die Arbeitssüchtigen, ebenfalls. Ich lass sie viel meditieren, und zum Schluss geb ich noch eine kleine Hausaufgabe. Beispielsweise: Also, Herr Abteilungsleiter, wenn Sie jetzt heimkommen und ihre Gemahlin sagt: Schatzi, bringst du noch rasch den Mist hinunter, so lautet die richtige Antwort: Der Mist rennt uns ned weg, den kann ich auch noch im Herbst hinuntertragen!‘ Sodann legen Sie sich aufs Sofa, lächeln kontemplativ und sagen zu ihrer lieben Frau:

‚Schatzi –
Du holst mir ein Bier,
Denn ich liege hier
Und meditier!‘

Ich weiß, das kostet Überwindung, aber wie schon der Goethe zum Schiller gesagt hat: ‚Wer sich nicht selbst besiegt, bleibt ewig Knecht!‘ Mit diesem heiteren Ausblick auf ihr verpfuschtes Leben neige ich mich nun dem Ende zu. Weil nur um aus Ihnen einen menschlich halbwegs vertretbaren Tachinierer zu machen, werde ich mir keinen Bruch heben. Feierabend!“

High Society

In Österreich herrscht heute ein Mangel an wirklich guten Gesellschaftskolumnisten. Das liegt aber hauptsächlich an einem Mangel an wirklich guter Gesellschaft. Über das, was man hierzulande High Society nennt, kann man ja höchstens noch berichten, wenn man selber high ist.

Jedenfalls ist die Society sehr beschränkt, die Zahl der gesellschaftlichen Veranstaltungen aber keineswegs, und so müssen die wenigen Prominenten oft Überstunden machen, um die „Seitenblicke" einigermaßen zu füllen. Erst wenn Tamee Harrison dabei ist, wird eine Schmelzkäse-Verkostung zum Event, erst Ariana Zartl macht eine Korkenzieher-Präsentation zum Ereignis, und wenn Rosalinde Haller einer Oldtimer-Degustation beiwohnt, kann man schon von einer Sternstunde sprechen. Immer wieder rotieren die selbigen Gestalten vor unserem wonnetrunkenen Auge und bieten dem kleinen Mann eine gelungene Parodie auf die große Welt. Auch weise Aussprüche werden zu Hauf getätigt – Herr Pechlaner sagt vielleicht was über Kunst, Herr Seipel etwas über Nashörner und Frau Pietsch-Sarata über alles andere. Denn die wuchtigen Pfeiler der Gesellschaft haben ja auch einen nicht enden wollenden Bildungsauftrag. Denn wie spurlos würde es am gemeinen Volk vorübergehen, dass im Museumsquartier gerade der Welt-Daumenlutscher-Tag zelebriert oder beim Stangl-Wirt ein neues Quellwasser aus der Taufe gehoben wurde, wäre Niki Lauda nicht zugegen und Nina Proll gerade verhindert! Zum Glück stehen die reichen und schönen, aber auch die hässlichen und doofen Publicitygeilen für Klatschkolumnen und

Fernsehberichte Tag und Nacht zur Verfügung, um ihren ungehobelten Landsleuten zu zeigen: So ist das Leben! Und ist es nicht so? In Österreich bestimmt. Da ist das Leben eine einzige rauschende Party! Inszeniert von Elisabeth Gehrer.

Irgendwo im Lande gibt es allerdings noch eine erschreckende Abart der feinen Gesellschaft. Die wirklich feine. Aber sie bleibt streng unter sich und ihren Leibwächtern. Gefeiert werden wohl auch Feste, Hochzeiten, Jubiläen, aber nur in einer bescheidenen Ansammlung von Seinesgleichen. Klatschreportern und Seitenblicken wird der Zugang huldvoll verwehrt. Die wirkliche High Society ist also jene, von der man nichts sieht und hört. Aber um das zu erreichen, muss man sich nun wirklich nicht anstrengen. Nicht im Rampenlicht stehen, das kann eine Supermarktkassiererin auch!

Einige Kaffeespezialitäten, die bei Fremden Befremden auslösen

Häferlkaffe	Kapuziner	Schale Gold
Einspänner	Rüscherl	Melange
Mocca kurz	Obermayer	Mazzagran

(Im Zweifel nehmen Sie einen Espresso!)

Das Liebesleben der Österreicher

Die meisten Österreicher sind durchaus nette, arbeitsame anständige Menschen. Allerdings: Einige haben auch Sex. Im landesweiten Durchschnitt angeblich sogar 144 mal pro Jahr!

Das behauptet zumindest der aktuelle Durex-Report. Wobei man allerdings nicht ausschließen kann, dass ein Konzern, der sein Geld mit der Vermummung von Erektionen verdient, in seinen Studien auch ein wenig Zweckoptimismus verbreiten möchte. Aber egal, ob Kinsey oder Kondom – man kann einen Sex-Report ohnehin nicht an seiner wissenschaftlichen Tragfähigkeit messen, sondern nur an seinem Unterhaltungswert. Und der ist zweifellos gegeben. Denn wenn wir es schon nicht aus eigener Erfahrung wissen, so lassen wir uns zumindest gerne von jemand anderem schildern, was wir eigentlich so treiben. Auch weil es uns dann leichter fällt, die eigenen Lügen dem aktuellen Trend anzupassen. Und welche Erkenntnisse haben wir nun aus der jüngsten Studie gewonnen?

1. *Frauen gehen öfter fremd als Männer!*
   Richtig, aber das haben doch alle schon längst gewusst. Außer den Männern natürlich.

2. *Die Österreicher stehen nicht sehr auf einen Orgasmus, aber lieben ein langes Vorspiel.*
   Das ist nicht ganz korrekt. Prinzipiell hätten alle lieber einen lang anhaltenden Orgasmus. Da dieser aber meist so minimal ausfällt, dass man ihn gar nicht so recht mitbekommt, hat seine Popularität stark gelitten. Ein langes Vorspiel hingegen

wird gern in Kauf genommen, denn je länger man spielt, desto länger hat man Zeit, um sich zu überlegen, ob man die Sache nicht doch noch abblasen soll. Außerdem ist Vorspiel ja ein dehnbarer Begriff. Bei manchen Menschen artet es in Küssen und Kosen aus, andere balgen sich im Bett um die Chips und die Fernbedienung. Und gute Katholiken beten ein halbes Stündchen darum, dass sie beim nachfolgenden Sündenfall keine Lust empfinden, sondern sich ganz auf die Arterhaltung konzentrieren können.

3. *Was das Liebesleben der Österreicher entschieden verbessern könnte, wäre spontanerer Sex.*
Klar, man will damit nicht immer warten, bis man abends nach Hause kommt und die Kinder eingeschlafen sind. Aber wer findet tagsüber bei seiner Arbeit am Hochofen, als Supermarktkassiererin oder als Kranführer schon Gleichgesinnte, die ebenfalls nach spontanem Sex gieren? Und wenn, dann stehen Zeit und Raum dem kleinen Glück im Wege.
Gut, es gibt vielleicht ein paar Berufe, wo sich der kleine Fruchtgenuss zwischendurch leichter in die Arbeitswelt integrieren lässt – Lehrer, Oberarzt, Briefträger und Untermieter –, der Durchschnittsbürger aber wird sich auch künftig seine Spontanität ganz schön verkneifen müssen.

4. *Als Quelle sexueller Aufklärung gab die Mehrzahl der Befragten an: Zeitschriften.*
Da muss man befürchten, dass sich die Erotik in Österreich auf dasselbe Niveau eingependelt hat wie die Publizistik. Mit anderen Worten: Sobald man aufgehört hat, an den Storch zu glauben, glaubt man an Enten. Die 33% Leser, die durch das Studium heimischer Qualitätszeitschriften aufgeklärt wurden, sollte man also tunlichst meiden. Analphabeten vögeln besser.

5. *Angeblich haben 29 % der Österreicher schon Telefon-/Cybersex gehabt.*
Das klingt höchst erfreulich. Die Österreicher sind nicht bei Penis und Vagina stecken geblieben, sondern durchaus in der Lage, auch moderne Geräte zu bedienen. Leider hat man bei diesem Thema vergessen, auch die wirklich wichtigen Details zu erheben: Ist der Computer beim Sex lieber oben oder unten? Wie erkennt man beim E-Mail-Sex, ob ein Orgasmus nur vorgetäuscht ist? Ist SMS heilbar? Und gefaxt wird wohl überhaupt nicht mehr, oder?

Genug davon. Natürlich sind im Durex-Report noch viele andere erstaunliche Tatsachen nachzulesen, aber Geschmack und Ohrfeigen sind bekanntlich verschieden, und so lassen sich denn die Ergebnisse dieser Studie nur schwer verifizieren. Zumal unsere private Stammtisch-Studie oft in eine ganz andere Richtung weist.

Von beiden unbestritten ist, dass auch die Österreicher bisweilen unter erotischen Fantasien leiden. Frau und Mann stellen sich während des Geschlechtsverkehrs schon mal vor, dass sie es gerade mit einem wirklich attraktiven Partner treiben. Die Wunschbilder rekrutiert man meist aus der gerade aktuellen Medien-Prominenz, allerdings nicht direkt aus der Königsklasse, also der Politik.

Benita Ferrero-Waldner und Waltraud Klasnic finden ja leider nicht einmal als Spindfotos von einsamen Fremdenlegionären Verwendung, Wolfgang Schüssel und Alfred Gusenbauer sind nicht der Stoff, aus dem man die feuchten Träume der weiblichen Jugend macht. Das sind die Unberührbaren, die selbst das gemeine Volk nicht einmal im Traum mit seinen Unterleibsproblemen behelligen würde. Dazu dient ausschließlich die zweite

Garnitur der Prominenz: die Kulturschaffenden. Filmstars, Pop-Idole, Models und Spitzensportler. Mit sowas möchte man ja ganz gern einmal schlafen, aber wenn die Verhüterli-Experten meinen, dass Österreichs Männer zwischen Halle Berry und Nicole Kidman hin und her gerissen sind, während die Frauen Vin Diesel und Freddie Prince Junior zu Füßen liegen, dann irren sie vielleicht. In unserer Stammtisch-Studie jedenfalls sieht das Ranking in der Frage „Wen stellen Sie sich beim Sex am liebsten vor?" folgendermaßen aus: bei den

1. *Frauen:* George Clooney, Sean Connery,
   Tobias Moretti, Alfons Haider
2. *Männern:* Veronica Ferres, Monica Bellucci,
   Britney Spears, Alfons Haider

Das ist vielleicht auch nicht ganz repräsentativ für alle Österreicher, aber möglicherweise eine kleine Entscheidungshilfe für jene, die gerade sexuell aktiv sind und dabei plötzlich zu der Erkenntnis kommen, dass sie eigentlich was Besseres verdient hätten.

Übrigens sind Traumpartner nicht nur bei sexuellen Verrichtungen groß in Mode, sondern überall wo es um Emotionen geht. Wenn beispielsweise eine Frau ihren Mann verprügelt, stellt sie sich dabei am liebsten Klaus Jürgen Wussow vor.

Aber auch wenn Sex zur Sucht wird, kann die Fantasie dem entgegenwirken. Um unnötigen Sex zu vermeiden, empfehlen führende Therapeuten ihren Patienten, sobald der Trieb sich regt, ganz fest an George W. Bush oder Godzilla zu denken. In mittelschweren Fällen genügt es angeblich auch schon, wenn man beim Sex Albert Fortell oder Barbara Wussow herbeihalluziniert, um von einem drohenden Orgasmus Abstand zu nehmen.

Allerdings spielt sich die Sex-Sucht in Österreich meist so ab, dass man zeitlebens nach Sex sucht, aber immer zu wenig findet.

Zwar hatten 52 % schon mal einen One-Night-Stand, aber egal ob das nun gestern oder 1999 war, ein erfülltes Liebesleben kann man das nicht nennen. Viele Menschen schlittern deshalb in feste Beziehungen, weil man dort zwischen Wohnungsverbesserungskrediten und kreativem Windelwechseln wenigstens nicht mehr von erotischen Fantasien heimgesucht wird. Andere geben sich nicht so schnell geschlagen und versuchen, ihr Sexlife mit Hilfe diverser Trendartikel aufzupeppen. Absoluter Spitzenreiter auf diesem Gebiet ist natürlich die Reizwäsche. Die heißt schon deshalb so, weil die Billigprodukte aus einschlägigen Katalogen bei sensiblen Personen oft Hautreizungen verursachen. Das heißt also der Juckreiz ist garantiert, nur eben nicht immer dort, wo er beabsichtigt war.

Bedauerlicherweise bleibt das Tragen von Reizwäsche meist den Frauen vorbehalten. Das lässt sich zwar statistisch nicht mit genauen Zahlen belegen, aber aus Erfahrung weiß man: Frauen lieben es, Dessous einzukaufen, während selbst starke Männer grundlos in Verlegenheit geraten, wenn sie mal bei Palmers einen Strapsgürtel ausprobieren wollen. So bewegen sich denn meist die männlichen Attribute noch in den engen Grenzen von Jockey-Shorts – wobei man hinzufügen muss, dass selbst ein gelegentlicher kühner Ausflug in das Reich von Bruno Banani oder Calvin Klein die erotische Ausstrahlung eines Mannes nicht wirklich ins Unermessliche steigert.

Unterwäschemäßig nimmt der Mann also eher einen Beobachterstatus ein. Dafür wird er bei der Verabreichung anderer Aphrodisiaka durchaus aktiv. So ist es fast immer der Mann, der eine Porno-Kassette in den Videorecorder schiebt, um die Partnerin in eine romantische Stimmung zu versetzen.

Etwa ein Drittel der Bevölkerung findet auch an drastischeren Methoden zur Bekämpfung der erotischen Eintönigkeit Gefallen

– etwa an Sex mit Handschellen. Dieser Traum geht aber nur für wenige in Erfüllung, denn seit der letzten Reform des Sicherheitswesens gibt es immer weniger Polizeibeamte. Und selbst die, die noch übrig geblieben sind, können nicht frei über ihre Dienstzeit verfügen, sondern sollen nebenbei auch noch Handtäschchenräuber und Falschparker einer langjährigen Kerkerstrafe zuführen.

Um den Spaß am Sex ganz zu verlieren, hat sich jeder dritte Österreicher auch schon mal entschlossen, seinen Koitus auszulagern. Weg vom Bett, hin auf die grüne Wiese, an den Strand, ins Bahnhofsklo – irgendwohin, wo der prickelnde Reiz, möglicherweise vor einem enthusiastischen Publikum zu agieren, den lahmen Lenden neues Feuer verleiht. Die früher besonders beliebten Telefonzellen wurden leider fast alle abgerissen, und die Rücksitze in offenen Ferraris sind meist schon für die ganze Schönwettersaison ausgebucht, aber bei einigem guten Willen lässt sich immer eine interessante Location aufspüren. Schnellentschlossene wählen zum Beispiel gerne den Panoramalift am Donauturm. Kulturbeflissene tun es lieber in einer Loge der Wiener Staatsoper. Vornehmlich zur Musik von Richard Wagner, der ja für solche Anlässe eigens den „Walkürenritt" komponiert hat. Das gemeine Volk hingegen bevorzugt eine Lokalität, die schon von ihrem Namen her Rückschlüsse auf die Einsatzfähigkeit der mitgebrachten Lustinstrumente erlaubt – sei es der Hochstand, der Würstelstand oder der Kontostand. Aber egal wo und wie, Hauptsache man tut es. Wozu man freilich erst jemanden finden muss, der einen sexy findet. Doch welche Attribute einem Menschen erotische Anziehungskraft verleihen, liegt immer im Auge des Betrachters und deckt sich daher nur selten mit der hohen Meinung, die man von sich selber hat. Zum Glück gibt es diese Umfragen, aus denen sich durch die Kombination verschiedener

Sparten das amtliche Endergebnis heimischer Wunschvorstellungen herausfiltern lässt. Und das beweist wieder einmal, dass die Österreicher in jeder Hinsicht sehr bescheiden sind – verblüfft aber letztlich doch.

Welche Beschaffenheit also wird hierzulande von einem Sex-Idol verlangt?

1. *Nationalität:* Österreicher
2. *Beruf:* Pop-Star
3. *Dialekt:* Tirolerisch

Tja, und wenn Sie nun plötzlich denken: „Aber das Ding hat doch einen Namen“ – nun, ein konkreter Name wird nicht genannt, aber das, was Sie meinen, läuft unter der Bezeichnung Hansi Hinterseer. Und tatsächlich wird dem Blondian aus Kitz ja eine tonisierende Wirkung auf Herz und Kreislauf zugeschrieben, allerdings nur bei reiferen Damen. Aber Sex-Idole haben's auch verflixt schwer, jeden Geschmack zu treffen. Auch die weiblichen. Im Internet wurde beispielsweise vor einiger Zeit eine gewisse Mausi Lugner zur erotischsten Frau Österreichs gekürt, wodurch das Vertrauen in die neuen Medien bei vielen Menschen stark erschüttert wurde. Obwohl ja auch die alten Medien noch immer für Überraschungen gut sind. So führt etwa ein beliebtes Männermagazin in seiner Liste der „100 sexiest women of the world“ auch Frau Benita Ferrero-Waldner an.

Natürlich ergeben ein paar willkürlich herausgegriffene Einzelbeispiele kein komplettes Bild, untermauern aber irgendwie die Vermutung: Die Österreicher sind ein bescheidenes Volk. Auch in ihren erotischen Vorstellungen eher auf den Tagesteller fixiert als aufs Gourmet-Menü.

Und doch, ein kleines, freches Flämmchen züngelt manchem unserer Landsleute noch aus der Unterwäsche. Immer wieder trifft man auf Menschen, die eine Verbesserung ihres Liebeslebens für denkbar, wenn nicht gar für wünschenswert halten. Die hunderttausend Bücher von selbst ernannten Experten haben in dieser Beziehung allerdings nicht viel gebracht, denn gerade beim Sex liegen Welten zwischen Theorie und Praxis. Und überhaupt, woher nähmen die Sexexperten die Zeit, so viele Bücher zu schreiben, wenn sie wirklich wüssten, wie man sich das Leben zum Genuss machen kann? Nein, die Fachliteratur ist keine große Hilfe für den engagierten Laien. Das viele Lesen schadet bloß den Augen, und da man diesen Effekt angeblich auch durch eifriges Onanieren erzielen kann, wählen viele Menschen halt gleich die vergnügliche Möglichkeit. Für Frauen, die mit ihrem Sexleben nicht absolut zufrieden sind – und solche Fälle soll es sogar in Österreich geben –, gibt es jetzt zum Glück einen hilfreichen Hinweis von englischen Wissenschaftlern. Auf Grund ihrer jüngsten Studie ist einwandfrei belegt: „Putzen macht geil!"

Frauen, die zehn Stunden pro Woche putzen, wollen mindestens einmal am Tag Sex! Und ab fünfzehn Stunden noch mehr!

Gut, dass sie Sex wollen, heißt natürlich noch nicht, dass sie ihn auch kriegen, aber es ist zumindest eine gute Ausgangsposition. Und indirekt bestätigt diese Studie auch den bekannten Slogan „Geiz ist geil", denn Frauen, die sich eine Putzhilfe leisten, sind durchwegs mit ihrem Sexleben unzufrieden.

Irgendwelche geheimnisvollen Querverbindungen zwischen Fensterputzen, Teppichklopfen und hemmungsloser Ekstase muss es also geben, ob nun allerdings hauptberufliche Raumpflegerinnen die allerschärfsten „Putzluder" sind, lässt die Studie offen.

Und auch der männliche Aspekt wird völlig außer Acht gelassen, aber es ist offensichtlich, dass hier ein Umkehreffekt eintritt: Ein Mann, der selber putzen muss, ist ständig frustriert, wohingegen ein Mann, der sich ein appetitliches, zwanzigjähriges Stubenmädel leisten kann, mindestens ein Mal am Tag Sex will.

Eine kleine Ergänzung zu diesem Thema haben amerikanische und chinesische Mediziner geliefert: Frauen können durch vorbeugende Hausarbeit ihr Risiko, an Gebärmutterkrebs zu erkranken, um 30% absenken. Das ist eine schöne Sache. Auch wenn man langsam den Eindruck hat, dass sich die Wissenschaft etwas einseitig nur um das Wohlergehen der Frauen bemüht. Bei näherem Hinsehen wird aber klar, dass auch der männliche Teil der Bevölkerung von solchen Erkenntnissen profitiert. Denn irgendwie war es doch schon immer der Traum des Mannes, dass, wenn er nach einem langen Tag aus seiner Stammkneipe kommt, sich im Wohnzimmer schon eine gesunde, geile Hausfrau in sündiger Wäsche auf dem frisch geklopften Teppich räkelt.

Einen kleinen Haken hat die Angelegenheit natürlich: Wissenschaftliche Studien sind zu etwa 90% reiner Humbug. Einerseits prahlen sie mit Erkenntnissen, die selbst einen nur mit den Mitteln des heutigen Bildungswesens, also sozusagen im Pfusch erzeugten Akademiker nicht überraschen können. Treppensteigen ist gesünder als rauchen! Andererseits werden sie von bestimmten Interessensgruppen in Auftrag gegeben, die damit ihr Interesse untermauern wollen. Ganz objektiv, versteht sich.

Die einzigen ernst zu nehmenden Aussagen finden sich somit wieder einmal in unserer Stammtisch-Studie und lauten folgendermaßen: Alle befragten Damen erklärten lautstark, dass Hausarbeit in ihnen keinen Orkan der Leidenschaft verursacht, sondern nur Heulen und Zähneklappern nach sich zieht. Auch der Gesundheitsaspekt konnte nicht voll überzeugen. Auf einen Nenner gebracht, lautete die Aussage der Damen: Sie würden lieber früh verglühen als 80 Jahre lang das Klo putzen.

Auch Männer stehen der Erotik durch Mopping eher ablehnend gegenüber. Sie schrecken nicht nur davor zurück, selbst Hausarbeit zu leisten, auch der Anblick einer geliebten Person in Kittelschürze mit Gummihandschuhen und einem Swiffer bewaffnet kann ihr seelisches Gleichgewicht nachhaltig erschüttern. Manche wählen daraufhin den Freitod, andere fliegen wenigstens ein paar Tage nach Mallorca und melden sich erst wieder, wenn ihre Gespielin ihre aphrodisierende Wirkung nicht mehr aus dem Putzmittelregal bezieht, sondern aus ihren niederen Instinkten.

Was nun Sex als solchen betrifft, so ist bei Studien zu diesem Thema der Humbug-Faktor noch ausgeprägter als sonst und liegt bei etwa 99 %. Denn nirgends wird so viel gelogen wie beim Sex.

Männer lügen ihre Frauen an, Frauen ihre Männer. Die Eltern werden belogen, die Stammtischkumpanen ebenso wie die besten Freundinnen, beim Chatten im Internet wird gelogen und sogar beim Telefonsex. Weshalb sollte man also einem wildfremden Kerl, der zu dämlich war, um einen Job als Pizza-Bote zu bekommen, und jetzt stundenweise für irgendein Institut herumhetzen und blöde Fragen stellen muss – weshalb sollte man ausgerechnet dem die Wahrheit sagen?

Nein, in sexuellen Belangen wird pausenlos gelogen. Seit diese schmuddelige Angelegenheit nicht mehr ausschließlich dazu dient, kleine Lebewesen zu erzeugen, die später einmal unsere Pensionen bezahlen, hat sich die Zielrichtung total geändert. Sex ist – in manchen Fällen – ein Vergnügen, hauptsächlich aber ein Statussymbol. Das haben uns natürlich die Medien eingebrockt, die tagtäglich für begnadete Körper und abendfüllende Erotik werben. Niemand wird heute so verachtet wie ein einzelner Mensch, ein Single ohne Partner ist einfach eine lächerliche Figur. Und auch mit Partner, wenn der oder die nicht schön, reich, jung und von einem berühmten Designer entworfen ist.

Jede Frau muss gut im Bett sein! Von selbst, als ob ein Mann das gar nicht irgendwie beeinflussen könnte. Sich einfach hinlegen und gut sein – obwohl es doch dafür keine allgemein gültigen Kriterien gibt. Jeder Mann muss potent sein und immer können! Obwohl die Wissenschaft diese Möglichkeit seit jeher bezweifelt hat. Und weil der Sex den gesellschaftlichen Status bestimmt, muss die Erfolgsfrau ihren Freundinnen immer wieder mal einen knackigen jungen Adonis vorführen können oder, als absoluten Trumpf, einen einigermaßen gut mumifizierten Millionär.

Der Mann von Welt hingegen muss seinen Freunden mit ständig wechselnden, gut gebräunten Blondinen imponieren, die über lange Beine und einen so genannten „Klassearsch" verfügen. Obwohl man gerade die gar nicht wechseln müsste, denn sie sehen alle so aus, als kämen sie aus derselben kalifornischen Bäckerei. Ofenfrisch, versteht sich.

Der Sex ist also neben dem Auto das signifikanteste Statussymbol. Und jeder, der nur einen Mittelklassewagen besitzt, oder – Gott bewahre – gar keinen, kennt die Imageprobleme, die sich daraus ergeben. Solche Menschen greifen oft zu kleinen Tricks, um sich von der Massenware abzuheben. Eltern schenken ihrer Tochter zur Matura eine Brustvergrößerung oder sehen glücklich zu, wie sich ihre Prinzessin zu Tode hungert, um wenigstens im Sarg so auszusehen wie Ally McBeal.

Junge Chinesinnen lassen sich jetzt sogar unter großen Qualen die Beine verlängern und stellen dann zu ihrer Überraschung fest, dass sie noch immer nicht so gut aussehen wie kalifornische Beach-Volleyball-Blondinen. Aber das Beispiel zeigt immerhin, dass die Globalisierung der Idiotie gute Fortschritte macht.

Die Beine lang ziehen lassen sich die Damen in unseren Breiten noch nicht, aber wenn sie beginnen, sich so richtig alt zu fühlen – also etwa ab 25 –, tragen sie regelmäßig alle möglichen Körperteile zum Schönheitschirurgen. Lassen sich da ein Stückchen anfügen, dort ein Stückchen absäbeln, lassen sich liften, aufpumpen und glatt bügeln. Bis zur Mitte des Lebens ist aus einer Frau dann ganz eine andere Frau geworden. Bedauerlicherweise keine jüngere, aber immerhin eine andere.

Frauen, die sich keinen Body-Designer leisten können, geben zwar etwas weniger, aber noch immer zu viel Geld für die Schönheit aus. Anstatt jedoch Aktien der Kosmetikindustrie zu kaufen – was einen Mann wirklich beeindrucken würde –, kaufen sie deren Produkte. Aber es gibt ja heute auch schon die wunderbarsten Cremes und Lotions, alle fast übernatürlich natürlich, mit der wilden Frische von Bärlauch und geheimnisvollen Wirkstoffen aus der Muttermilch der peruanischen Feuerameise. Von allen führenden Frauenzeitschriften getestet und – gegen einen angemessenen Inseraten-Auftrag – mit der Bestnote ausgezeichnet, von führenden Waschmaschinenherstellern auch gegen die Verkalkung von Riedel-Gläsern empfohlen, von führenden Dermatologen zur Belebung ihrer Praxis gelobt. Natürlich ohne brutale Tierversuche entwickelt – die Industrie testet jetzt gleich an ihren Kunden –, garantiert wirksam und absolut hautverträglich! Was nicht einmal gelogen ist, denn wenn man das ganze Zeug vor Gebrauch wegschmeißt, schadet es wirklich niemandem.

Aber die Hoffnung, den Teint vom Typ Lederschildkröte in den Typ Babypopo umwandeln zu können, stirbt eben nie. Die beliebteste Waffe im Kampf gegen Falten und Krähenfüßchen ist dieser Tage zweifellos Botox – alle Damen, die es sich leisten können, lassen sich Spritzen mit diesem Nervengift verabreichen. Aber wer weiß, wie lange noch. Ein norwegischer Forscher hat jetzt im Labor den Wirkstoff Spermin hergestellt, ihn flugs in kleine Creme-Döschen praktiziert, und empfiehlt es nun gut betuchten Damen als unfehlbares Mittel zur Glättung der Falten und Straffung der Haut.

Ganz ordinäres Sperma hat allerdings dieselbe Wirkung – die

echte Schnäppchenjägerin wird sich also wahrscheinlich statt der teuren Creme einen wohlfeilen Mann anschaffen.

Fairerweise muss man jedoch anmerken, dass der Wahn von ewiger Jugend und makelloser Schönheit nicht auf das weibliche Geschlecht beschränkt ist. Die männliche Eitelkeit ist in den letzten Jahren geradezu dramatisch angestiegen.

Begonnen hat alles mit den Fitness-Studios, die eines Tages wie eine biblische Plage über das Land hereinkrachten. Plötzlich galt man nur noch als ganzer Kerl, wenn man mit irgendwelchen schweißtreibenden Maschinen herumspielte, und täglich wurden neuen Folterinstrumente erfunden, um aus dem normalen, hühnerbrüstigen Schlaffi einen Schwarzenegger-Klon zu machen. Um ein Mister Universum zu werden, müsste man freilich 24 Stunden täglich in der Folterkammer verbringen und nebenbei noch sein Müsli mit allerlei Steroiden anreichern – die paar Momente, die ein viel beschäftigter Manager für derlei Unfug übrig hat, bewirken also rein gar nichts. Und dennoch fallen täglich tausende Männer über Kraftmaschinen her, um sämtliche Muskeln und Glieder auf Hochglanz zu bringen. Das heißt, eigentlich bezwecken sie ja lediglich, dass ein ganz bestimmtes Glied durch die Quälerei an Kraft und Umfang zunimmt, aber just bei diesem schlägt das Härtetraining gar nicht an. Aber das ist nicht weiter schlimm, weil die Herren nach dem Besuch im Fitness-Studio so erschöpft sind, dass sie sowieso nichts Vernünftiges mehr zustande bringen.

Viele Männer haben sich deshalb in letzter Zeit nach sanfteren Veredelungsmethoden umgesehen, sind in die Domäne der Frau eingedrungen und der Kosmetikindustrie hörig geworden. So ist es heute keine Seltenheit mehr, dass ein Karosserie-Spengler die raue Werkstattatmosphäre mit dem zarten Duft seiner Tagescreme durchdringt oder der Börsenbroker mit einer Gurkenmaske vorm Computer sitzt. Von Jahr zu Jahr geben Männer mehr für Kosmetikartikel und Schönheitsoperationen aus, und wenn sich die Frauen nicht bald etwas einfallen lassen, kommen sie überhaupt nicht mehr dran.

Auch modische Artikel erleben eine Hochblüte. Unterm Nadelstreif trägt der Mann von Welt immer öfter Wadenverstärker und Po-Push-ups. Was wieder einmal beweist, dass Männer, sobald man ihnen ein Stück Gleichberechtigung einräumt, genau so schön verblöden können wie Frauen.

Aber so ist es eben in dieser Welt: Schönheit bedeutet Sex und Sex bedeutet Status. Und weil das Image natürlich wichtiger ist als der Mensch an sich, wird in punkto Sex angegeben, aufgeschnitten und gelogen, dass sich die Balken biegen! Aber hat nicht schon Sophokles gesagt: „Dreierlei sollst du nicht glauben im Leben: der Wettervorhersage, den Anlageberatern deiner Bank und den Umfragen, welche den Sex betreffen."

Gut, Sophokles bekannte sich nie zu diesem Ausspruch, Sokrates auch nicht, und selbst Schopenhauer kann sich nicht daran erinnern, jemals Derartiges behauptet zu haben. Und dennoch handelt es sich dabei um ein feines philosophisches Grundprinzip, das uns Sterblichen allzeit gegenwärtig sein sollte.

Kurzer Minderheiten-Report

Um der politischen Korrektheit Genüge zu tun, sollte an dieser Stelle noch erwähnt werden, dass sich etwa zehn Prozent der Bevölkerung einer sexuellen Minderheit zurechnen lassen. Ein eigenes Kapitel muss man ihr nicht widmen, denn eigentlich gilt alles, was bisher gesagt wurde, auch für Schwule und Lesben, ausgenommen die grundsätzliche Geschlechtsorientierung. Homosexualität ist heute gesellschaftlich weitgehend akzeptiert und wird nur von der katholischen Kirche noch für eine ansteckende Krankheit gehalten. Aber selbst der Vatikan hat schon ein kleines Fensterchen zur Toleranz geöffnet: Homosexualität ist keine Sünde mehr! Sofern man auf den praktischen Gebrauch verzichtet.

Gewisse, noch immer vorhandene Vorbehalte gegen die Brüder und Schwestern vom anderen Ufer haben allerdings eine ganz simple Ursache. Viele Menschen sind einfach neidisch darauf, dass Schwule und Lesben so gescheit sind, sich nur mit dem eigenen Geschlecht abzugeben, das ihnen ja hinlänglich vertraut ist, während Heterosexuelle gezwungen sind, sich mit einem nur entfernt artverwandten Lebewesen einzulassen.

Eine kleine sexuelle Verwirrung muss man allerdings auch den Schwulen attestieren: Sie sind – außer den katholischen Pfarrern – die einzigen Österreicher, die unbedingt heiraten wollen. Damit gibt es aber noch immer große Probleme – besonders für schwule katholische Pfarrer.

Die Spezialität des Hauses

Die typisch österreichische Spezialität im Reich der Lüste ist – man höre und staune – das Grapschen!

Laut einer Studie der Europäischen Kommission zum Thema „Sexuelle Belästigung am Arbeitsplatz" liegt die Alpenrepublik in dieser Disziplin – beziehungsweise Disziplinlosigkeit – unangefochten auf Platz eins!

Wobei allerdings nur Übergriffe auf Damen zu Buche schlugen. Wie es scheint, ist Grapschen noch immer ein typischer

Männersport. Oder vielleicht sind die Männer auch nur härter im Nehmen und laufen nicht gleich zum Kadi, wenn sie in den Po gezwickt werden.

Jedenfalls hat sich unser Justizminister dieses Problems in dankenswerter Weise angenommen und ein neues Sexualstrafrecht beschlossen, das alle möglichen Belästigungen umfasst und dafür bis zu sechs Monate Haft und 120.000 Euro Geldstrafe vorsieht. Ein lobenswertes Unterfangen gewiss, aber um es salopp auszudrücken: Jede Wurst hat zwei Enden. Wie will man den stärksten aller Triebe mit ein paar Paragraphen bändigen? Und wenn es gelänge, würde die totale Kontrolle des männlichen Spieltriebs, die Vereinsamung, das gleichgültige Nebeneinander in unserer Gesellschaft nicht noch weiter vorantreiben?

Junge Menschen zum Beispiel, die sich erst ihren Platz im Leben ertasten müssen, können sich praktisch nur durch unlautere Mittel mit Seele und Körper einer anderen Person vertraut machen. Schmachtende Blicke, bewundernde Worte über ein paar lange Beine, zufällige Berührungen, kleine, anzügliche Bemerkungen, eine Einladung zum Rendezvous bei McDonald's – das ist das kleine Einmaleins der Liebeskunst. Dazu gehört aber auch, dass gut erzogene Mädchen sich zumindest scheinbar dagegen wehren – aber damit ist die ganze Romantik auch schon im Eimer und ein ganz normaler Fall von sexueller Belästigung eingetreten, wo es bloß um sexuelle Belustigung ging.

Aufdringliches Anstarren, Bemerkungen über den Körper, Hinterherpfeifen, Gebrauch von Kosenamen, Drängen zu Freizeitaktivitäten: all das kann die Frau, wenn sie Lust hat – oder besser gesagt keine Lust hat – beim Bezirksgericht deponieren. Was bleibt dem Manne dann überhaupt noch übrig, wenn ihn der Frühling durchpulst? Soll er sich am Herrenklo einschließen? Das wäre doch so ziemlich der einzige Ort, wo keine Frau hinkommt, die sich belästigt fühlen könnte! Und in letzter Konsequenz: Wo kommen dann all die lieben Kleinen her, die einmal unsere Renten erarbeiten sollen, wenn schon der kleinste Vorstoß in diese Richtung gerichtlich unterbunden wird?

Gut, der Mann könnte sich das ganze Vorspiel natürlich ersparen, spontan und unbesehen irgendeine Frau heiraten. Ehe auf den ersten Blick, das wäre eine Möglichkeit. Schließlich wurde die Ehe ja dazu erfunden, dass man wenigstens vögeln kann, wenn einmal im Fernsehen nichts Gscheites läuft. Aber hoppla, selbst die solidarische Beischlafspflicht unter Angetrauten hat neuerdings ihre Grenzen. Vergewaltigung in der Ehe wird nun genauso bestraft wie die landesübliche Vergewaltigung von Zufallsbekannten hinterm Bierzelt oder auf der Schultoilette. Aber gerade in den Momenten der Leidenschaft ist das Gehirn des Mannes doch faktisch außer Betrieb gesetzt und er kann den kleinen Unterschied zwischen Migräne und ehelichen Pflichten überhaupt nicht mehr erkennen. Und welcher Richter ist mit allen niedrigen Trieben so vertraut, dass er in dieser Causa ein gerechtes Urteil fällen könnte?

Vielleicht ergeben sich aus diesem Gesetz sogar noch neue Scheußlichkeiten. Vielleicht sagt sich künftig so mancher brünstige Gatte: Wenn mir im Ehebett ohnehin dieselbe Strafe droht, dann lasse ich eben die Finger von meiner Alten und vergewaltige lieber gleich eine hübsche, junge Studentin im Stadtpark!

Wir wollen es nicht hoffen, aber jedes Mal, wenn der Staat sich in den Intimbereich verbohrt, kommen zwar ein paar neue Paragraphen heraus, aber wenige echte Problemlösungen. Wenn greise Politiker über das Sexualverhalten von Jugendlichen bestimmen, wenn katholische Experten homoerotische Neigungen bewerten, wenn dieses ganze erotische Geflecht, in dem wir uns von der Geburt bis zum Tod verstricken, auf ein paar Gesetzesblättern reglementiert wird, bringt das nicht sonderlich viel. Selbst die Zehn Gebote – das noch immer mit Abstand vernünftigste Regelwerk aller Zeiten – haben in Sachen Sex ihre Schwächen. „Du sollst nicht Unkeuschheit treiben!“ Was ist das? Wenn ein Maurer vom Gerüst einer Passantin nachpfeift oder wenn eine Schülerin nabelfrei zum Lateinunterricht kommt? Unkeuschheit ist ein ziemlich vager Begriff, aber wahrscheinlich hat ihn der liebe Gott absichtlich gewählt, damit die Sittenrichter auf Erden nicht arbeitslos werden.

Anders verhält es sich mit dem Gebot „Du sollst nicht begehren deines nächsten Weib!“ Das kann nur ein Übersetzungsfehler sein. Oder vielleicht hat sich schon Moses mal mit dem Rotstift über die Gesetzestafeln hergemacht, weil da ursprünglich stand: „Du sollst deine Nachbarin nicht bumsen, während ihr Mann bei Opel Scheibenwischer montiert!“

Das Begehren hat der Schöpfer nämlich tief in unser Gehirn gepflanzt und es gibt nicht einen einzigen winzigen Chip in diesem Supercomputer, der das ausknipsen könnte. Und das ist gut so, denn das Begehren treibt den Menschen sein Leben lang zu ständig neuen Anstrengungen, auch wenn man die Nachbarin längst ad acta gelegt hat, abgestoßen von ihren glanzlos verkalkten, nach Calgonit lechzenden Weingläsern.

Genug, wir wollen hier nicht ins Detail gehen. Das Gesagte soll ja nur die Tatsache untermauern, dass durch amtliche Verfügungen einem völlig irrationalen Triebleben kaum beizukommen ist. Strafen und Sanktionen sind da nur eine wenig effektive Notlösung. Viel gescheiter wäre da natürlich ein gezielter Präventivschlag: das permanente Trommelfeuer von Sex, Sex, Sex einzustellen und wenigstens der nächsten Generation zu vermitteln, dass Liebe, Einfühlungsvermögen und Achtung vor dem anderen Individuum einem erfüllten Leben nicht unbedingt im Wege stehen.

Aber das wird gewiss nicht passieren, denn die Welt wird vom Kommerz regiert und „Sex sells!". Die dümmlichsten Produkte, von Riemchensandalen bis zu 350 PS-Boliden, werden mit sexuellen Verlockungen beworben, und wenn man Filme, TV-Sendungen und Zeitschriften konsumiert, gewinnt man schnell den Eindruck, dass alle Frauen heutzutage nur noch einer einzigen Tätigkeit nachgehen: sich auszuziehen. Was eine zusätzliche Frage aufwirft: Wer schützt die Frau eigentlich vor sich selbst?

Solch kleine philosophische Reflexionen sollten freilich nichts an unserer grundsätzlichen Überzeugung ändern: Das neue österreichische Sexualstrafrecht ist ein längst fälliger Schritt in die richtige Richtung. Jede Frau hat das Recht, unbegrapscht durchs Leben zu gehen – ob ihr das nun passt oder nicht.

Und zum Glück können wir den Frauen diesbezüglich auch noch einen praktischen Rat mitgeben: Meiden Sie Kärnten! Österreichweit ereignen sich in Kärnten die meisten Fälle von Belästigung – wobei die Dunkelziffer im Villacher Fasching noch gar nicht recherchiert werden konnte. Wenn Sie einigermaßen sichergehen wollen, dann ziehen Sie am besten nach Niederösterreich, das die geringste Belästigungsquote aufweist.

Ehe Sie nun aber den Umzugswagen bestellen, sollten Sie sich vielleicht probehalber einmal kurz belästigen lassen. Nur um ganz sicherzugehen, was für Sie persönlich schlimmer ist: einmal Po-Tätscheln oder lebenslänglich St. Pölten.

Jedenfalls noch ist Österreich innerhalb der EU die Nummer eins im Belästigungswesen und widerlegt damit alle Gerüchte, es sei auf jedem Gebiet unterdurchschnittlich. Aber die Konkurrenz wird härter, Europa hat sich maßlos erweitert und es ist vielleicht nur eine Frage der Zeit, bis uns Litauen oder Malta den Rang abläuft. Bis dahin unterstreicht der traurige Grapsch-Rekord wieder einmal eines: Der Österreicher ist in der Sparte Erotik eher bescheiden, aber durchaus gesellig. Er verteilt kleine Gunstbeweise lieber breit gestreut, öffentlich, als mit einem Big-Bang seine Gemeindewohnung zu entweihen.

In der Studie eines nordischen Möbelhauses konnten sich nämlich die Österreicher auch als die größten Schlafmützen Europas qualifizieren. Wie der Elchtest ergab, denken sie nämlich – im Gegensatz zu anderen, zügellosen Völkern wie Schweden und Island –, wenn sie an Schlafzimmer denken, ausschließlich ans Schlafen! Womit das Liebesleben hinlänglich charakterisiert wäre.

Tour d'Autriche: Wien

Wien ist das schönste Bundesland Österreichs. Das weiß aber fast niemand, da man Wien immer nur als Stadt betrachtet. Wien ist aber sowohl Wien als auch Wien, also Stadt und Land in Personalunion. Und wie das aussieht, hat Antonio de Bonfini so trefflich geschildert: „Wiens ganzes Gebiet ist ein ungeheurer, herrlicher Garten mit schönen Rebenhügeln und Obstgärten bekrönt. An diesen liegen anmuthreiche, lustige Vorberge, geziert mit den lieblichsten Landhäusern, geschmückt mit Fischteichen, Jagdbarkeit, Häusern und Gärten mit jedem Bedürfnis, mit jedem Genusse des Lebens."

So sah es zumindest um 1550 aus und etwas früher wahrscheinlich noch schöner. Vor etwa 15 Millionen Jahren lag die ganze Gegend nämlich noch am Meer. Subtropisches Klima machte die Landschaft zu einem wahren Urlaubsparadies, in dem sogar Nashörner – die frühen Vorläufer des heutigen Pauschaltouristen – mal so richtig die Sau rauslassen konnten. Inzwischen hat uns die unerfreuliche Entwicklung dieser Welt längst den Ballermann am Wienerwald geraubt, und nur Kleinigkeiten erinnern noch an diese schöne Zeit. Beispielsweise, dass gelegentlich im Arkadenhof des Wiener Rathauses Beach-Volleyball gespielt werden kann.

Im Laufe der Jahrtausende kamen dann die verschiedensten Touristen vorbei. 1800 vor Christus etwa die so genannten „Glockenbecherleute", die wohl so hießen, weil sie rund um die Uhr becherten, also schon ziemlich wienerisch waren. Nach geraumer Zeit folgten dann die Illyrer, die wohl auch gerne mal einen über den Durst tranken – nicht zufällig werden ihre Begräbnishügel „Leberberge" genannt.

Die Kelten, die mit einiger Verspätung eintrafen, wussten schon, wie man aus sauren Trauben österreichische Qualitätsweine machen konnte, aber da sie das Verfahren nicht zum Paten anmeldeten, blieben die Erfinder des Heurigen unbekannt. Anonyme Alkoholiker bis heute. Der römische Kaiser Probus machte es später gescheiter, förderte den Weinbau ganz offiziell und gilt deshalb fälschlicherweise als geistiger Vater aller Rauschkinder. An ihn erinnert noch heute die Probusgasse im 19. Bezirk, an die Illyrier gar nichts mehr. Ein typisch österreichisches Erfinderschicksal.

Wien und der Wein waren jedenfalls schon immer so etwas wie „zwa Zwetschgen vom selben Bam" und auch im vielleicht entscheidendsten Augenblick der österreichischen Geschichte spielte der Wein eine Hauptrolle. Als sich der frisch erkorene Rudolf von Habsburg als deutscher König das Land unter den Nagel reißen wollte und zu diesem Zweck 1276 vor Wien herumlungerte, hielten die Wiener ihre Stadttore fest versperrt und in ewiger Treue zu Przemysl Ottokar. Bis der raffinierte Rudi eine wirklich gefährliche Drohung ausstieß: entweder sofortige Kapitulation oder er werde alle Weinstöcke ringsum niederbrennen! Nun sind die Wiener ja – wie die Geschichte mehrfach bewies – nicht die geborenen Widerstandskämpfer, sondern haben eher ein offenes Ohr für überzeugende Argumente. Also kapitulierten sie, und das war quasi die Grundsteinlegung zur „Casa d'Austria, dem Habsburgerreich, in dem die Sonne nie unterging". Bis dann halt doch irgendwann nach ein paar hundert Jahren. Hauptsache, der Wein hat's überlebt! 1938 begann dann ein besonders dunkles Kapitel, denn es kam ein Abstinenzler an die Macht. Ausgerechnet jenen Adolf Hitler, der sich seinerzeit in Wien als gescheiterter Postkartenmaler gerade mal ein Nachquartier im Männerheim leisten konnte, hatte das stolze deutsche Volk zu seinem Führer gewählt! Einen Mann, der mit Wein, Weib und Wienerschnitzel nichts anzufangen wusste, aber aus lauter Nostalgie sogar Wien in sein Großdeutsches Reich aufnahm. Als Temperenzler hatte er freilich keine große Vorbildwirkung: Die Wiener müssen damals ziemlich besoffen gewesen sein, anders war das Heil-Gegröle von Hunderttausenden auf dem Heldenplatz kaum zu erklären. Nach dem Zusammenbruch des Tausendjährigen Reiches wurden die Menschen schnell wieder nüchtern und stellten zu ihrer Befriedigung fest, dass sie allesamt höchstens kleine Mitläufer gewesen waren, Befehlsempfänger, Verführte, ja tief in ihrem Inneren eigentlich Widerstandskämpfer. Nur halt nicht so plakativ, dass ihnen das rechtzeitig aufgefallen wäre.

Die Alliierten nahmen ihnen glücklicherweise diese Version ab und verschenkten das Land nicht gleich strafweise an den Kollegen Stalin, sondern ließen sich alle einmal probehalber hier nieder. In Wien patrouillierten die berühmten „Vier im Jeep", an denen wir uns später mit dem gleichnamigen Filmlustspiel rächten. Das Leben, besonders in der sowjetischen Zone, war damals eine echte Zitterpartie, aber nachdem in Wien auch der Schrecken immer in Musik ausartet – oder umgekehrt – machte Anton Karas mit seiner Komposition für den Film „Der 3. Mann" daraus eine weltberühmte Zitherpartie. Eine schlichte Weise, die allerdings bis heute als der letzte Höhepunkt des österreichischen Musikschaffens angesehen werden muss.

Nach den ersten Hungerjahren ging es wieder langsam bergauf, auch mit dem Promillepegel der Wiener. Die Trinker hatten zwar einen kleinen Trainingsrückstand, arbeiteten aber hart an ihrer Form – vor allem die Politiker. Und der Erfolg blieb ihnen nicht versagt. Im entscheidenden Moment soffen sie die Kreml-Führung unter den Tisch und trotzten ihnen dort den Staatsvertrag ab, der Österreich endlich wieder zu einem souveränen Staat machte.

Ohne jetzt weiter in der Geschichte herumstochern zu wollen, das schon rein sprachlich so zwillingshafte Verhältnis zwischen Wien und Wein ist so sinnig wie eh und je. Die Wiener Heurigen sind eine weltweit einzigartige Kultstätte des Bacchus, Zielpunkt für Millionen Touristen und besonders für Japaner eine Art Mutprobe, die höchstens noch vom Harakiri übertroffen wird.

Dass man die Trunksucht hierzulande nicht ausschließlich Jugendlichen überlässt, sondern auch Erwachsenen gestattet, ist offenkundig. Gerade hat man eine große internationale Werbekampagne gestartet mit dem Slogan „Weinstadt Wien". Das wäre nüchternen Denkern wohl kaum eingefallen.

Die Donaumetropole hat freilich noch mehr kostbare Flüssigkeiten zu bieten, nämlich gleich zwei Donauen – die alte und die neue – und unzählige Wasserleitungen. Aus diesen fließt das berühmte Wiener Hochquellwasser, das man ob seiner Reinheit und Frische wahrlich nicht genug loben kann. Fast alle Touristen – und Wien bricht Jahr für Jahr neue Besucherrekorde – zeigen sich von der Wasserqualität besonders beeindruckt. Außerdem schätzen sie Wien als besonders saubere und sichere Stadt. Was im Vergleich zu den Städten, wo sie herkommen, auch stimmen mag, aber von den Einheimischen nicht uneingeschränkt bestätigt wird. Nun ist die Wiener Müllabfuhr und Straßenreinigung zwar tatsächlich Weltspitze, wird aber in einem Punkt von den Eingeborenen immer wieder unterlaufen. Die Wiener sind nämlich äußerst tierlieb, mit sichtbarem Erfolg: Jährlich verzieren 32 Tonnen Hundekot das Stadtbild. Seit undenklichen Zeiten wird im Rathaus beraten, wie man der „Hundstrümmerln" Herr werden könnte – bisher ohne Erfolg. Den Hunden könnte man ja vielleicht noch begreiflich machen, dass sie keinen guten Eindruck hinterlassen – die Hundebesitzer sind allerdings unbelehrbar.

Was nun die Sicherheit betrifft: Sie hat sich ganz dem Trend der Zeit angepasst und nimmt ständig ab. Mit Reform-Kost aus dem Innenministerium abgespeist, hat der Polizeiapparat viel an Gewicht verloren und leidet an akuter Magersucht. Aber wenn auch die Polizisten aussterben, wenigstens für den Nachschub an Verbrechern ist gesorgt, die kommen gleich in ganzen Rudeln aus Chile, vom Balkan oder sonst woher angereist, um in den Einkaufsstraßen der City der Selbstbedienung zu frönen. Nichtkriminellen Touristen kann man nur empfehlen, sich ihre Wertsachen vorsichtshalber gleich zu Hause stehlen zu lassen, dann schlagen sie sich nicht in der Wiener Kriminalstatistik nieder und die Stadt macht gleich wieder einen viel sichereren Eindruck.

Den Wienern selbst kann man angesichts der steigenden Zahl von Wohnungseinbrüchen nur empfehlen, sich einen großen Hund anzuschaffen. Vorzugsweise einen, der an chronischer Verstopfung leidet, damit die Hundstrümmerl-Problematik nicht noch weiter ausufert.

Ein Paradies sind Stadt und Land Wien also nicht direkt, bieten aber eine erstaunlich hohe Lebensqualität, die angeblich nur noch von Vancouver und Zürich übertroffen wird. Und was die Kultur anbelangt, ist Wien überhaupt Weltspitze. Die ehrwürdige Kaffeehauskultur konnte nicht einmal von Kolonialmächten wie „Starbucks“ und „McDonald's“ nachhaltig untergraben werden, und auch die Esskultur hat sich inzwischen von der Schweinsbraten-Mentalität in die höheren Sphären des Feinschmeckertums entwickelt.

Wien verfügt mit den Philharmonikern über das beste Orchester der Welt und beherbergt viele begeisterte Musikliebhaber. Natürlich sind es nicht so viele, dass man neben der Staatsoper, der Volksoper und der Kammeroper unbedingt noch das Theater an der Wien zur Oper machen müsste, aber für solch kostspieligen Unfug hat die öffentliche Hand immer ein offenes Ohr.

Auch für das Sprechtheater haben die Wiener ein ausgesprochenes Faible, und selbst Claus Peymann bedauert inzwischen, dass er bei seiner Flucht aus Wien dieses begeisterte Publikum zurücklassen musste.

Neben den hoch subventionierten, und deshalb als Hochkultur bezeichneten Darbietungen, gibt es natürlich auch für das gemeine Volk mannigfaltige Verlustigungsstätten. Etwa Europas größtes Open-Air-Event, das Donauinselfest, die Konzerte auf dem Rathausplatz oder die Summerstage am Donaukanal. Unter freiem Himmel ist alles ja noch einmal so schön, heißt es doch in einem objektiven Lagebericht: „In Wien ist die Luft gar köstlich, denn es weht in dieser Stadt immerzu ein Zephyrhauch und ein Frühlingslüftchen, sodass sich dort alle Leute guter Gesundheit erfreuen.“ Somit wäre Wien zu allem Überfluss auch noch ein Luftkurort! Allerdings wurde diese Aussage im Jahr 1665 getroffen und ließe sich vielleicht heute zur Hauptverkehrszeit am Gürtel nicht mehr verifizieren.

Letzte Worte

Und nun zum Schluss noch ganz schnell ein paar völlig überflüssige Informationen betreffs Österreich.

Dorf: Das schönste Dorf Europas liegt in Österreich. Die Preisrichter der „Entente Florale“ zeichneten Lech am Arlberg mit diesem Titel aus. Voraussetzung war natürlich, dass es tatsächlich ein Dorf ist und nicht nur so aussieht – sonst hätten auch einige Landeshauptstädte Chancen auf den Titel gehabt.

Bildung: Bildungsministerin Gehrer musste sich in ihrer Schulzeit einer Nachprüfung in Latein unterziehen. Bei DJ Ötzi kündigte sich die spätere Laufbahn sogar schon in der ersten Hauptschulklasse an – mit einem Fünfer in Musik.

Selbsteinschätzung: Die Österreicher stellen sich selbst ein ganz gutes Zeugnis aus. 80 % der Bevölkerung beschreiben sich als friedliebend, gesellig, sympathisch, fleißig und gebildet. Woraus sich als Haupttugend wohl die Bescheidenheit ergibt.

Vorbilder: Die populärsten Idole der Österreicher sind: bei den Männern Bill Gates, bei den Frauen Romy Schneider. Armin Assinger konnte sich gerade noch knapp vor Jesus Christus platzieren.

Schnäppchen: Die Kosten der EU-Osterweiterung belaufen sich für die Österreicher pro Mann und Nase angeblich auf 50 Cent pro Woche. Wieviel auf Frau und die restlichen Körperteile entfällt, lässt sich leider noch nicht absehen!

Aberglaube: 26 % der Österreicher glauben, dass ein Hufeisen Glück bringt. Außer wenn es ihnen am Freitag dem 13. auf den Kopf fällt.

Handy: Statistisch gesehen gibt es in jedem österreichischen Haushalt mehr als zwei Handys. Vor allem Jugendliche sind der Handymania verfallen, die schwer wiegende Folgen haben kann: Pleite, Schäden im Kopf und Sex. Soziologen in Oslo haben herausgefunden, dass junge Handyuser deutlich früher und mehr Sex haben als Altersgenossen ohne Mobiltelefon. Und je häufiger jemand telefoniert, desto häufiger hat er auch Sex. Damit sich das zeitlich ausgeht, ist davon auszugehen, dass sich die Kinder auch im Bett nur telefonisch miteinander verständigen. Bleibt nur die Frage offen: Wer garantiert ihnen die beste Nummer – A1 oder T-Mobile?

Fremdeinschätzung: In einer seriösen deutschen Tageszeitung war vor einiger Zeit zu lesen, dass Österreich trotz seiner chronischen Verkrustung gegenüber der Bundesrepublik deutlich die Nase vorn hat. Die hervorragend ausgebildeten Fachkräfte sind flexibel im Job, die Gewerkschaften sind sensibler im Umgang mit der Wirtschaft und maßvoll bei Gehaltsverhandlungen, das Gesundheitswesen ist besser und billiger, sogar die Steuern sind hier noch erträglicher und außerdem ist es doch sauschön in diesem Land.
Und überdies sind wir höflich: Wenn schon mal ein Außenstehender solche Gedanken äußert, wollen wir ihm nicht widersprechen, sondern ihm lieber tief gerührt zustimmen.

Ja! So schaut's aus in Österreich!

Wiedergutmachung

Österreicherinnen, Österreicherinnen, Österreicherinnen, Öster-
reicherinnen, Österreicherinnen, Österreicherinnen, Österrei-
cherinnen, Österreicherinnen, Österreicherinnen, Österreiche-
rinnen, Österreicherinnen, Österreicherinnen, Österreicherin-
nen, Österreicherinnen, Österreicherinnen, Österreicherinnen,
Österreicherinnen, Österreicherinnen, Österreicherinnen, Öster-
reicherinnen, Österreicherinnen, Österreicherinnen, Österrei-
cherinnen, Österreicherinnen, Österreicherinnen, Österreiche-
rinnen, Österreicherinnen, Österreicherinnen, Österreicherin-
nen, Österreicherinnen, Österreicherinnen, Österreicherinnen,
Österreicherinnen, Österreicherinnen, Österreicherinnen, Öster-
reicherinnen, Österreicherinnen, Österreicherinnen, Österrei-
cherinnen, Österreicherinnen, Österreicherinnen, Österreiche-
rinnen, Österreicherinnen, Österreicherinnen, Österreicherin-
nen, Österreicherinnen, Österreicherinnen, Österreicherinnen,
Österreicherinnen, Österreicherinnen, Österreicherinnen, Öster-
reicherinnen, Österreicherinnen, Österreicherinnen, Österrei-
cherinnen, Österreicherinnen, Österreicherinnen, Österreiche-
rinnen, Österreicherinnen, Österreicherinnen, Österreicherin-
nen, Österreicherinnen, Österreicherinnen, Österreicherinnen,
Österreicherinnen, Österreicherinnen, Österreicherinnen, Öster-
reicherinnen, Österreicherinnen, Österreicherinnen, Österrei-
cherinnen, Österreicherinnen, Österreicherinnen, Österreiche-
rinnen, Österreicherinnen, Österreicherinnen, Österreicherin-
nen, Österreicherinnen, Österreicherinnen, Österreicherinnen,
Österreicherinnen, Österreicherinnen, Österreicherinnen …